何静恒散文二集

霍比特人的小屋

何静恒　著

北京时代华文书局

作者 何静恒

1993年，瑞典斯德哥尔摩刘再复先生寓所，
作者（右三）一家与刘再复先生（左三）一家

序

何静恒《霍比特人的小屋》序

刘再复

何静恒，这个名字对于文艺界和读书界至今还是陌生的。但对我们一家(包括我的妻子陈菲亚及剑梅、刘莲两个女儿）则很熟悉，都知道静恒是我的记名弟子，我的知音，文章写得特别好，是个真正的作家。文艺界不熟悉也难怪，因为静恒为人处世太“低调”、太谦卑了。明明写得很精彩，却总说自己不行；明明不同凡响，还总说“不满意，要重写”。她如此低调，让我想起早年时写的一首短诗：“大海，你为什么如此深广，因为你把自己放得很低。”我无意把静恒比作大海(她绝对不同意），只是说，因为她把自己放得很低，所以能容纳百川，吸收万物，得到大地的滋养。二〇一四年，我在香港公开大学与莫言对谈，讲了成功者的三个成功原因：一是书本的泽溉，二是大地的滋养，三是个人的奋发。静恒三者皆有，但除了好学，还特别谦虚。

我从事文学五十多年，阅读了许多对我的论说，二〇一三年我到韩国，那里的朋友告诉我说，他们已搜集四百九十八篇评论我的文章，把我吓了一跳，其中多半我都没有读过。读了而且留下深刻印象的只有十几篇，而静恒的文章就有好几篇让我久久难忘。远的不说，二〇一六年香港三联出版《我的写作史》，我就把她的《第三空间写作的璀璨星空》作为全书的附录。好些朋友问：静恒是谁呵？你这么器重。我回答说：你看她写得多么好！其实，静恒让我激赏的文章远不止这一篇。今天早晨，我在屋前晒太阳，菲亚兴冲冲地告诉我：看到静恒的“心如明镜”（阅读拙著《人生十伦》的心得）了吗？写得真好。她忘了，是我先受了感动，然后才转发到她的微信。阳光下，我们自然又一起夸奖了一阵远在新西兰的才女。

二十八年前，我到瑞典斯德哥尔摩大学东亚系担任客座教授时，静恒陪同她的先生张静河到系里访学，那时我只注意静河，不太注意她。静河是个拼命三郎，一边打工，一边写作《瑞典汉学史》（安徽文艺出版社出版，马悦然作的序），小夫妇一起奋斗，还带出一个才华出众的画家儿子(小“知微”，专事艺术史研究）。相处一年后，一九九三年我又漂流到北美。没想到，经过二十多年的修炼，静恒竟练出如此美妙的好手笔。

从今年五月开始，我因拔牙受到感染，得了下颚骨骨髓炎，住院两天，出院后又注射了六个星期的抗生素，天天上医院。此刻疗程虽已结束，但浑身乏力，医生只让我休养，不让写作。静河、静恒不知道我的病况，让我作序。知道我病后便坚决要我放下，而我则因可以把心中的话语一吐为快，更觉得金子不可久埋于地下，因此立即着笔，长话短说。我明白，人生短暂，困境重重，能抓住生命要点，不求荣华富贵，只求精神价值创造，就不简单。静河、静恒，身居海外，诸事繁忙，但两人都不放弃写作，而且写作时全无功利目的，其精神，其状态，其境界，实在难得，此序也仅是为此作一记录而已。

美国科罗拉多

二〇一八年七月三十一日

目 录 — *Contents*

第一辑
霍比特人的小屋

霍比特人的小屋 / 003

蓝 泉 / 014

夜访毛利文化村 / 018

中土世界的先民——毛利人 / 038

《毛利神话故事》序 / 043

邻居帕蒂 / 048

街的对面 / 056

与鸟为邻 / 062

屋子与蛐蛐 / 069

小地方的流浪汉 / 073

乞 丐 / 077

旧书店 / 079

你们都是天使 / 084

短章三则 / 088

汉密尔顿花园 / 092

第二辑

故园苦雨

苦 雨 / 107
小玉儿 / 119
樱花之死 / 126
南京寻梦 / 129
做 酱 / 133
端午节的粽子 / 137
留不住的温情 / 140
喝 茶 / 143
木匠的女儿 / 147

第三辑

神瑛与金蔷薇

汉密尔顿图书馆的沉思 / 155
茶品梅花雪 / 158
本来面目极好 / 162
林黛玉的原型是曹雪芹 / 170
读《三读沧海》 / 177
献给人类的金蔷薇 / 188
第三空间写作的璀璨星空 / 214
心如明镜，无物不照 / 238
刘再复先生的印章 / 283

后记 / 291

第一辑

霍比特人的小屋

袋底洞

霍比特人的小屋

一

记不清是哪一年，总是读小学的时候，暑假，坐在河边，看着河对岸的小树林，特别想过去看看。有一天趁着水浅，卷起裤脚就过去了。实实在在地站在小树林子里，看着我的梦境。那是一片多么荒凉的地方，杳无人迹，满世界是黄沙，满耳朵是风吹树叶子的声音——那种直达宇宙的声音让我害怕，赶紧蹚水回来。到了河中央，感觉到沙子从脚底下一点一点地抽去。那一次，我差点被河水淹死。

人的脾性是很难改的，多少年过去了，我还是喜欢到处走走看看。是熟悉的事情还是陌生的事情更吸引我呢，说不清。很多地方，我从未去过，山高水远地去了，感觉并不陌生，便有久违重晤的惊喜。仔细想想，我还是在寻找自己熟悉的东西，这是不是很可笑呢。

在汉密尔顿，我与周围的一切保持距离。但有些精灵，它们总是有办法走进你的梦境。河边有一个信箱，立在一根木头柱子上，高高地指向蓝天。我却看到了信箱上面隐隐约约的警示：只接受来自天堂的邮件！依据那个信箱的高度，这些字迹是无论如何看不清楚的。

霍比特人的小屋就是这样走进我的心里了。

当地的人并不在意什么霍比特人的小屋，实在也没有什么特别，我都不好意思跟他们打听。直到去电影院看《霍比特人：五军之战》，我才知道，那些等着看电影的人，端着咖啡杯的女人、喝着葡萄酒的男人，悄无声息地走来走去（电影院的长毛绒地毯就是为他们设计的），他们翻看书架上的小说，跟我一样，急切地想弄明白什么是霍比特人。

放映厅里人不多，壁灯幽暗。每个人都有所戒备，尽可能离邻座远一点。影片的内容并不像宣传的那样晦涩难懂，对于这一点，我暗暗高兴。我穿过光与影的丛林，像个狩猎者，捕捉忽左忽右、忽前忽后的声音。它们无非是想说，中土世界的五军之战是正义与邪恶的战争。恋人在战争中死亡，精灵与半兽人同归于尽。战争过后，血流成河，尸横遍野。最后的一抹血色，如同鬼魅，闪闪烁烁，在悲怆的眼神中熄灭，世界归于沉寂。

胜利者沉默着。我不由自主地屏住呼吸，被胜利者（或者说是幸存者）的沉默震慑。有人说这是疲乏的表现，导演累了，演员累了，霍比特人好收尾了。这是我不能认同的，除了最后一句。打破沉寂的是巫师甘道夫清理烟斗的声音——平日里令人厌恶的声音，此时此刻却动人心弦。它让我想起：人到底需要什么？为什么最需要的东西最容易被人丢弃？

霍比特人比尔博大约是想到了他的烛光晚餐，他的笑容点亮血色黄昏，令人百感交集。袋底洞前的花园，刚刚发芽的树枝迎风摇曳，召唤比尔博的回归之旅。是说再见的时候了，他要回到夏尔，回到霍比特村。片尾曲《最后的告别》感动全场，人们忘记了移动脚步，呆呆地站在电影院里。

我看见光芒消逝于天际
风中传来一声叹息
雪花飘落在我已倒下的兄弟们身上时
我将作最后的告别

在最后的告别之际，我第一次近距离地接触到了霍比特人。在这之前，中土世界的夏尔，只是一个遥远的名字。

二

我住在汉密尔顿（发黄的羊皮纸地图上，夏尔是中土世界的中心。现实中，汉密尔顿是夏尔的中心），一个怀卡托河边的小城里。

我家离河很近。夏天的晚上，我常常坐在小码头上，看河水，看水中的鱼。河对岸是个游轮码头，那条烧煤的船，少说也有一百岁了吧。天边的云彩一层一层叠起来的时候，太阳落山，就可以钓鱼了。为什么在晚上钓鱼我不太清楚，好像是晚上鳗鱼容易上钩。或许，只是为了用上那盏为钓鱼准备的灯。晚风轻柔，鸽子栖息在大桥下的钢梁上，灯一盏一盏亮起来，我听到鱼拨水的声音。

一年有一个月，可以去树林子里捡板栗。提着篮子，沿着河边的小路，很快就能找到那几棵高高的板栗树。要准备一双橡胶手套，把刺猬一样的果实捡起来。看到树下有残缺的板栗，那是鸟儿来过了。裂开的果子壳像个鸟巢，浮着一层绒毛的栗子雏鸟一样藏在里头。一次就想拿走大自然所有的馈赠，那是太贪婪了。板栗不易储藏，供两三天食用的就已经足够。捡来的板栗，用河水煮熟，再用刀在砧板上切开，那种清香，超市买来的栗子是无论如何比不上的。

偶尔会有一个老妇人来拜访我，捧着榛子一类的坚果。她说这种果实她家园子里很多，如果我喜欢，她可以送给我。奇怪的是我从未见过她，她怎么知道我喜欢树上的果子呢？再看她的衣服、裙子，那种古老的式样，包括她手上、脸上的皱纹，手中还沾着草叶的坚果，全都因为田野的气息，生动无比。

冬天，遇到大风天气，遍地落叶追逐。间或一只黄猫跳起来，被落叶裹挟，在大路上翻腾，只能从那条蓬松的尾巴上（狐狸似的尾巴）分出黄叶与黄猫的不同。猫逐黄叶的游戏不常看到，猫更爱做的运动是从篱笆上往下跳，它们的野性已经被人驯化。一只小猫被大风吓到，怕被树叶打破了头似的，躲在邻居的车库里，怎么叫都不肯出来。

对面一棵树上的叶子，春天满树娇红，秋天一身金黄。自从门前的几棵樱花树被砍伐，我看所有的花朵都失去了精神。春天，我呆呆地望着远处的树，常有一种痛楚从心中掠过，它们好像住在我的心里，于不经意间飞起来，扬起漫天的樱花雨。

夜里，从远处传来隆隆的鼓声，那是来自古老的羊皮纸上，中土世界的灵魂呼号。

霍比屯

三

一个女孩对我说："去看霍比特人的小屋，你可不要动圆洞门前的花草。"不等我答话，她又说："不过除了圆洞门，那里什么都没有。"

我相信女孩的话，霍比特村只是导演彼得·杰克逊选择的电影（《魔戒》《霍比特人》）拍摄外景地，临近小镇玛塔玛塔，离汉密尔顿大约五十公里。

我们决定去访问比尔博的袋底洞。"茶和食品是足够的"，"最后的告别"之际，比尔博的邀请温暖人心。

出城就是牧场。去霍比特人的小屋，就是要经过一个一个的牧场。见到一些苍凉的树，旷野中的树。想知道什么是天地造化，什么是自由自在，来看看这些树吧。它们直指蓝天，细碎的枝叶，精巧得难以描画，又仿佛具有呼风唤雨的能力。我无理由地看着它们发愣，被一种与旷野同在的强大气场折服，这种感觉与森林给我的神秘力量截然不同。

牧场就用这些树还有各种篱笆做分界。茶花篱笆，金银花篱笆，蔷薇花篱笆，伏牛花篱笆。它们太美了，它们并不为了分界出现，而是各负使命，它们的使命就是开花。一切的一切，都是正当好时节，正当好年华。普通的木头篱笆才有提醒大家秩序和分界的责任。

隔着低矮的木头篱笆，我曾与一头牛对视很久，我从未见过如此纯善的眼神。还有什么事能让我不开心呢？空气是热的，蝴蝶上下飞舞，海在不远的地方拍打礁石。

怀卡托的牧场并非一望无际，它高低起伏，似地母的呼吸。

有一些土山，能看得出，它们并非天然，是人力所为，就像我家乡古老的烽火台。土高高地堆上去，在山顶上，立着一块巨石。这些土山和山顶巨石一而再、再而三地出现，我猜测原始人一定用它做什么，是巫术还是天书，不得而知。

车子只能停在夏尔咖啡馆，再往前就是电影拍摄外景地。我们找人询问，可不可以自己过去看看？回答是否定的。十五分钟一班车，我们得赶紧买票。

一个导游带的团约十五人左右（七十五纽币[1]一个人）。我们这个团有一家韩国人（我从他们彼此的称呼中听出来的，这得益于我看过的韩剧），父母老成持重，一儿两女均二十岁左右，少有的清秀靓丽。其中一个女孩儿，时不时地替那位哥哥拉平衣服上的皱褶，是他的“野蛮女友”无疑。这一家子倒像是从电视剧中走下来的，特别是那两个女孩子，在霍比特人的洞穴门前提水、劈柴，举手投足，无不恰到好处。同行的人都瞅着她们笑，花朵一样的年龄啊。

1 纽币，新西兰货币，也叫新西兰元。

自从进入电影拍摄外景地，大家都很兴奋，多多少少有些入戏。那个导游说着话就忘了词，她并不掩饰，还慎重声明：“我的思想跑了。”我会心一笑。在这个做白日梦的地方，思想跑了与牛跑了羊跑了有什么两样？更何况是在一个初夏的午后，阳光照得人看不清取景框中的图像，所有的思绪都与模糊的风景融成一片。

在霍比特人聚会的绿龙酒店，有一些道具，或是一件披风，或是一根拐杖。每个人都试图扮演一个角色来拉近自己与霍比特人的距离，其实每个人扮演的都是自己。似乎有一种趋光趋暖的本能，我拿着一大杯姜汁酒，坐在壁炉旁边，嗅着柴草的香气，听木柴噼里啪啦地响，被一种久远的回忆缠绕。我的同伴跟我相反，他的性格中隐藏着躁动与不安。他走出酒店，披上灰袍巫师甘道夫的斗篷，在芦苇丛中整理钓具，他甚至吹起口哨来。

走过石拱桥，走过磨坊，不要贪恋开满野花、晾晒咸鱼的堤岸，正对着水面的那一排霍比特人的洞穴你也不要去（它们还没有对游客开放），你的伙伴们已经走远了，他们已经过了标着“危险”的山路，在靠近山顶的地方，找到了比尔博的袋底洞。

这是一个可以走进去的洞穴。这些年，袋底洞几乎成了新西兰这本书的封面。在《哈比人历险记》里，托尔金说：“这可不是那种又脏又臭又湿，长满了小虫，满是腐败气味的洞穴；但是，它也并非是那种空旷多沙、了无生气、没有家具的无聊洞穴。这是个哈比人居住的洞穴，也是舒舒服服的同义词。”

大家都愿意在洞穴门前拍照。我有些疑惑，每一个人进门后都一样，看一眼立即转身。袋底洞不是个舒舒服服、童话一样的地方吗？待我推开门，才知道这里虽然没有小虫，也没有腐败气味，但是，它的确是个了无生气、没有家具的无聊洞穴。大小，仅让那扇世界闻名的绿色圆门能够开启。

我想到袋底洞里比尔博最后的落寞伤感是在惠灵顿的摄影棚里拍摄完成的，这里本来就是外景地。导游不失时机，请大家抬头看洞顶的树。她说，洞顶原有一棵树，太小。现在的这棵橡树是从小镇玛塔玛塔附近分段移来（太重）的，树上的三万七千多片绿叶也是人工装上去的，每片叶子都像真的一样，在阳光下透明发亮。

这棵树是袋底洞的象征，叶子也制成了旅游纪念品，我却不太喜欢这个故事。我知道霍比特外景地的建造用了九个月，九个月已经是很长的时间了，它还是不足以让一棵小树长大。这棵橡树的生生死死就不足为怪了。毕竟，袋底洞是霍比特的灵魂，比尔博是用自己的意志主动放弃至尊魔戒的人。

沿小路下山，下一个景点（真的不喜欢这个词），是草坪上的那棵老松树。它太高了，说是有八十米高，我只能远远地看着它。这棵树是只凤凰，你看它掠地而起的“翅膀”，随时都能飞起来。可是谁知道呢？人们记得它的枝上挂着灯笼，它的周围布满帐篷，比尔博告别夏尔的宴会就在这里举行，这棵树的名字就叫宴会树。

如果真的有不散的宴席，就不会有那么多的伤感。眼下的繁花似锦，不散的盛宴，来自人们对霍比特的痴迷。

草坪的另一边，有一根用红黄蓝三色彩带装饰的柱子，柱子的顶端，挂着一个美丽的花环，这是仲夏柱。二十多年前，在瑞典的仲夏节，我见过仲夏柱。那天空气有些清冷，树枝折断的声音好像还能听得见，我在小树林中采摘野花，编了一个花冠戴在头上，戴了一整天。如果不去计算时间的流逝，现实和记忆都美如梦幻。

夏尔咖啡馆的咖啡只有一个品种，还不是我爱喝的。于是拉着同伴，赶快回汉密尔顿。

回到家，推开厚重的木头门，我突然明白，何必到处寻找，这里才是真正的霍比特人的小屋。

（看到最新消息，导演彼得·杰克逊要为他的朋友们建造一个和电影上一样的袋底洞，“那里的一切都与现实世界无关，他们几个可以生活在梦里”。）

蓝 泉

离我的住处一个小时车程，有蓝泉。在幻想中我不只一次去过那里：蓝色的泉水清冽，岸边的树木贴着水面招摇。水中有小鱼儿数尾，与水草逆向而动。动，也是不动。寂寥中，或有鸣禽越过树梢——它们惊异蓝泉之蓝，却飞入蓝天更蓝处寻找答案。

圣诞节（难得的假日），我们动身去蓝泉。坐在车里，就闻到草香。我家的后面是草场，野雏菊总是能抢在两次割草的间隙绽放。小小的花朵水流似的追逐湿润的空气，漫过怀卡托河边的灌木丛，跌入被当地人称作“万河之河”的激流之中。说闻到的是草香（我每天沉浸其中），倒不如说是自然的香味，自由自在的香味，那是需要用全身心去感受的轻松甜蜜。

停车场右边，一道小小的栅栏门，门内是一条长约五公里的步行道，傍水流修建。看介绍，说是蓝泉水来自地心深处，从地心到地表需要走过漫长的时间（五十年到一百年），我不大相信，我宁可听信栅栏门内小溪流的潺潺低语。

从下午两点到五点我都在小溪流旁边，徘徊在需要三个小时往返的步行道上。道路的一边是山坡，一边是水流。小道极洁净，脚下的剑麻叶子、干牛粪（已还原为柔软的纤维）唤起我遥远的记忆。一路上，栅栏门开开合合，不为拦人，是为山上的牛群而设。

除了一些小小的人工点缀，蓝泉完全处于天然状态。我却因“天工开物”而心旷神怡，难道不是人工修建的步行道让我接近这永不枯竭的天然源泉吗？

蓝泉的特别之处，在蓝，在空，在寂寞，在天然。到了蓝泉才知道，并没有哪一种矿物质染蓝了这一溪碧水。蓝，是自然山川的本来颜色。溪边的绿树翠蔓，溪中的青荇水藻，把通透的蓝沁入泉水中，白云悠悠，天光水色。近看，水是空的，清冽到我不敢伸出手去，怕触摸到的不是水，是空气，是什么都没有。再想想其中的道理，原来是有空才有蓝，蓝又愈显其空。溪水中偶尔能看到叫不出名字的小鱼，再现了早年间读过的《小石潭记》里的情境：“潭中鱼可百许头，皆若空游无所依。”清冷至极。

山坡上，数不尽的白雏菊，微风吹拂，一个小姑娘坐在地上编花冠。一种特殊的编法，不用枝叶做支撑，只是一朵挨着一朵，接龙似的，用花朵下面的那个小小的分叉勾起来，连成一圈戴在头上。不过我再次看见她的时候，头上的花冠已经没有了。本来就是无牵无挂的年龄，本来就是极其脆弱的结构，就那么一瞬间，就那么一刻，那个花冠存在过，火焰一样地燃烧过，随后，是永久的寂寞！

寂寞中的蓝泉是温柔的。一对野鸭子凫在细小的浮萍中（“鹤汀凫渚”，说的就是这种情境这种地方吧），用我们听不懂的语言说着什么。一丛黄花，一池碧水，那是属于它们的世界。（不知道我们为什么需要那么多。）横卧在溪流上倒伏的树干，绿色的寄生草丛中，晶莹闪亮的是不知道从什么树上飘来的种子，丝丝缕缕。黑背红喙的水禽带着它的宝宝觅食，那个黑绒球似的小家伙，它已经来到这个喧嚣的世界上了，它要学的东西多着呢。

各种腔调，高低长短不一的鸟鸣，是蓝泉的背景旋律（天籁之音）。还有小溪流从石头上跌落的声音，浪花拍击小水轮的声音。如果你不小心迷了路（我就迷了路，多谢一个在圣诞节仍然骑摩托车赶来照看牧场的小伙子给我们指路），还会遇见牛群，看到圆形的蓄水池（像麦田怪圈一样嵌在草场上）。你绕过高大的红杉树，听到对面山上一头牛叫了起来，你想吟一句什么诗，脱口而出的竟是“高高山上一头牛”之类。

人并不是每时每刻都在期望做成什么事。有时候打动人的，正是这些散漫的、毫不起眼、看似没有用的东西。我想，要是冲一杯咖啡（咖啡与蓝泉有什么关系？真是不可救药），与蓝泉对望半日，亦是不无裨益的事情。

很少有人打扰的原始状态才是真正的蓝泉，旅行社的广告往往误人。有人为寻找蓝泉而来，到了泉水尽头，仍然在问：蓝泉在哪儿呢。

新西兰罗托鲁阿毛利村风光

夜访毛利文化村

一、到鲁托鲁瓦湖边去

远处的树，是我除了天空之外看到的最远的地方。其中有一棵，叶子的颜色总是要淡一些。我还记得它春天的浅红与夏天的嫩绿，一转眼，树叶黄了。待满身的黄叶脱尽，它就与周围的树没什么两样了。黝黑的树枝交叠在一起，就像毛利人的斗篷。

能够把自然万物编织在一起是多么快乐的事情！我们不需要把它们变成另外的东西，那些冷冰冰的东西，我们需要生命本身。用手去触摸一下索索作响的亚麻叶片吧，用这些自然材料织成的衣物传递出远古的柔情，如果我能够把混沌未凿的单纯说成柔情，就像看到天上绵长的白云油然而生的感情一样。

一年里有两个日子我一定要出门，一个是圣诞节，一个是复活节。这两天所有的人都不再为生活奔波。今年，复活节假日的最后一天，我们决定去一百公里外的小城鲁托鲁瓦看毛利歌舞表演。一个天天和毛利人在一起的人赶着去看表演有些奇怪，我每天看街上的表演：滑板、自行车、两人对决，有惊无险。毛利人本性中有一种艺术气质（看似闲散慵懒，实则生机勃勃），他们的舞蹈有一个基本动作就是模仿颤动的空气，他们视之为充斥在天地之间的灵性。他们载歌载舞，呼唤游荡的神灵：山神、水神、树神、蕨草神。毛利人本能地认为人与天地万物浑然一体。

下午四点，我们匆匆启程。一个小时后，车在一间酒店门前停下来。这是一栋两层楼的房子，墙面和门窗的油漆已经剥落。我的同伴急于在太阳落山之前拍几张毛利会堂的照片，他拐进路边的咖啡馆问路，没有注意到这栋荒芜的楼房，没有注意到在一个旅游城市的入口处，这家小旅馆是多么不协调。我等在这间早年的酒店门前，面对着长满青草的台阶，长久没开过的门，破旧的拖下半边的窗帘（比起华丽整洁，荒凉破败更具有打动人的美），我挨着窗口看过去，在昏暗的阳台上看到一个人，单凭衣服和坐姿我看不到这个人，我看到的是犀利的眼神。一只猫从窗台上跳下来，我转过身，我的同伴从咖啡店里走出来。

“我们在坡顶上。左拐，沿着一条单行道走下去，再右拐，就到了鲁托鲁瓦湖边。”

鲁托鲁瓦湖，平实得出奇。岸边沙石滩上，满是折断的树枝和干枯的水草。贝类的骨骼分布其间，附在纵横交错的草根上，想来生前它们就是这样的，落去的水把它们相互依存的状态留下来了。湖水是淡蓝色，倒映着天光，就不是一色的蓝，是深蓝与波光的交叠。湖心岛依远近分为草绿和墨绿，再远处，青山如黛。

任何人为的矫饰在这里都是多余的。

毛利木雕

鲁托鲁瓦湖的美常常被它身上发生的一个流传广泛的毛利民间故事遮掩。海尼莫阿与图唐纳凯的故事以“新西兰的罗密欧与朱丽叶”为人称道。大酋长的女儿海尼莫阿美丽高贵，本应由家族安排嫁给贵族的后裔，但她与湖中心摩科亚岛上的小酋长图唐纳凯相恋，因身份地位不合遭到大酋长的反对。月光下，图唐纳凯坐在湖心岛的岩石上为心爱的人吹起短笛：如果你听到笛声，那就是我，划着你的独木舟来吧。可是哪里有独木舟呢？所有的独木舟都被大酋长藏起来了。每天晚上，海尼莫阿听着笛声哭泣，她无法渡过深不可测的湖水。有一天，勇敢的海尼莫阿在身上绑了六个葫芦，追寻笛声，游过宽阔的湖面，与图唐纳凯相聚。

海尼莫阿披着月光走出水面的那一刻，跨越了人为的障碍和自然的障碍，那一刻的美，是为永恒。

鲁托鲁瓦湖边的土地是不平静的，炽热的蒸汽丝丝作响，从地缝里、石头底下冒出来，带着硫黄的气味。在这里定居的毛利人借地热取暖，他们把房子建在温泉旁边，常年泡在热蒸汽里（哪怕泡坏了骨骼和心脏）。蒸汽浴场是露天的，木条凳子架在奔涌而出的蒸汽上面。更简单的，只有木桩围着。我坐在木桩上，看蒸汽升起来，又很快被湖风卷走。

我的同伴拍了一些满意的照片。

“毛利会堂的主色调是赭红色，这与毛利人的禁忌有关。”

“赭红是否有辟邪的意思？”

“有。禁忌是毛利原始宗教的核心，与神和神圣的事物相关联，是绝对不能触犯的东西。”

越过毛利木雕，我看到教堂的塔楼，安琪儿的翅膀高高扬起。从赭红到洁白，从热烈到冷静，不知道经历了几个世纪，终于在这块土地上融入了蒸腾的热汽。

鲁托鲁瓦的夜晚是一下子到来的，与白昼之间缺少过渡。夕阳把人的头发染成金色，地热蒸汽变得透明的一瞬间，暮色降临。

米泰毛利文化村的活动从略感神秘的黄昏开始。我理解的毛利文化是人类的早晨，懵懂、感性，睁着小野兽一样的眼睛。选择夜晚活动，是倒溯。那条由石斧制作的独木舟，今夜逆流而行。

“这个毛利酋长的侧面像，希腊雕塑一样的鼻梁，是艺术家的创造。”

“不，这是写生。原始人本来高贵。”

“你不觉得这张画很奇怪吗？近处的海水是深黑色，令人不安。越远越亮，雪峰顶上，是画面最明亮的地方。”

“那是新西兰北岛西海岸的埃格蒙山，像富士山的那座。这幅画证明了我的猜测，独木舟上的帆就是这个样子，只能是三角帆，遇上大风暴，三角帆还要落下来。这幅《独木战舟与埃格蒙山》收在一八四七年伦敦出版的一本专门介绍新西兰的画册里，书有4开大小，三百多页，重十多公斤。”

二、帐篷里

我们聚集在一个大帐篷里，约有三百多人。一个毛利女孩手持托盘，鱼一样在人群中游走，提供小饼干之类的甜点心。她微笑着朝我走过来，我挑了一块夹心饼干拿在手上，虽然并不爱吃，我不能拒绝这个女孩。这个额头光洁，黑头发垂过腰际的女孩让我想到，任何高贵优雅的培训都是徒劳的，越是符合规范越是失败。自然生人，本身自有的种种美好，都在这个女孩子身上得以展现，其中最根本的就是由内而外的天然。

活动的领军人物出现，一个能言善辩的中年男人。黑衬衫黑长裤（这是进毛利会堂的正式衣着），一块雕着族徽的鲨鱼骨饰品恰到好处地卡在西方人打领结的地方。这个设计太完美，说明一切都是预先计划好的。这时候，我们是鱼，听钓鱼人敲响船舷。他想弄明白，夜色中，围绕着他的鱼（人）从哪里来？为了看清楚，他连连发问，似渔人抛出鱼线。

结果是，三百多个人来自三十多个国家，邻国澳大利亚的人数最多。我们应邀上了船（虚拟游戏），又在帐篷最前方的一群人中间，选出一位船长。（游戏似乎有些乱，不乱的是与自然紧密相连。新西兰本来就是毛利英雄马威钓起的大鱼，那些被石斧砍下的山间河流是如此完美，流淌着永不枯竭的生命源泉。）

现在我们乘船而来，是真正的来访者。主人开始回顾历史，与在座的客人分享自己的文化。他站在一块毛利木雕的前面，略带炫耀，向大家发问：你们知道毛利人脸上刺青的意思吗？左脸和右脸的刺青是相同的还是不同的？我来告诉你们，脸上的刺青，是我们的身份证。左边是父亲一边，右边是母亲一边。父亲和母亲怎么会一样呢？天和地怎么会一样呢？要说不同中有相同，那就是父亲一边与母亲一边一定要平衡。

我记下的是大意。对“平衡”这个词我特别感兴趣。从离天地最近的毛利人（他们是天父朗依和地母帕帕的儿子）身上寻找例证，我渴望看到的是无拘无束。事实上，毛利人脸上的刺青透露了人能够生生不息的基本信息，那就是寻找平衡——寻找父亲一边与母亲一边的平衡，寻找天与地的平衡，寻找人与自然的平衡。

真的很幸运，早已离人类远去的历史源头如此之近，我能清楚地看到河床底部碧玉石头上的花纹。十九世纪中叶以前的“新西兰”，每一个毛利武士脸上的刺青，都携带着他的祖先和部落的印记，是他的成就、身份、地位、门第的证明（只有贵族子弟才能接受刺青，平民和奴隶是不能刺青的）。祖先的刺青符号雕刻在木头上，还可以用作达成某种协议（如买卖土地）的签名。作为具有宗教意味的仪式，刺青开始于男孩子即将成人之际（一般在十二岁到十四岁之间），在整个人生过程中如果发生重大事情，还会继续在脸上刺青。因此刺青又是部落、家族历史事件的记录（因人而异，各不相同）。毛利贵族以表现他们勇武阳刚之气的刺青为美，贵族妇女也有在嘴唇和下巴刺青的传统（以黑唇为美）。

刺青的过程疼痛难忍，但不能哭叫。毛利神话中的酋长玛涛拉，在刺青时为忍受疼痛，用手拉着地上的草根唱道：

尼娃里卡，
你在哪儿？
出现吧，尼娃里卡。
对你的挚爱引领我来到这儿，
尼娃里卡，尼娃里卡。

“武士接受刺青显示他是一个勇敢坚强、能够承受痛苦的人，也因此成为美丽女子青睐的对象。”

"刺青与原始巫术有没有关系？"

"当然有。头部是人最大的禁忌所在，在脸上刺青非常神圣，由精通刺青技艺和巫术礼仪的大祭师用骨凿和木槌完成。"

帐篷的一侧，黑色的防雨布齐齐地卷起来（像牧场上收割整齐的牧草），留下透明的"墙"。外面院子里有一棵大树，树根裸露。晚霞闪烁，树梢上有一个鸟巢，似金丝交缠而成。总之，帐篷的一边是亮的，银色的餐具摆在明亮的长条桌上，一边接受太阳的余晖，一边映着夜晚的灯光。光源重重叠叠，室内室外同被梦幻的光芒笼罩。

黑衣人提起另一个话题：战争。人为什么要打仗？打仗的目的就是为了争夺土地和女人（他的说法简单直接，我想起荷马史诗中的特洛伊战争就是以争夺世界上最漂亮的女人海伦为目的）。大家对他的话报以微笑，土地和女人从古至今都是温暖人心的字眼。黑衣人的引导并没有停留在这里，这个演讲技巧纯熟的人，他还要令他的意思更进一层，他说："今天你们来到我们的土地上，我们的女人为你们送来食物，我们的男人为你们跳起战舞，欣赏这个美好的夜晚吧，你们的付出物有所值！"

这块颤栗的，每一次闪电都仿佛拔地而起的土地！

战争是残酷的，毛利人提到战争仍然一唱三叹。毛利历史学家陶乐兮曾经充满感情地说："十九世纪初是动荡的年代，毛利人，我的同胞，处在部落时期与好战状态。作为武士，战争对他们来说是一种艺术和主要的运动，食人事件也时常发生。"

"我认为毛利人的战争并不全为了土地和女人。"

"的确。毛利部落战争的根本起因，不是经济因素，而是宗教原因。他们如同复仇之神，复仇是责任，不是选择。一个酋长战死，必须要用敌方酋长的性命来偿还。受到其他部落的侵犯若不复仇，自己的禁忌就会被破坏，神威也会丧失。只有通过复仇让对方付出同等代价，才能恢复神威。很少见到像毛利人这样把战争当作基本生活内容的民族。”

“他们不怕死。”

“他们把死亡看得很淡，战争才是最激动人心的事情。毛利武士被界定为性格完美、被神选中并受神保护的人，他们无所畏惧，视战死为最高荣耀。”

“毛利祭师珀基这样解释他们好战的原因：‘战争被我们的父辈种进我们的心里，就像知识被你们的父辈种进你们的心里一样。’”

“这导致了毛利人性格的两个极端，一方面淳厚朴实充满爱心，一方面野蛮残忍、尚武好战。”

无论怎样评说，从史前时期直接进入文明时代，毛利人走出了血与火的征战。

三、独木舟

我们在山溪边漫步。水是青绿色，浸染了溪边的杂草和蕨叶的绿。新西兰的绿玉就像这溪水，有杂质的更像。那些石花，不是开出了溪边青苔的形状吗？头顶上的树枝几乎要合拢了，影子映在水里，水底的石头被水波纹放大，吐出一串串气泡。溪流发散水汽，林中的各种植物也都吸饱了水分，杂乱无序地生长——没有一个花匠能种出这样的花园来。

独木舟划过来了，不是顺流而下，而是逆流而上。观看的人也随着船涌过来，潮水一样。先看到的是火炬的光，橘红的一片，半条溪水都被照亮了。再看到的是船，越来越近，两个青树枝编成的圆环装饰在船头上，没有比这更漂亮的装饰了，青枝绿叶，自然简单，又妖娆至极。“若有人兮山之阿，被薜荔兮带女萝。”我刚来得及对青枝绿叶做出反应，就被划船人的呼叫喝断，美丽的山鬼隐去。伴随船桨一起一落，武士们呼喊着神秘的咒语——毛利人的祖先从故乡通往新西兰的航道上，这些咒语曾被无数次地吟诵过。我开始明白那画中（前面提到过的画《独木战舟与埃格蒙山》）的海水为什么深不可测了，黑浪滔天的大海吞没了多少独木舟，那是一个永久的秘密。

独木舟是有名字的，有了名字就有了灵性，我想起了登陆新西兰的独木舟“塔基提穆”的故事。据毛利学者玛陶罗汗伽记载，独木舟塔基提穆在海上因神的护佑逢凶化吉（除了有鲸鱼列队护卫，还有海神为独木舟导航）。启航之前，祭师把海神卡胡库拉和辛尼科拉科请到船上。早晨，海神卡胡库拉先行于舟前，天上升起绚丽的彩虹；晚上，海神辛尼科拉科接替卡胡库拉，美丽的月晕继续为独木舟指路。

“这段传说与《旧约·出埃及记》里的一段描写很相似。在《出埃及记》中，以色列人逃出埃及，白天天空中出现巨大的云柱指引方向，夜晚大漠里出现了耀眼的火柱照亮前程。”

“独木舟行驶到大海深处这一段呢？你看，塔基提穆航行到大海深处，突然遇见一道竖立起来的巨浪，悬崖峭壁般的挡在面前，于是，祭师祭祀神斧提阿维奥朗依，以魔力劈开巨浪，独木舟闯过水墙。”

“《圣经》中也有上帝在海上刮了一夜大风，退去海潮，摩西伸出手杖分开海水劈出旱道的描写。如果不是毛利民族的口述历史学者在十九世纪受到《圣经》的启发创造了这个故事，那么，这个口口相传的历史故事对了解原始宗教就相当重要。”

溪流的上游有一座小桥，独木舟行至桥头，已不能再走。山泉水从石头上流下来，只听见水声潺潺。武士们举着火把，在我身边泊船上岸。我看着他们，那是一个我永远无法真正懂得的世界（他们知道带给了我什么样的感觉吗），他们不是书上的文字，是披着剑麻斗篷的人，勇武稚拙，无忧无虑，不会像我一样愁肠百结。

四、黄土地剧场

暮色渐浓，我们来到剧场门口。这样的小剧场，墙面用层层剑麻叶覆盖，像个披着蓑衣的渔翁——设计者本来是想展示他们的斗篷的，想象成渔翁也没有错到哪里。门很小，看起来要弯腰才能走进去（真的进门，并不用弯腰）。门内别有洞天，应该铺地毯的地方，撒一层细细的黄土，踩上去干净柔软。散放的塑料圈椅出人意料的简陋，仿佛随时准备叠起来，好重新整理这片黄土地。

人就没有永远忘却这回事。一个声音，一个场景，那些早已过往的人和事就会被牵扯出来，带着折断根须的痛楚。忘不了家乡黄土地上的剧场，打稻场上嘶嘶响的汽灯，临时搭的戏台，拖儿带女的农妇，跑前跑后不知道忙些什么的年轻人。空气清冽，呼出的气是白的，霜花结在头发上。台上人、台下人的眼睛都是亮晶晶的，就像高寒天空的星星。这样的夜晚令人迷惑：人盼着什么呢，星星盼着什么呢？

这个小剧场里多了暖融融的气息。屋顶照明灯橙色的光，恰到好处（真是无可奈何的词，它已经知道，没有一个词语是恰到好处的）地填充在人与人的空隙中间，就像无数只金色的蜜蜂，从一个人飞向另一个人。这些人莫名其妙地被连接成一个整体，躁动兴奋。

我们不仅是看戏的人，我们还派代表上了舞台，实实在在地参与其中。这是一个奇特的剧场，客人坐的地方是为看戏搭的敞篷（三面是墙，对着舞台的一面敞开），建在山坡上的村庄前面的空地就是舞台，背景是真山真水真天地（这就是看惯了光怪陆离的现代人要追寻的美吗）。我们按照毛利礼仪，把礼物（蕨叶之类）放在地上，躬身后退，毛利武士以掷长矛的方式表示他们是否接受了来访者的诚意，如是者三。直到主人方的妇女唱起了接引歌，主人才真正接纳了我们。唱歌的女人给了客人进门的钥匙。

我们也推出一个唱歌的女人，是个澳大利亚人。显然她受神圣气氛左右，慎重地以澳大利亚国歌回应。她嗓音清亮，才唱一句，就有人挥手，台上台下一起唱起来。我非常惊讶，这个简陋的剧场怎么会有如此好的音响效果，整个剧场就是一个大共鸣腔，没有经过训练的嗓音洪亮雄浑。接下来的演出中，也没有一个演员用麦克风（手上的、耳朵上的一概不用），声音美妙无比。我仰起头来仔细搜索每一个可能隐匿音响设备的角落，不用说，我什么都没有找到。

这就是唱歌的女人领我们来的地方，女巫在森林中吹响骨笛。男巫，就是大祭师，和那个戴着骨雕饰品的黑衣人有些像，不过言谈之间，又没有那么高的道行。

“唱接引歌的女人还在，可惜培养祭师的知识屋没有了，毛利祭师已经成为历史。”

“祭师是一批聪明、有教养、知识丰富的人。毛利众神距离人类事务比较远，只提供种种禁忌。神权微弱，导致现实中的精神力量可以被控制和操作，操作的人就是祭师。他们精通咒语、祈祷、历史、家谱、医药和其他知识，并且运用这些知识去影响毛利人的精神世界和现实生活。”

“应该说，祭师是神、祖先与人之间的中介。”

“历史学家高文这样描述一个祭师：他决不可冒犯。他运用巫术传递意念令敌手窒息，他吟诵符咒平息湖上的风暴，他让闪电和雷暴重新出现在天空，他用咒语杀死空中的飞鸟。祭师甚至可以让神死掉。在土地法庭上，当毛利证人提到一个与土地产权有关系的神时说道，这个神死了。法官当即指出，神不会死。毛利人想都没想就说，这个神会死而且确实死了，当祭师不再做这个神与人的中介时，他就死了。”

“也有另外一种看法。詹姆士在《原始宗教仪式与信仰》中说：‘对于不开化的人来说，其天性中巫术宗教的一面占有最高的地位……他们总是企图用巫术或宗教手段控制自然的过程。’”

小剧场的活动椅子更适合人们聊天，大家都是自由自在。舞台上螺号、石埙、排箫齐鸣，声浪一重重推过来，拍打、撞击欢乐的人群，弄湿他们的衣服鞋子。

毛利人跳起哈卡战舞，大海咆哮了：

我死我死我活我活

我死我死我活我活

这毛发浓密的男人

捉住太阳，带来阳光闪烁

一步向前，再一步向前

有阳光照耀！

这个不顾生死捉住太阳的男人与中国神话中逐日的夸父何其相似！

看过很多次哈卡表演，从未被带入舞蹈的情境中去，特别是以现代建筑为背景表演哈卡，更是不可思议。这是第一次，我被哈卡震惊。那些跳舞的纹面武士瞪眼，吐舌，拍胸，跺脚，他们身体所有的部位都在说话：挑衅、蔑视、无畏、自信。很明显，除了具有鼓舞士气、震慑敌人的作用，哈卡战舞还带有制敌于死命的巫术意味。身临其境我才知道，哈卡战舞狰狞、粗犷、稚拙的美，只有还原到产生它的原始情境中去，才能真正显现。

哈卡起初并非战舞，是儿子为母亲表演的充满爱心的舞蹈。

哈卡起源于一个很美的传说：太阳神拉有两个妻子，一个是仲夏女神，一个是仲冬女神。仲夏女神与太阳神生了一个儿子，名叫坦尼·诺里。坦尼·诺里在夏天出生，他就是天空中颤抖的热空气。盛夏，气候酷热，空气闪烁，那是坦尼·诺里颤动双手为他的母亲表演哈卡舞。

“这种震颤扩展到所有的毛利舞蹈中，从男人跳的哈卡舞到女人跳的波依舞，双手与肌肉的震颤都是基本动作。”

“空气震颤显示神的降临，毛利舞蹈原本就是带有原始宗教意味的巫舞。”

台上站着预备跳波依舞的女人，黑头发上插着白羽毛头饰，带几分仙气（不是天鹅湖中小天鹅的仙气，更像森林中的鸟神）。她们体格健壮，皮肤的颜色接近黄土地。乐曲奏响，女人们载歌载舞（一时间山风吹拂，百鸟和鸣），或许，你并不懂得她们唱什么，却不会误解她们的意思——那是来自黄土地与大森林的生命律动，带着亚麻和灯心草的香气（她们手中舞动的小白球波依，是林神坦尼的儿子——亚麻和灯心草做成的，男人们最初用来训练手腕的灵活性，以便更有效地使用短棒和石斧）。波依舞的美来自热情奔放的生命活力。

“毛利波依舞蹈家华塔说，波依舞蹈与毛利民族对于宇宙的起源，生命的根本意义的认识有密切的关系。整个舞蹈语言蕴含宇宙与生命起源的过程，在这个过程中，敬畏心与平常心达到了高度的和谐。”

从众神崇拜、神威禁忌、人与天地万物合一中生出的敬畏心与平常心，是毛利文化的精髓。“在这个黄土地舞台上，演员演的是他们自己，他们的躯壳追寻他们的灵魂。”

五、地灶晚餐

地灶晚餐，我向往已久。人有时很矛盾，一面享受电灶的方便干净，一面想念久违的土灶炉火。毛利人的地灶饭，毛利语称“杭依（hangi）”，是新石器时代的烹饪方式。

多年前我在皖南山区见过石头垒的灶，灶上有一口平底铁锅，锅里摆满了鹅卵石。那天刚看过牌坊群，沉重压抑，又看到锅里的石头，心里惊讶，难道山里人煮石头吃不成？问起来，当地的人说，这是烙饼子用的灶，架上柴火，把鹅卵石烧热了，面饼子放在石头上烙

（又说放在石头下面），因受热均匀，饼子十分可口。记得那是个路口，看看周围，荒村野店的，没什么人，石头灶也熄火多年（在叙述中，当年招呼客人的厨娘依稀可以想见，终究没有看到她烙出个饼子来）。

毛利人的地灶没有铁锅，新石器时代的人，用石块作炊具。妇女们在地上挖个坑，投进柴草，点火烧热鹅卵石，放入红薯、蕨根、鱼、鸟、贝之类原始人可能得到的食物，再盖上剑麻叶子，覆上土。吃的时候，刨开地灶，以手取食。毛利人没有装食物的陶盆陶碗可用，用树叶托着吃倒是有可能，这是最早的餐具了。

“毛利人也有不能用手接触食物的时候，就是有禁忌的时候。”

“比如——”

“比如在刺青过程中，祭师和接受刺青的人都不能用手接触食物，由奴隶或其他人用长木棒把食物送到祭师口中。剪发也成为禁忌，人在剪发后要举行仪式清除禁忌，才能进入厨房。剪发后，一个普通人三天之内不能用手接触食物；祭师或酋长时间更长，大约有八个星期不能用手拿食物；如果是一个大酋长，这种禁忌要长达四个月之久。这期间，全靠别人给他们喂食。”

“这种禁忌真的很麻烦。”

“凡是禁忌决不可以触碰。毛利语‘禁忌’并非简单的禁止和限制，它与‘神圣’相联系。为保护神圣而严守禁忌，这是神威得以增强的源泉。在毛利世界里，没有单独存在的生命，家庭成员之间，人与自然环境之间，都有复杂的联系。禁忌，也是人与人、人与事物之间复杂联系的核心。”

从剧场出来，略有凉意。主人带我们去看焖了四个小时的地灶晚饭。

地灶就在帐篷外面。刚进村时，看到一个木柴上架着石头的地灶，坑浅，灶小，现在才知道是摆样子的。为我们做饭的地灶在一个凉亭下面，石头围边，男人们站在四周合力掀开一层层的毡子，露出里层的麻布——这个程序撩拨你的食欲，都说隔锅的茶饭好吃，何况隔着久远的用石头作炊具的年代。最后一层麻布被掀开，四个铺着锡箔纸的铁筛网升上来，一网鸡肉、一网羊肉、一网土豆、一网红薯，热气腾腾。待筛网挪去，热气散尽，人也就散了。

我站在那儿，看着地灶内烧热的石头和余下的炭火发愣。其实没人在意今晚吃的东西是怎样做出来的（那又为什么要展示给大家看呢，不过是展示的人自展示，看的人自看罢了），没人注意到托着食物的铁筛网和铁板。这个与时俱进的地灶，已经与皖南山区烙饼子的锅同属一个年代了。

晚饭设在帐篷里。一长溜加盖子的不锈钢托盘，银光锃亮。餐具是白瓷盘加刀叉，和当地饭店没什么两样。地灶焖熟的肉很香，我不爱吃那些叫不出名字的调料，索性连盐都不加，真正做到有烹无调。要说味道如何，我想与叫花鸡有一比。再问叫花鸡是什么味道，我只好说是毛利地灶食品“杭侬”的味道，因为制作方法是差不多的。

值得称道的还有瓶子里的山泉水，纯净甘甜，是超市的矿泉水没法比的。

六、山道

晚饭后去山道探险（到了地方，才知道无险可探），我特地穿上了厚绒衣（订票的时候就吩咐，晚上冷，要带御寒的衣服）。从毛利人演出的舞台出发（那就是一个村庄前面的空地），就进了山。我抬头望月，那个熟悉的月亮已经躲进云层中去了。夜色中，勉强能看清前后的人。领路的毛利女孩子换上了靴子，我看看她，她笑着不说话，一路讲解的还是黑衣人，用手中的大电筒指指点点。山势平缓，听到流水声，才知道村庄就建在溪边山上。路过毛利人的草棚（为毛利文化村修建），了解它们的不同功用：仓房、睡房、厨房，都是分开的，各司其职。精美的毛利木雕立在门前，据说是祖先的神灵，守护着屋子里的人。住在这样的小屋子里，下大雨的时候应该是很安心的（空间越小越安心，大了反倒害怕）。大风大雨的夜晚，山下的溪水涨起来，雨水从头顶上流过去，那时候你会觉得这个黑洞洞的小屋子真是个好地方。

山道狭窄，蕨叶不时拂在身上。常年在怀卡托河边居住，春天，看着卷曲的蕨芽一点点伸展，真是愉快的体验！蕨叶是绿色的，与一般树叶的颜色没什么两样，为什么叫银蕨？新西兰橄榄球队的旗帜上，全黑队[1]的图腾为什么是片银蕨叶？我从来就没有想明白。周围一片漆黑，黑衣人的手电筒照向蕨叶的背面，我看到了银蕨，在黑暗中熠熠发光的神奇叶片！我深吸一口蕨叶的气息，暗自庆幸，仅为看到在黑暗中发光的银蕨叶，就不虚此行。

“据毛利传说，银蕨以前是住在海里的，后来她被邀请来到陆地上，住在森林里，为人们指引方向。夜晚，迷

1 新西兰全黑队，新西兰的国球——橄榄球的国家队。

路的猎人和武士只要翻开银蕨叶片，树叶就会反射月光，照亮一条穿过森林的路，带迷路的人回家。”

“新西兰无处不在的银蕨图案，寄寓着人对自然的信赖和情感。”

黑衣人一路介绍各种各样的树，有七十多年的红杉树，还有树叶树皮都能做药的树。我在路边的树桩上看到两朵暗红的灵芝，有十来公分大小，用小电筒照上去，晶莹发亮，真是个宝物。毛利人不知道灵芝是中国的不死仙草，他们注意的是消炎药草、止血药草，这才是原始人的“不死灵药”。我犹豫，要不要把灵芝指给那个黑衣人看，不知他是否能够珍惜这两株穿红衣的中国小仙女？最后决定，还是让它们自由自在地生长在林子里好了，草木有灵，被人打扰并非灵芝所愿。

山道幽深，除了树木，再无其他风景（没有凑个十景八景的，是他们的质朴之处）。主人家不忍冷落了客人，又殷勤地拨开山坡上的树枝让大家看，只见草丛中星星点点的光亮，像极了天上的星光。黑衣人说，这是萤火虫。他还说山坡上的萤火虫比溶洞里的好看，离人近。

他说的溶洞我去过，离这里不远，名字就叫萤火虫洞。洞很深，乘船进入，洞壁上的光晕银河般的横亘于头顶上，那就是萤火虫。看着成千上万只萤火虫组成的星云，我竟然有些失落——自从到了新西兰，再也没有看到过飞翔的萤火虫。我要找什么呢？我要找的，就是个梦，一个无数只萤火虫在夏夜飞舞的梦，一个提着小灯笼的萤火虫落在我手掌心的梦。

不知道家乡的田埂上还有萤火虫吗？不知道萤火虫的翅膀是否被

露水打湿了？

夜色更浓。人们从山上走下来，似有倦意，纷纷上车。一会工夫，停车场就空了。

我余兴未尽。

“这个村子已经举办过五千多场毛利文化表演，虽是商演，难得的是毫无懈怠。

“毛利人并非单纯表演，他们怀有举行宗教仪式的虔诚。

“自从欧洲的法律制度在新西兰建立，田野、森林、河流不再受禁忌的保护和仲裁，禁忌消失了，传统文化的基础被颠覆，这是对毛利传统宗教的一场革命。”

毛利学者玛塔霍罗感叹道：“禁忌结束了，永恒的传统丧失了，祷告词没有了，今天的人们再也不懂得这些。禁忌是首要的，没有禁忌，众神就失去了生命和神威；没有众神，万物就平淡无味。如今人物、行动、思想都在周围转着圈，人们感到困惑与绝望。”

这是毛利民族深沉的痛楚，转着圈的人们仍然在寻找他们消失的禁忌，迷失的灵魂。逆流而上的独木舟演绎的是回到“人之初”的梦，虽然这个“人之初”并非想象中的那样完美。

中土世界的先民——毛利人

一、史前时期毛利人农耕月令

记忆中，下雪天我就开始数九：“一九二九不出手。”心里想，这“不出手”真是有道理。趴在窗台上看下雪，双手便笼在袖子里，不肯拿出来。

有了这个体验，读书读到“史前时期毛利人的农耕安排”，就有亲切感。虽说语言简单，我还是喜欢，因为简单中自有“天下随时”、岁月运转、循环往复的节奏韵律。还有一个发现就是，以空间之象写时间之变，观天象以计时间，不独在中国人的《礼记·月令》中有记载，在新西兰毛利人史前时期的农耕活动中也有体现。

既然如此，“毛利人农耕安排”也可称为“毛利人农耕月令”。

南半球的仲冬（五月末或是六月初），昴星团升起来了。

昴星团升起之日，是毛利人的新年。

元音响亮的毛利语“Matarike”，除了“昴星团”的意思，它还有一层意思是“神的眼睛”。

“神的眼睛”决定下一年收成的好坏，昴星团越亮，收成越好。

毛利历法以昴星团出现为一年的开始。按照四季十二个月（有的部落是十三个月），他们这样安排农时：

冬季：

六月，寒冷。人们捕获鸟类与田鼠，采集淡菜、淡水鱼，为第二年的农耕种植开挖新土地。

七月，最冷。人们点火取暖，腌制鸟肉和田鼠肉，捕捉行动不敏捷的斑鸠和图伊鸟。捕鱼，采集淡菜，采集海带，砍树。

八月，寒冷多霜。人们保存鸟肉与田鼠肉，焚烧干枯的蕨叶，翻地备种，捕鱼。

春季：

九月，气温回升，多雾。在新开的土地上焚烧大树，松土备耕。种植亚麻，采集贝类，捕鱼。

十月，气候温暖，潮湿。种庄稼，挖蕨根，捕鱼。

十一月，天气很暖和，有些干燥。大规模捕鱼季节开始，采集贝类。

夏季：

十二月，天气热而干燥。采野果，捕捉鸟类，种庄稼，捕鱼，拾海贝。

一月，又干又热。是丰收时节，人们收获蕨类、草莓和各种水果。焚烧干树枝，以获得新的土地。修栅栏，锄草，捉鸟，捕鱼。

二月，天热而且干燥。收获庄稼，祭师在收获前举行仪式，为田地去除禁忌。修建储藏室，锄草，建鳗鱼塘，捕鱼。

秋季：

三月，气候温和，干燥。挖掘红薯、芋头，采集山药，保存留作种子的茎块，举行庆丰收仪式，捕鱼。

四月，气温转凉，潮湿。农耕活动中止，知识屋开学，摘草莓和捉鸟。

五月，寒冷。庄稼藏入地窖，人们中止劳作，有少量捕鱼活动。

（《毛利文化·新西兰毛利人的经济》）

捕鱼，狩猎，采集，农耕。春夏秋冬，顺天随时，井然有序。

二、创世纪神话

在毛利人的“创世纪”神话中，最初的世界一片混沌，没有光，没有物体，没有形状，甚至没有“没有”，只是一片空无。天神伊奥在“无”的世界里创造了生命，黑暗中抽出了草叶的幼芽、蕨类和藤蔓，空无中有了生命的呼吸，最初的高级生命是天父朗依和地母帕帕。

再来看看伊奥是谁：

在我们毛利人的信仰中，伊奥是最伟大的神，他在所有的神之上。他的第一个名字是万物之父伊奥，他的第二个名字是从未被人看见的伊奥，他的第三个名字是在转瞬即逝的光芒中（如闪电）可见的伊奥，他的第四个名字是住在最高一层天上的高贵的伊奥，他的第五个名字是众神之神伊奥。

伊奥无形，他从未被人看见。

伊奥是光芒，他转瞬即逝。

伊奥是有无之始。

伊奥是结束浑沌状态的人。

两千多年前，中国的《庄子·应帝王》记载了一个关于“浑沌”的寓言故事：

南海之帝为儵，北海之帝为忽，中央之帝为浑沌。儵与忽时相与遇于浑沌之地，浑沌待之甚善。儵与忽谋报浑沌之德，曰：“人皆有七窍以视听食息，此独无有，尝试凿之。”日凿一窍，七日而浑沌死。

儵、忽是急速，

儵、忽是时间，

儵、忽是有无，

（浑沌为非有非无。）

儵、忽是给浑沌开窍的人。

时间是结构，

时间是秩序，

时间生而浑沌死。

三、先民的影子

听毛利人谈话，雨天好睡，晴天晒衣。女儿骂了母亲，那母亲只讪讪一笑，对围观的人说：“她不是有意的，需要看心理医生。”

只是挂号费就要四十多元，骂就骂了吧。

听的人自然明白，咧着缺了门牙的嘴傻笑。

拔牙可以免费，装牙不能免费。于是缺牙成了时髦。奇怪的是那牙不歪不邪，并没有往空缺处倒去。

真是穷人自有穷人的活路。

早早生下一群孩子，孩子再生孩子，领的救济金牛奶费也接得上了。每周二十个小时的免费幼儿教育，小孩子过生日的礼物毫不含糊，超人组合、冰雪小公主组合，这么一组合，小公主的马车有了，男朋友也有了。买的时候如果缺个零头，旁边的叔叔、姨会掏钱补上。再问，不是叔叔、姨，竟是不相干的人。

送的人像个木头，受的人也像个木头，多一句话也没有的。下次见面，就认不得了。

谁的钱不是一样花，也就不用格外分出个你我来。

生下来的孩子在怀里抱着，车里推着，一眨眼就缠着祖母买玩具。

忽然有一天，小女孩说：我奶奶死了。

一家人穿上印着奶奶名字的T恤（这是慎重的）或是穿上礼服给奶奶送葬，以后每年往坟墓前送一束塑料花也就完了。

庄子说上古人的生活道行：“其卧徐徐，其觉于于；一以己为马，一以己为牛。”

毛利人乐生不畏死。

《毛利神话故事》序

毛利神话故事内容极为丰富。按照人类学家拜斯特（Elsden Best，1856～1931)的意见，“毛利神话系统超过了古希腊”。能够得出这样的结论，原因之一是拜斯特的身边就生活着神话的讲述者——刚刚从史前时期走出的毛利人。毛利民族的口述神话植根于东波利尼西亚，伴随着毛利人移居新西兰的过程不断创新。毛利人以他们的口述传统，解释宇宙、人类的起源，讲述民族、家族的历史，毛利神话是毛利民族精神的源头。

毛利人是一千多年前从南太平洋东波利尼西亚岛国移居到新西兰的原住民。（根据最新的考古学成果与DNA检测数据，毛利人的母系远祖是六千年前的台湾高山族人。）毛利民族进入现代文明社会以前(十九世纪中叶以前)，处于新石器时代，没有书写文字。大量的神话故事，由各部落的口述传统保留下来。经过千百年的口口相传，同一类型的神话故事的内容、人物、情节在不同的部落之间有很大差异。毛利民族习惯使用谚语和暗喻表述他们的见解与情感，在没有文字可资考证的情况下，后人更是难以理解某些神话的本意和其中的宗教习俗。十九世纪开始，许多学者穷毕生精力搜集、梳理、研究古代神话，从毛利人的口述传统、家谱、歌谣中，追溯毛利神话产生的源头。最初的成果主要收集在两种著作中，一本是格雷（George Gray 1812～1898）总督编的《祖先的事迹》，另一套是怀特（John White 1826～1891）主编的九卷本《古代毛利社会》。这些书籍对毛利民族传统、宗教信仰与神话传说做了具体的介绍。

毛利神话故事，从内容上可以分为三大类：一是古代神话，二是历史传奇，三是民间故事。

古代神话主要由三部分组成：一是创世纪神话，二是英雄玛威的故事，三是塔瓦基的复仇系列。历史传奇也是辉煌的史诗三部曲：第一部是英雄库匹发现新西兰的传说，第二部是酋长涛依为寻找在海上失踪的孙子驾舟登陆并定居新西兰的故事，第三部分是毛利人祖先驾驶独木舟大舰队横越南太平洋移民新西兰的记述。民间故事涉及毛利民族古代生活的方方面面，包括神鬼故事、部落战争、民间习俗、婚恋生活等多方面内容。

毛利古代神话渗透原始宗教因素，但是，神话并不等于宗教，神话是古代人浪漫幻想的产物，由人格化的众神和他们的神奇事迹构成。原始宗教则是古代人对神的崇拜与信仰，是古人对自然界超人力量的敬畏，也是他们为战胜外部压力选择的一种抗争方式。毛利人借助对自然众神的崇拜、黑白巫术、禁忌等宗教行为，凝聚精神世界的力量，以达到规避灾难、把握自身命运的目的。当他们以敬畏之心和浪漫的想象力创造出众神形象时，已经把自己对于命运的安排交给了众神，神话传说的内容与原始宗教因素因此融合在一起。

浪漫幻想是所有古代神话的共同特色。毛利神话以南太平洋的天风海涛为背景，以新西兰的山川湖泊为依托，色彩瑰丽，充满南半球的地域风情。英雄玛威从大洋深处钓上了一条巨大无比的鱼，大鱼最终变成了今天新西兰人赖以栖息的新西兰北岛，他的兄长用刀砍伤的大鱼脊梁变成了高大绵延的山脉。英雄库匹驾驶一叶扁舟横越大洋，穿过惊涛骇浪追杀大章鱼，最终发现了新西兰这片神奇的土地。巨人图提拉基用神斧把南岛冰川劈开一道裂口，海水涌进群山，形成美丽的湖泊。毛利人的祖先探索未知世界的勇气与梦想，在这些神话故事里获得了永久的生命力。

毛利神话传说，蕴含毛利人原始朴素的宇宙观。他们认为，人间万物源于天地。毛利学者朗依卡·西基（Rangika Heke ？～1896）于一八四九年所写的记录创世纪神话的手稿《天堂的歌谣》，一开头即大声宣告："朋友们，听我说，我们毛利民族只有一个发源地，那就是高高悬挂在我们头顶上的天，以及我们脚立的大地。"按基督教的说法，上帝创造了天地和生命；按毛利人的说法，天地是人类自身的一部分，是生命的直接起源。毛利人"创世纪"的故事，从黑暗中水的出现、植物的抽枝发芽到众神家族的形成，形象地表述了毛利人对于自然进化的哲学思考。面对艰苦恶劣的生存环境，人的生存本能与改造生存条件的意愿被放在第一位。坦尼六兄弟为了获得一个光明的世界与自由的空间，不得不强行分开天父朗依和地母帕帕。如果他们不强行分开父母，光明的世界永远不会产生。强行分开父母，则不符合道德伦理标准。这是历史与道德的双重尺度。历史的进步，在特定的环境中，不得不以合道德律的价值观念的适当牺牲为前提。毛利神话众神的事迹，是以超自然的能力去做人想做却做不到的事情，在大多数神的身上，人性超过神性，人性是本质，神性只是人性的外化与延伸。

毛利神话故事气魄宏大，波澜壮阔。一千年前，东波利尼西亚岛国的生活资源趋于贫乏，毛利人祖先以石头为工具，砍倒大树，建造巨大的独木舟，奥蒂亚、泰努依、阿拉瓦、塔基提穆……这些独木舟在没有任何导航设备与基本生活物资装备的情况下，凭借毛利武士的顽强意志和毛利祭师对天空大洋的肉眼观察，横越两千多海里的南太平洋，登陆新西兰，开创了一个民族全新的生活。在这些独木舟舰队横越南太平洋的航程中，有多少没有留下名字的独木舟与勇敢的武士被无情的大洋吞没。指挥这些独木舟的大酋长、大祭师，他们的家谱可以回溯到不同的天神，他们用神斧劈开遮天蔽日的水墙，吟诵符咒调动天神来佑护他们的航行，唤来海怪、巨鲸为独木舟导航，成功地把他们的部落带到了未知的土地上。这些神话传奇，构成了极为独特的一个民族生存发展的宏伟史诗。

与符合古典美学规范的古希腊神话的众神形象相比，毛利神话传说并不符合典雅与庄重的美学观。故事的主人公远没有希腊神话中的英雄崇高伟大，其事业和命运也不是那么慷慨悲壮。从远古的天神到历史上的武士酋长，绝大部分都是有性格缺陷的人物。人们对代表天地万物的众神充满了虔诚与谦卑，同时，又通过神话传奇人物的言行去调侃、捉弄众神，表达他们对权威、强势的不在乎。玛威出生神奇，性格顽劣。为改变白天太短的状况，他凭借神力与智慧制服有恩于他的太阳神；为找到火的来源，捉弄火神老祖母。他的英雄行为远不如普罗米修斯那么高尚，他有很多劣行，甚至把他的姐夫变成了狗而导致姐姐自杀。玛威的故事保持了原始神话的古朴风貌，在流传过程中没有受到现代文明意识的浸染。他的带有恶作剧的英雄行为，诠释了史前时期毛利人的性格嗜好、道德理想、价值观念。

毛利神话故事有一种生动质朴的古代神话之美，几乎没有经过专业叙事者的加工润色。毛利的创世纪神话，回溯到历史的原点，生命的初始状态，这比古希腊神话故事回溯得更远更早，更贴近远古人类的生活实际与情感世界。毛利神话让现代人看到人类文明源头的真实容貌，这是毛利神话故事最宝贵的价值所在。

邻居帕蒂

我的近邻，帕蒂太太的院子，与我家仅有一条车道之隔。

这条道很狭窄，因为窄，中间并没有严格地画上一条线，车进车出，必须十分小心。路两边，一边是我家的墙，一边是帕蒂家的栅栏，都是高高的“堤岸”。栅栏上有花，红色、白色，纷纷扰扰，与墙上的画（一群青年艺术家的杰作，总是在不断地修改中。看来看去，画的都是狭窄的生存空间）寂寥相对。车如流水，岁月如流水，日子就在栅栏与高墙之间匆匆逝去。

到这里之前，我在一个海边小镇居住。那里有一个叫“突忽依”的毛利部落，就在莽莽苍苍的国家森林公园里面。我们去过森林边缘的小村庄，亲眼见到一个纹面的“毛利武士”，这个在油画上才能看到的人做了一番奇特的自我介绍，他说：“我是突忽依人，我不相信学校，还有政府，政府属于澳大利亚。”他看着我们，警惕但不是拒绝，狡诈却又非常诚实。我想他不相信学校是显而易见的，没有任何一所学校会传授“政府属于澳大利亚”这样的知识。他自告奋勇要做我们的向导，我在那片原始森林前犹豫不决。我知道多年前有一个人类学家，一个Pakeha（毛利语：欧裔、白种人），曾与突忽依部落一起生活多年。可我就是一个普通人，一点也不想去做什么考察和探险。

那些突忽依人的热情还是把我给“宠”坏了。我们非常快乐地生活在小镇上，似乎可以与周围的人（不只是突忽依人）分享一切——地里摘下的瓜，林子里打的猎物。他们把自己的苦恼和喜悦告诉我们，常常说到一半就哽咽得说不下去。

自从来到贝德街，人们看我们的眼神就不一样了，（我在别人的眼神中寻找归属和认同？）那是一种可怕的冷漠甚至敌意。我们不再是从零开始的楷模，我们在这里有了落脚的地方，一所大房子。

买下这所房子很偶然，我们围着它转了一圈，就在合同书上签了字。这是一所我们能够付得起首期款的大房子，方方正正，坐南朝北（南半球最好的房屋朝向）。房子的主人甚至主动降了一点价。她说她的孩子在这里长大，她对这所房子充满感情。看得出我们是好人，她愿意我们拥有这所房子，不会因为换汇的损失而改变主意。

房子在诺曼底街与贝德街的交汇处。如果仔细考察，或许我会犹豫。“诺曼底”三个字激起我心中的豪气（前程艰难，总要有些勇气去面对），再加上用樱花做行道树的街区，实在是没有什么可挑剔的。

帕蒂住在我们东边，我来的时候她已经八十多岁了，是个瘦弱的老太太，需要推着拐杖车走路。她的生活极有规律，每天在固定的时间出门：早上7:30，买面包牛奶；再次出门，买报纸杂志；9:30，回家喝早茶。下午3点左右，收信箱中的邮件。

从楼上的窗户能看到帕蒂家的花园，看不出颜色的木头架子上爬满藤萝，它已经没有力气，再也开不出紫色或别的颜色的花来，可是夹着苍黄的绿色是多么动人啊。蔷薇把花瓣撒在地上，杂草柔韧地伏在直指苍天的剑麻旁边。花园入口处，立着一个顶着托盘的小男孩——是个雕塑，我怕看这种雕塑，这孩子的使命就是这样永远顶起头上的盘子吗？但愿他能够给孤独的人以慰藉！

帕蒂家的百叶窗永远低垂着。她的丈夫是个二战老兵，二十多年前去世了。从那时候开始，她就没有打开过百叶窗。我猜想，屋子里有一个需要倾心保护的世界，就像一张旧照片，时光让它褪色，作一些微妙的变化。这些变化令记忆分叉，像天边咔咔响的闪电，迷惘而又不可把握。帕蒂沉浸其中，用记忆修补上面的裂纹。很多东西，几十年前就摆在那里，没什么用，也绝不多余。想挪动它们，除非是地震。她的大儿子前年从澳大利亚回来，为母亲做过一次大扫除，结果是帕蒂非常生气，大扫除就是所有的东西都找不到了！她的儿子一头雾水，听母亲絮絮叨叨，一件一件请诸神归位，终于恍然大悟：这才是我的母亲，这就是自立精神。于是跑过来对我说："你们中国人的老人都和子女住在一起，看看我的母亲，她说她要活一百岁，怎样才能活到一百岁？就是自立！"

"这次你陪你妈妈多长时间？"我问。

"三个月，太长了点。"

帕蒂就是这样独自住在她的老房子里。她的两个儿子每年轮流从澳洲回来看她，帮她修栅栏，整理车库，然后开着车到处旅游。她还有个大女儿住在奈皮尔市，小女儿就在本地报社工作。正如她的大儿子所说，帕蒂非常自立。她的子女常回来看她，但他们并不介入她的生活。去年，她从床上摔下来。腿肿得厉害，静河要打电话叫救护车，她说不用，自己已经处理好了。前不久，她右手的小手指头需要做手术，静河问她要不要陪同，她说不用，连女儿都没有告诉。

自立与孤独相伴，难怪新西兰作家约翰·马尔根哀叹："孤独的人。"

静河常出门。傍晚，太阳的光晕从冰箱上那束花的背后消失，偌大的空间，只剩我一个人。每一面墙，每一根柱子都在窃窃私语。是否有一天，它们商量好了，一起离开这里？那我会舍不得。再说它们能去哪儿？回森林中去？就像人不能回到童年一样，房梁也不能变成树木。

帕蒂担心我害怕，邀请我去她家，她说："杰夫不在家，你就到我这儿来吧。"我领了她的好意，还是愿意自己待在家里。

月亮升起来了，大半个，就在街灯上面挂着。我看着月亮，感觉并不孤独。我欣赏孤独，孤独能够让我听到遥远的声音。

静河在水利工地上长大，一说到左邻右舍，犯错打架，就充满感情，滔滔不绝。他把我家的电话号码写下来送给帕蒂，让她无论有什么事，给我们打电话。毕竟是个八十多岁的老人，我们是离她最近的人。

帕蒂的担心并不是多余的，我确实在后院（没有围栏，就是停车场）看到有人喝酒，准确地说是酗酒。街角落里，寒风中，偶然也会看到一个衣衫不整的人——我真的不愿猜测发生了什么事，她拦住人乞求："千万别报警，我这就走。"

这个世界离我很近，这个世界离我很远。分明是隔着一层玻璃去看它，只有紧张是真的，只有心里隐隐作痛是真的。

想起了我的儿子。有一天他对我说，爸爸在外国，听见警车响，追着警车跑，不就看到外国警匪片了吗？那时候他还小，外国对这个七岁的小孩子来说可能就是一部电影，但不知道为什么是警匪片。

帕蒂常问起我的儿子，又谈到子女对父母的责任，说起这个，她的态度像个中国人。我跟她说到我的婆婆，说婆婆有气场，她所有的子女都在意她的感觉，不是冷暖，是感觉。帕蒂问我婆婆的年龄，还有饮食起居之类。她不问牙好不好，她认为那是牙医的事，她问我婆婆喜欢做什么。我说，她喜欢跟人聊天。家里的老亲多，过年有过年的应酬，平日有平日的走动。真的寂寞了，还有她的儿孙们。虽这么说，都已经是两年前的事了。

帕蒂也爱跟人聊天。她推着作拐杖的小车出门，为她的话找个愿意听的人。她的话语简短，精气神十足，对社区的事情发表意见锋芒毕露。又因为听力不好，说完就走，并不在意别人回答什么。有一天她说："我为什么要走？我就在这里，这里是我的家。"这句话本来是批评社区的潜台词，可是她理直气壮地说出来了，这就是生活的理由，帕蒂之所以是帕蒂的理由。比起那些为了和人在一起不得不去购物中心坐着的老人，帕蒂的选择是何等的有见识。

帕蒂爱说"羞愧"这个词，对某件事情"感觉羞愧"（feel shame)是一个道德标准。我们理应对很多事情感觉羞愧：栅栏被涂鸦，家暴被曝光，酒店被砸，这条街的名字被记者用来作不恰当调侃，都应该感觉羞愧。怎么能够说这是最坏的一条街呢？"贝德（Bade）"的意思是战斗！帕蒂对我说她的故事："那一年我十九岁，这里没什么房子，一片荒凉，我给大家送信，人们等着战争结束的消息，女人们坐在窗户前面眼巴巴地盼着……”

七十年过去了。如果不去述说这条街的平静优雅是不公正的。你沿着小路走过草场，孩子的笑声从绿荫中传来，你回头去找，却看不到人，幸福的感觉像空气一样包围着你。或许你正在开车，坐在你旁边的人说：“看哪，看天上的那片黑云，太阳给它镶上一条多么漂亮的金边啊。”你可不要看，会出危险的！

静河书房的窗户正对着帕蒂的卧室，帕蒂准确地知道他每天的熄灯时间。如果太晚了，第二天早晨她会提醒静河：“你昨天两点钟才睡。”

静河在他的记事本上写道：

帕蒂与我的母亲年龄相仿，因为这层原因，我时时有存心照顾她的意图。我让她记下我的电话号码，告诉她不论何时，有事要我帮忙，立即给我打电话。事实上她很少给我打电话，只有一次，她用急促的口吻喊我帮忙，我急忙下楼去了她家，原来是一条大狗跳过栅栏进了她家院子。这是一幅何等奇特的画面：一个矮小的老女人毫不畏惧地推一只和她差不多高的大狗，嘴里发出“出去出去”的命令。我大吃一惊，立刻把她拦在身后，一手拉着狗脖子上的绳索，一手抬着狗的前腿把它送过了栅栏。这真是一次大冒险，如果这条大狗跑进我家的院子，我是决不会管它的，太危险了。帕蒂不论出去度假还是有什么事，都会立即告诉我。刚来的头两年，见她时常去中国快餐店买中餐，我便为她做些吃的拿去，虾仁炒粉、鸡丝面等，她很爱吃。过一两天，就会给我送来她做的布丁、蛋糕之类的食品，很多东西我并不爱吃，放两天后只好丢掉。一再叫她不要送，她也不听。后来，从报纸上看到一个消息，说一个老人因为吃了朋友送的海鲜生病去世，老人的子女把送海鲜的人告上了法庭。我一激灵：帕蒂已经是风烛残年，她的胃能不能适应中国餐？于是我停止给她做吃的，她也就不再给我送甜食了，这才解决了我一大难题。

静河的描述情真意切。

最近发生了一件事，静河有些伤感。不知什么人，把大型垃圾——废弃的木头框、海绵垫和电视机之类，放在壁画前面的车道上了。按照常理，这些东西很快就会被移走。这条归市政厅管辖的后街车道，镜面一样干净，除了人工清洁，马路清扫车每周都来。不过自从前年新西兰的垃圾处理系统易主，清扫车看不到了，垃圾回收好像也出了问题。平日里倒也罢了，现在竟然有人趁夜色把垃圾扔在车道上，无疑，这应该是一件感觉羞愧的事。

据说有教养的人看到别人的失误只当没看见，这个小区的人做到了。所有的车辆绕过垃圾行走，小汽车，大货车，面包车，大家都看到了，大家都没看到。

帕蒂忍不住了，跑来对静河诉说，静河打电话向市政厅诉说。一个星期过去了，一个月过去了。一天晚上，有人看上了这个现成的“茶几”，席地而坐，饮酒赏月，结果废电视机上又多了几个易拉罐。

帕蒂的儿子又开始大扫除了。这个好心人清除了车道上的一切可处理垃圾，最后，把旧电视机放在我家的院子里。

“只有保持清洁，人们才不会继续往这里扔垃圾。”他很高兴又得出一个正确的结论。

我心里一阵郁闷。

静河回来，我对他说："还是你想想办法把这个旧电视机处理了吧。"帕蒂刚过九十岁生日，（静河参加了生日宴会，我请他代我送去一顶漂亮的帽子。）我不愿意看到一个九十岁的人不高兴。

"岂有此理！"静河说。与市政厅的事还没有完呢，垃圾电视应该放回原来的地方，这样才能继续要求市政厅过问小区的垃圾管理。纳税人已经缴过地税，更何况这条马路属于国有。他不明白帕蒂为什么会同意她的儿子把垃圾电视机放在我们家的后院里。八年时间，天天见面，情同母子，怎么还是走不到心里去？虽是小事，事情的背后站的是人呐。想到此，静河对天长叹：这个世界，人不自强，天理不容。

第二天太阳出来，一切照旧。

生活仅仅在废电视机那里转了个圈。帕蒂还是向静河报告小区的新闻和天气预报，然后搭乘巴士去赌场玩老虎机或是去老人俱乐部玩宾果。静河恭顺地应答，全然看不出是个认死理的人。毕竟，他的母亲——我的婆婆再也不能和他聊天，愿上帝保佑她的在天之灵。

街的对面

街的对面，住着一户人家。

本来街的对面是街，是街的另一半。

街头住的那家，百叶窗成天关着。他家的人不爱说话，也不爱听人说话。为了听不到声音，那个中年男人总是戴着耳机，这样做在割草的时候，就像个专业的割草人。他的割草工具也很专业，靠近木头篱笆，一定要换上小型的旋转割草器，这样既不伤着篱笆，又能保证草坪的整齐划一。他家的草坪是我们这条街上最漂亮的。他的妻子要随和得多，拖着一双旧鞋子在草地上走来走去。（冬天是双毛毡靴子，其他季节是看不出颜色的拖鞋，沾着草汁草叶子。）在新割的草地上找虫子吃的鸟并不怕她，你走你的，我吃我的。

可是我要说的，不是这户人家，是他隔壁的那一家。这家到底有多少人，说不清楚，到底住了几所房子，也说不清楚。12号是他家，26号也是他家。弄清他家有多少人是无意义的，他家有几十口人，亲戚连着亲戚。有长期住的，有短期度假的。那三个高矮不等的男孩倒是长住的，三个人的后脑勺都留着一撮卷曲的黄毛，像乌龟的尾巴。

静河对我说，在他“下放”的山区，金贵的男孩才留这种小尾巴呢，再取个乌龟、哦喽之类的名字。你知道什么是“哦喽”吗？是唤猪的声音。这个名字家里的长辈叫就罢了，邻居也叫，小伙伴也叫，总之是名字越贱越好养活。

静河几乎能够和所有的人交朋友，这条街有一半人是他的朋友，可是跟这家人不行。提到他们，就说这是“乌龟梢”一家。我说：“不就是庄子说的‘曳尾于涂中’的乌龟吗？”他说：“完全不同，是与他们自己的传统断裂，不接地气，靠取巧、领救济生活的人。”

说“取巧”已经非常含蓄，这里的内容很复杂，复杂到只有和他们住在一起才能够明白一点点。就是这“复杂”二字，也是旁观者强加给他们的，他们自己可没有这样想。这里是他们的土地，他们以强势的姿态肯定自己的生活方式，如同国王一样骄傲。一个两年不见的人，寒暄起来，把声音变小一点，说：“我去了监狱。”这种小声表现出来的羞惭与坦白，“乌龟梢”们没有。

我记起庄子所言“故绝圣弃知，大盗乃止；擿玉毁珠，小盗不起”。对杰夫（静河的英文名字）说，庄子说的“窃钩者诛，窃国者为诸侯，诸侯之门而仁义存焉”固然有理，不知庄子可有饭吃？可有房住？可要纳税？静河说：“庄子所有，一盆而已。如果连一个盆都没有，他又怎能‘鼓盆而歌’？”

这条街蜿蜒的街灯，一切尽在朦胧中。

趁静河不在，这家的当家人（毛利家庭大都女人当家）会来找我。这次是借透明胶带往园子的东墙上贴广告。她向我描绘即将到来的派对，男孩女孩将是多么快乐。我知道眼前这个热情似火的人，下一分钟就有可能变脸，如果她家的女孩变的魔术穿帮。除了三个能飞檐走壁的儿子，她还有一大一小两个女儿，母亲的滔滔不绝就是她们的隐身衣，看到自己喜欢的东西，她们旁若无人，只管纳入怀中。

他们大声说话，旁边的人就不说话，就那样看着他们，这时候我会紧张。其实毛利人的口才非常好，他们的演说，不光口若悬河，描述也极为生动。情感抒发如清风吹拂，故事叙述像戏剧表演。平日里你仔细听两个人拉家常就能发现这个特点。这是一个有口述传统的民族。

眼前的这个人，她的演讲没有这般从容，极为夸张。我承认我想避免一些不愉快而心不在焉。我心里一直想着刚看过的一幅广告画：一个麦田中的女孩，像麦芒一样向天空张开手臂。空中的鸟，密密匝匝地飞来，密密匝匝地飞去。那个女孩的手指，她的拇指与食指隐隐约约指示了一个圆圈，光芒从手指缝中透过。黑体字显示：那个女孩发现了属于自己的天空。

人需要自己的天空，天空安慰每一个人。看天上的白云飘拂，你会放下沉重，感觉到轻松。

他们的天空是什么样的呢，这一家人？这里的每一个部落都有自己的山，每一个人都有自己的河。他们找不到自己的山了吗？他们不能在自己的河流中清洁自己、去除禁忌了吗？

我看着她手中的广告画，三个小孩子，红头发，金头发，棕头发。我帮着她把广告贴在墙上。

她少画了一个孩子，一个黑头发的孩子。

这个家族的孩子都是黑头发，精力充沛，身体健壮。“乌龟梢”们有事没事都爱在公共汽车站的钢梁上做几个引体向上，女孩子们走路也是合辙和韵，边走边唱。不过唱得不太连贯，路过你身边猛然发声，吓你一跳。

在这个喧嚣的大家庭中，只有一个孩子是不出声的，就像刚种下的行道树中最弱的那一棵，弱得要用绳子固定在傍边的木头架子上。这个孩子靠氧气瓶呼吸，一根透明的塑料管道缠绕着瘦弱的小身体。他患了严重的过敏症，一年有半年住在医院里。就是这样一个病孩子，这个两岁的男孩，他懂得的事情要比他的堂兄妹们多得多，他能做到的事情他们可能永远做不到。

大家都喜欢他。他的母亲推着他出门，停在我家门口跟别人聊天。（这里有一个新西兰最受欢迎的电话亭。）静河常为这个病孩子捡起落在地上的画片。静河是个粗心的人，可是他对我说：“这是一个懂得感恩的孩子，他从未说过一句话，不知道他会不会说话，但是，只要你看他一眼，你就明白，这个孩子的心与周围的人相通。”

我也格外注意这个孩子，他是这家的“异端”。我为他担忧，只是一个眼神，他竟然懂得，用一种安安静静的、完全信赖的眼光看着我。一个生来就有病的孩子，仿佛病痛给他带来的不是痛苦，而是与人、与万物沟通的能力。

照顾他的人因为他变得柔和，你不可能大声地呵斥这样的孩子，反倒极力以与他相同的态度做事，问他需要什么。堂兄妹们的打打闹闹也要避开他，这个呼吸困难的小兄弟从来不吵不闹。人们因他而生怜悯之心，自律之意。

段时间不见他，我就不放心。对静河说："那孩子，不会又到医院去了吧。"我们这里离医院不远，亮着灯的直升飞机每天晚上从后院的草场上飞过去。救人用直升飞机，我不知道是幸运还是不幸。飞机上的灯，就像人的灵魂，在空中眨着眼睛。

那孩子还是从我们这条街上消失了。世事难料，我不知怎么就想起了这个词。"乌龟梢"们后脑勺上的那一小撮乌龟尾巴早就剪掉了，路口小教堂前的新西兰圣诞树原来是开红花的，现在开的花是淡黄色的，仔细看隐隐约约还有点红的意思，连粉红都说不上了。我对静河说："那孩子，他妈妈都看不到了，一定是搬家了吧。"静河说："但愿吧。"

这条街发生了多少变化呀。老警长卖掉了房子，一家人去澳大利亚了。人们不从邮局寄东西，邮局关门了。最受欢迎的电话亭也受到冷落，我仔细看看，已经两年没有维修，一切完好如初。人们低头看手机，没空像过去那样半年砸一次玻璃了。

万圣节。前几年，这条街上的孩子提着小篮子就上街了。后来，男孩套个鬼脸，女孩戴上尖顶帽子或是背着翅膀，才肯出门。今年则完全是欧洲古典歌剧风范，白天就扮起来（说"trick or treat"还是要到晚上），满街游走的都是戴面具的王子和穿蓬蓬裙的公主，整个一出"剧院魅影"。最活泼美丽的生命，一个转身，就是一个死神，一具骷髅。

静河生自己的气，为他发现街上的人偷窃生气。他说："被抓的人，车里装着小孩的衣服奶瓶，是个过日子的人。（过日子与不过日子，成了评判标准。）可是那辆车的车牌号，警察说是假的。送到法院，一定会罚款，日子就更难过了。"我懂得他的万般无奈。有一天，我会试着把这种挣扎写下来。它就像我家乡的松树，根须紧抱岩石，枝叶伸向天空，永无懈怠，永不放弃。

街上的吵闹时常发生，讲规矩有礼貌也是人人都懂的道理。有人跟我打招呼，说今天的天气真好。我下意识地抬头看天（当地人不会这样，寒暄而已），出乎意料，看到了地上的那个带着氧气瓶的孩子。几年不见，个子长高了。过去是别人推着他，现在是他自己推着小车，车里装着他的氧气瓶。他居然还记得我，笑着向我问好。我第一次听见他说话，高兴得只是说："长大了，真的长大了。"

我问："这两三年都去哪儿了？"好像我隐隐约约的牵挂，知道去了哪儿，就能全部放下似的。孩子的姑姑告诉我："去奥克兰了，跟护士一起住。（其实是住在儿童医院里。）这孩子的肺不工作，我们没办法照顾他。今天早上接回来，晚上还要送回去。"又说："五岁了，都上学了。"说着用左手握笔，（无论用哪只手，他们写的字都极漂亮。）把孩子的名字写在纸上，是个毛利名字：Teiwi。

意思是？

人，意思是人。

没有比这更好的名字了。这个靠护士的照料才能活着的孩子，家族中最弱的孩子，部落的传人（Teiwi的原意），是个叫"人"的孩子。

与鸟为邻

一

早晨，睁开眼睛，四周还是灰蒙蒙的。从窗口望出去，一束橘红色的光，抹在山墙的顶上，齐刷刷地一笔。还没回过神来，窗外的柏树变成橘红色的了。东边的屋子里，昨晚的灯还亮着，跑过去看，才知道是一屋子的晨光，点着大红灯笼似的（早晨的“火烧天”不常见，所以要先写下来）。

我被鸟叫声吵醒。我认识的鸟不多，能叫出名字的更少，就是麻雀、喜鹊、乌鸦、布谷鸟那几种。春天里，仰着头听布谷鸟叫，“布谷”“布谷”，几乎和放风筝一样快乐。当然，我做的风筝从来飞不了那么高。后来到农村，听到秧田里“咕咕”的叫声，想看看是什么在叫，就蹲在田埂上找。直到有人过来告诉我，才知道是秧鸡，捉不住的。新西兰的秧鸡叫南秧鸡，真的难得一见。在汉密尔顿湖边看到过类似的水禽，没听过叫声，颜色也变了，从泥土色变成黑色，名字也不是原来的名字了。

没关系，我仍然喜欢它们，打心眼里认它们为朋友。有一种鸟叫扇尾鸟，每天贴着我的窗户飞，飞着飞着就“笑”起来了，一长串的笑声，好像要跟人打招呼，这还能叫鸟吗？

它才不在乎什么人呢。吃堆在篱笆旁边的面包屑的永远只是麻雀，麻雀不是被人称作家雀儿吗？有一次我把饼干掰碎了放在门前空地上，换种口味（虽然也差不多），想要扇尾鸟过来，来聚餐的还是麻雀。我要感激麻雀，它们让我避免了等不来客人的尴尬。不过，我要是放几条虫子，扇尾鸟会不会来呢？它的食性可能与麻雀不同。不知道满足的人啊。

二

沿着公路走，这是很危险的。要知道，开车的人都是疯子，他们看不到路边的人，何况这里本来就没有人行道。我拐进树林子里，我很满意这里没有人的痕迹。多年的落叶被雨水浸透，踩上去能冒出水来，仍然是干净清爽的，不至于陷得太深。就连颜色都是我喜欢的——斑驳的枯黄，夹着一点点苔癣的绿色。想到我以前见过的卖冰糖葫芦的草把子，就是这种颜色。只有一点点不同：甜甜的冰糖葫芦不是青苔。

我磕磕绊绊，那些裸露的树根想拦住我，却不能降低我走路的速度，为保持平衡，可能还快了一点。刚下过雨，一切都是湿漉漉的，树林里的味道也是湿漉漉的。那是温暖的、柴草被雨淋湿的味道，单凭这味道就能长出蘑菇来。天上的云彩，我看不到它，在树林子里走，我要低头看脚下。地上的云彩在树林子里弥漫。我随着地上的云彩走，直至钻出树林。

天地豁然开朗，空气像水一样颤动。一群五彩斑斓的鸟落在草地上。这些鸟儿是水中的石子，它们比我珍藏的雨花石还要漂亮。它们是蜂鸟，比麻雀小，有极为绚丽的羽毛。这种鸟也是不常见到的，看到它们是对我穿过丛林的奖赏。

三

有一种吸蜜鸟，叫“Tui”（译名：图伊鸟），能学别的鸟唱歌，也能学人说话，我在啤酒广告上见过。再有就是新西兰的国鸟几维鸟了，不会飞，千万不要把它画在飞机上。它们按照人的想法出现在广告图案上，已经非它们所愿了，没有一只鸟儿愿意戴着人造的项链飞行。

新西兰的钱币一面是人像，一面是鸟，只有一元以下的硬币选择了库克船长发现新西兰的三桅帆船，毛利木雕，还有蝴蝶。有时我会掷硬币测运气，我选择有鸟的那一面作为我的运气所在。这样做并不是有意的，在潜意识里，鸟与我更亲密而不是人。

四

我住的房子是四十多年前建的，不算太差。平坦的铁皮屋顶，用螺丝钉固定在木头椽子上。换钉子那天我上去看过，明晃晃的水波纹似的一片。水波纹下面，屋顶与天花板之间的空隙就是鸟的家。房子原来的主人有四个孩子。我看到他们留在门框上的身高和名字，看到小刀的刻痕，杂乱的线条，我猜到他们与鸟儿是朋友，就是那些从雨水槽或是从通风管道进入屋顶夹层的鸟儿。这是我刚住进来就发现的秘密。

我很好奇，是什么样的鸟儿和我一同住在这所屋子里呢？鸟儿也有和我一样的想法，它们从天花板的破损处（那里有一个小小的圆洞，这也是老房子的可爱之处）露出头来往下瞧，被我看见了，又赶紧缩回去。我们就是这样住在一起，它们住上层，我住下层。

南半球的太阳，从北边的窗户照进来。栅栏外面的几排柏树，枝叶比我来时更密了，几乎不能透过它们看到对面的草地了。我们修了房子，从里到外，所有的老痕迹都被挪去，只留下一颗小小的玻璃心，挂在东边能够看到日出的那个小窗口上。我舍不得换掉它，虽然我有一颗更漂亮的水晶星星。这颗透亮的玻璃心，这个小水滴，是四个孩子看世界的眼睛。他们把它留下来，把他们喧闹的世界留下来。(他们什么都没有对我说，我只是在想象中认识他们。实际上，我仅仅见过他们的妈妈两次。)每天早晨，这颗玻璃心把阳光变成无数个小小的彩虹，他们愿意把这些小彩虹送给我。

漏雨的通道被封死，拒绝了雨水也拒绝了鸟儿。人到底不是鸟，无法像鸟一样生活。人需要遮风避雨的房屋，合适的衣服，可口的食物，再加上各种规范，这些注定人不能像鸟儿一样自由——这是我为修房子陈述的理由。不知道为什么，我并不理直气壮，有些纠结，还颠来倒去。

五

据说在人没有到来之前，这里是个没有哺乳动物的国度，鸟的王国。人的到来，已经导致很多鸟类死亡。还好，那些笨重的鸟仍然在铁皮屋顶上奔跑。每逢此时，我会猜想，那奔跑的是什么样的鸟呢？它们为什么选择在大地上奔跑而不是在天空中飞翔？我想起两腿细长，身体笨重，眼睛圆而茫然的恐鸟。“体型巨大，无天敌，不会飞。几百万只，在原始人到来一百年间灭绝。”我记起我看过的这页书。

下面是一个毛利文化研究者的话，他说：恐鸟不可能因为正常狩猎而灭绝。当时岛上的原始人最多只有一两万，而恐鸟有几百万。这种重达两百公斤的鸟下蛋的数量有限，大量的恐鸟蛋被人吃掉。仅一个恐鸟狩猎人居住遗址，就发现六千多只恐鸟的骨头，一个“贝塚”里，就藏有两千多个恐鸟蛋壳。但是更直接的原因是人放火焚烧森林赶鸟。森林着火，不可控制，笨重又不会飞的恐鸟于热浪中无处逃避，最后陷进沼泽地里丧生。

谁说恐鸟无天敌，它的天敌是人，是令人心灵颤抖的原始愚昧。这是迄今为止我发现的原始人的最大缺陷。我还发现他们没有生烦死畏，而且亲情大于良知。其他的，诸如憨厚、勇敢、与生俱来的艺术感觉，等等，都是令人倾慕的。我还看到大祭师亦人亦神的秉性。这种连接天地人的秉性，与我正在读的小说有相通之处。

六

一大早，鸟儿就掉进我家抽油烟机的烟囱里了。我们住在二楼，一楼是仓库。抽油烟机的出口就在靠近屋顶的北面墙上，那里终年阳光灿烂。这里的季节与我的家乡是反的，夏是冬，春是秋。朝阳的一面也是反过来的，北为阳，南为阴。

一扇正方形的百叶窗罩在烟囱出口的地方，去年脱了两片扇叶，修房子的人拆了它，只留下里层的塑料网罩。鲁莽的鸟儿就这样自投罗网，落进抽油烟机的那个直上直下的烟囱里。

落难的鸟儿并不孤单，它用叫声唤来群鸟和鸣。一二十只鸟（都是同一类的鸟）围绕着洞口，飞扬盘旋，羽毛片片飘落。它们的焦灼和良善从生命本能中长出来，像山坡上的树一样地长出来，那里是它们可以筑巢的地方，是它们永远的家。

感动之下，我决定施以援手。烟囱太高，梯子够不上。我看到抽油烟机离窗户很近，就站在窗台上探出身去，一只手把住窗框，另一只手够着烟囱的出口，把塑料网一片片掰下来。

鸟儿飞走了，是只画眉。

没有白眼圈，它也是只画眉；歌声不婉转，它还是只画眉。

想到南岛有个小镇，它的毛利名字叫“第一野生画眉鸟”，有空一定要去看看。

七

鸟又来敲我的窗户了。这个推拉门窗户，昨天我只开了一道缝。

因为风雨不打招呼就会过来拜访，弄湿灶台，弄湿地板，我要不停地擦。其实用不着从早到晚整理一切，在我的电脑里，各种文稿我从不归类，思绪太清楚有时会失去思绪，似乎只有朦胧与说不清道不明，才有可能生发无限。你看那些鸟儿，它们才不管什么归类不归类，它们把窗户推开了。

推开窗户，我听到了鸟的声音，树的声音，自然的声音。

屋子与蛐蛐

我家的屋子，它不仅是个屋子。

雨来了，屋外的草地上罩着雾气，我闻到热腾腾的土腥味，这是雨刚下呢。如果屋顶响声一片，我就知道，雨下大了。而且，在铁皮屋顶下，雨声被无数倍地放大，等到这个世界只剩下风声雨声，无边的天宇便接纳了我。

鸟飞来了，飞进来就飞不出去，只把头往玻璃窗上撞，撞晕了也就糊里糊涂飞出去了。

一只秃尾巴的老田鼠，顺着墙根挪动，它已经跑不动了。这次，吓晕的是我，老鼠，老鼠啊！我大叫。还好，我只看见它一次。

夏天，白天听蝉鸣。

一只蝉爬进窗户，是一种极小的蝉，金翅，只有两厘米长短。是幼蝉？我有些疑惑，又笑自己不通——老蝉岂是小蝉变的？轻轻地捏住，扬手放出去。想起家乡抓蝉的小孩子，用南瓜藤子剥了皮缠上蜘蛛网，挑在麻秆子上，循着声音，一粘一个准。

那时候，什么都能玩，什么都能捉，捉蚂蚱，捉蜻蜓，捉天牛。父亲呵斥孩子：像只切头苍蝇！想必是他们小时候，苍蝇也能捉来玩的。

晚上，蛐蛐和蝈蝈叫声一片。

这些会叫的虫啊。

油葫芦大一些，容易捉，不大稀罕。稀罕的是蛐蛐，还有蝈蝈（我们那里不叫蝈蝈，称“叫蚰子”）。

前几天，在我们起居室（这一间，客厅是它，厨房是它，饭厅也是它）的角落里，蝈蝈的叫声从卷心菜里传出来，那颗放在书架前面地板上的卷心菜（它可真会找地方）。这棵新鲜的紫衣甘蓝，掰下来的叶子盖在卷得紧紧的菜心上。没想到，这便成了蝈蝈的音乐厅，比金色音乐厅毫不逊色的紫红色音乐厅——玉石般的叶脉，自然的立柱、山墙、浮雕，对蝈蝈来说恰到好处的温度和湿度，随用随取的食品和饮料……

我从来没有听到过这么好听的声音。

没有词语能够形容这种声音，就是念几句济慈（英国诗人John Keats）的诗，那也是无可奈何的事情：

大地的诗歌从来不会死亡：
当所有的鸟儿因骄阳而昏晕，
隐藏在阴凉的林中，就有一种声音
在新割的草地周围的树篱上飘荡，
那就是蝈蝈的乐音啊!

寻找这声音，轻轻地，我蹲在那颗紫衣甘蓝旁边，欣喜若狂。

不要惊动它！

忘了有声音我会睡不着觉；忘了为了躲避声音，我的卧室从外间挪到里间；忘了不只一次，我把闹钟的电池卸下来。

于是，三个夜晚，在蝈蝈的叫声中，我似睡非睡。

它争先，沉醉于盛夏的豪华，它从未感到
自己的喜悦消逝，一旦唱得疲劳了，
便舒适地栖息在可喜的草丛中间。

感觉到了没有？阳光下，树荫中透明的绿意！多么欢欣自然，多么富有诗意，这不就是生活本来的样子？

于是，三个早晨，我在蝈蝈的乐音中醒来。

白天，这只小鸣虫是不叫的。让我去猜想，这到底是只蝈蝈还是蛐蛐？忍不住拨开菜叶子看一眼，原来是只暗红色的蛐蛐王（我的经验，蝈蝈的颜色应该是黄绿色的）！

都以为善斗的蛐蛐是王，不知道善歌的蛐蛐才是王呢。

斗蛐蛐的草我做过，关键是拉出草茎上的茸毛。从路边采来马鞭草，把那几根小鞭子撕开倒折了，再捏紧，往前一拉。

斗蛐蛐的罐子扁扁的，像个砚台。可是蛐蛐为什么不跑？

卷心菜中的蛐蛐是自由的，远非关在竹筒子里或是雕花罐子中的蛐蛐可比。

美，与你储藏它的金笼子无关。

美，原本难以捕捉。

等到我想起来给蛐蛐拍照留影，它已经离我而去。我收拾起地上的残叶子，又换上新的。明知道它是不会回来了，还在期盼。我舍不得这只小小的鸣虫，可心底的那份惆怅啊，又远远不止于这只小小的鸣虫……

晚上，蛐蛐又叫了，依然在那颗红色的卷心菜里。

这是它的告别演出，声音已不似前三天那般婉转悠扬，而是断断续续。

等一等，我为你把济慈的那首诗歌念完：

大地的诗歌呀，从来没有停息：
在寂寞的冬天夜晚，当严霜凝成
一片宁静，从炉边就弹起了
蛐蛐的歌儿，在逐渐升高的暖气，
昏昏欲睡中，人们感到那声音
仿佛就是蝈蝈在草茸茸的山上鸣叫。

蛐蛐回到了田野里。
屋外风雨大作，屋顶敲响了铁皮鼓。
河边树上，未成熟的栗子落下来。
夏天已经过去了。

小地方的流浪汉

多么奇特，我无法出门旅行，至少现在还不能。我在一个小地方生活了很多年，我几乎没有到过什么大地方。或许无论多大的地方，我都感觉不到它的大，只有轰鸣的、热闹的、独特的、美妙的声音，那些声音包围着我。我凑过去听，像海螺壳里的声音，这让我惊奇不已。我惊奇是因为我不知道声音的来源，是来自天外还是来自体内。我被抛入无边无际的虚空之中，呼啸声一重接着一重向我涌过来，我不由自主地迎着浪涛飞奔，箭一般地穿过呼啸的云层。由于我的速度，我经过的地方形成了一条隧道，在这种时候，我误以为我是飞鸟。

比起在浪涛中狂奔，我更喜欢漫步。我的冲浪板早已落满灰尘，我把它买回来的时候，对海浪充满憧憬，可是现在它等我已经等得不耐烦，我把它送给了一个住在海边的人。虽然离海很远，还是能听到海鸟的脚步声飞快地从铁皮屋顶上跑过去，我猜想这是一种体型很大的鸟，每一步都很沉重，笃笃地敲击着房顶。我试图问它为什么是跑而不是飞，这就像问我喜欢坐车还是喜欢走路一样，很快我就发现这个问题没有意义。

坐在车中看我居住的这个城市，它温馨可爱，无懈可击。那些高大的、装饰在一百多年前的建筑物前的柱子，用残缺的直线拉住我，我不确定残缺是否还能称为直线，但我确定它们想对我诉说它们的神圣。我说这句话的时候，无意中说穿了它们的功用，那就是“装饰”，可是它们不同意这个结论，一切都是我的想当然。

我终究还是下了车，一个人，站在城市的中央，就这样孤零零地暴露在空气之中。周围全变了，酒瓶子在风中嗡嗡叫，典雅的爱奥尼亚风格的圆柱移位，在超市广场入口处重新排列。我开始发呆，空气凝固起来了，透明的冰块互相撞击，闪耀着七彩火花，风大一点就丁丁当当地响。一切都不像真的，除了这冰做的风铃。我有些害怕，扯了些藤萝披在身上，藤萝之上无数的彩蝶扇动翅膀。

云彩从地上升起来，一眨眼，周围全是绚丽的云，可是天的中央，是诡秘的湛蓝色。为逃避眨眼的星星，我翻开了一本书。这本书是如此吸引我，竟然让我起了不要读得太快的念头。我抬起头，意外地看到了草地上有一群流浪汉。

他们仿佛从天而降，臃肿硕大的身躯，套着迷彩防护衣，这层衣服让我想到虫蜕。他们是那么舒服地蜷缩在虫蜕中间，用胳膊肘支撑着躺在地上，两眼望天，什么都不在意。他们的头枕在旅行背包上，偶尔抬起一只胳膊，就有人送上饮料，瓶口插着吸管。

两个城市保安远远地看着他们，其他的人都只当作没看见。旁若无人能够产生不同的效应，我不合时宜地想起了守护河床的人。听说冰冷的河床下有一种碧玉，只有月圆之夜，河水干涸，鳗鱼流眼泪的时候才能够被人看见。等到雾气上升，我就可以坐在石头上磨碧玉斧了，可是为什么我要去磨碧玉斧呢？

“它是坦尼的眼泪。”一个低沉的声音回答我。我左顾右盼，找不到声音的来源。雨丝从天上飘下来，这种星星雨，和坦尼的眼泪一样难得一见，无数条透明的雨丝缠在枯树枝上，闪闪发亮。我的头发上、脸上全是雨水，无可奈何用手挡在头顶上，并努力睁着眼睛。我看到一只灰色的海鸟飞过来，它提醒我很多年前我用眼泪换了一个预言。那天我守着窗户等北极光，看到一个洗衣服的小妇人从木头篮子里拿出彩色的线穿珍珠，我知道她是女巫，住在最北边的雪宫里。我眨了眨眼睛，取下睫毛上的雪珠和她交换。她说我将要去最南边，在夜晚的月亮下磨碧玉斧。

总是有人跟我提起旅行的事，人们对不熟悉的事有太多的热情。无边的草场，万马奔腾。我害怕牛，却钟情于马，多少回在梦境中被马的嘶鸣声唤醒。直到有一天，一个不知名的曲子在草原上演奏起来，呜呜咽咽的，马背上的热情才平伏下来，被大海的呼吸取代。那群流浪汉，我断定他们从海边来。昨夜风雨交加，海浪把小飞鱼送进森林，又把千年的老树连根拔起。我听见海神的口哨声，我赤着脚，小心翼翼地避开滑溜溜的鳗鱼，一个房间一个房间地寻找。最后我看到了坐在老树根上，晃悠着两条腿，无比快乐地对着大海吹口哨的流浪汉，由于恶作剧被我识破，他们竟然像壁虎一样贴在墙壁上。

我不清楚天气不好的时候流浪汉们住在哪里，我观察了很久，他们会突然消失在雨雾里，或许表兄弟的家是他们的驿站。旅行途中，他们吃苦耐劳，一旦住下来，崇尚闲适的品质立即显露无疑。他们披着斗篷，尽日在森林里闲逛，驱逐雨天的咒语是那么孩子气：“大头，大头，太阳照耀，你会吃掉，我头发中的跳蚤。”妇女们则成夜在树下挖洞，天快亮的时候把烧得嘶嘶响的石头扔进地洞里，再把亚麻叶子包的肉和红薯丢进去，垒上黄土。一个真正的流浪汉的禁忌无处不在，吃肉喝血是消除禁忌的古老方法之一。

不过自从发现茹毛饮血是原始人消除禁忌的方法，我就开始坐立不安。我跑到湖边，在芦苇丛中寻找小雏鸟，用面包屑喂公鸡母鸡。我的时间不多，但还是坐在路边等它们，一直到太阳落山。一天晚上，我抬头望天，看到云层荡开为月光让路，我知道这又是流浪汉捣的鬼，为了刚刚换上的夜行衣不被雨淋湿，他们念动咒语：“飞翔的皇帝鱼，排成一串，震动你的双翅，以免你的雏儿被雨淋湿，停止，停止下雨吧。”

我成了那条皇帝鱼，哭笑不得地看着顽劣的“雏儿”，他们躺在地母的胸脯上，爱奥尼亚风格的圆柱在他们的眼中和森林里的大树没有什么两样，人造草坪没有湖边的茅草柔软，他们在土地里找，在树林里找，在大海边找，所有的禁忌都已经消失。

因为这些咒语，再次提到旅行的时候我竟然有些羞惭，我的翅膀飞不起来，它们是藤萝的叶子。

乞丐

一个乞丐，坐在离我二十米远的地方，我看着他那件辨不清颜色的、大致是黑色的斗篷，很费力地猜测他的来处，他是什么人。自从来到汉密尔顿，我就视街上的流浪汉为英雄。他们踽踽独行，明亮犀利的眼神藏在毡毯似的头发中间，偶尔盯住什么地方，便与传说中的精灵宝钻或是魔戒相通连。因为我不敢长时间地直视这种眼睛，我的描述也极不准确。平心而论，如果换成混浊的或充满血丝的一类的词语，更容易引起共鸣。这是我常犯的毛病，只要有人问我你说的是否真实我就不知所措。不过，我还是想说出自己的感受：头发和胡须是他们容貌特征的一部分，连缀着层层叠叠的百结衣，秉承天地造化，呈现出异乎寻常的完美。我一直无法确定，这样的人是来自天堂还是来自地狱。

这个人不同，他的斗篷就像乌鸦的翅膀，却从头顶合下来，你看不到他的脸。他就此沉默倒也罢了，呜呜的口琴声，若有所思，在黑斗篷下面诉说什么。最糟糕的是，每个过路的人都听见了这个声音，每个过路的人都好像没听见。

已经是吃午饭的时间了，我焦躁不安，想给乞丐送点吃的，又自认为荒唐，嘲笑自己的同情心。我努力与沉默的过路人保持一致，只有一点不同，我忍不住去想那些千奇百怪的问题：乞丐是比穷人更穷的人吗？我不知道，我没有做过乞丐。那么，他为什么乞讨？是麻风病人，是剧院魅影，是魔鬼，是天使，是上帝？

“你看到了吗，一个多么恐怖的人！”一个妇人小声地对我说，“你看看他的衣服、他肮脏的脚，为了索取食品和钱，竟然发出那种奇怪的声音！他的行为对这个社区是很不好的。”

我微笑，我知道了一个好社区应有的姿态，是赞成还是不赞成，我不清楚，却仍然微笑。至少我可以送点吃的给索取食品的人，我拿了一盒牛奶、一包薯片，虽说微不足道，但还是小心翼翼地放在乞丐面前。斗篷里伸出一只手来，乌鸡爪子一般，在胸前画着十字，我听到一个苍老的声音：“上帝保佑你。”

不用猜了，这是一个老人，一个孤独的人。

结果是戏剧性的，那个穿黑斗篷的人站起来了，可能是坐得久了，步履蹒跚，也可能是他的腿有点毛病，他把斗篷挂在肩膀上，摇摇晃晃地走过来。我看到一个满脸尘垢的人，龇牙咧嘴地对我笑！我强作镇静，没有走开。他见我害怕，又不紧不慢地离去。

过了一阵子，乞丐转回来，完全换了一个样子：整洁的体恤衫，七分裤，脚上虽是没有穿鞋，脸上的灰尘已经冲洗干净。那是一张年轻的，称得上是明净的脸。他看着我，似乎是特地来向我道谢。

我被一种从未有过的感觉震撼。我的一点好意，这个乞丐加倍奉还了。

旧书店

经常有人来问路，回答的时候我非常热心，只可惜能力有限，我不大弄得清街道名称和门牌号码，因此十有八九，我只能指向一个方向：沿着这排房子朝东走，到了尽头拐弯，你就会看见一大片的草场。至于到了草场再去哪里，那就不是我的事了，路终究是要自己走的。

我固执地遵循“己所不欲，勿施于人”的古训，这条道几乎是我走出这片街区的唯一途径。北边是篱笆，树的篱笆，藤蔓和铁丝网的篱笆，无论是什么篱笆，都是“此路不通”的意思。我也曾向西边向南边走过，结果都不大好，似乎路越走越窄，虽说“曲径通幽”也不失为一个好的了解这个街区的方法。

街东头拐角的地方，有一棵大树，除此之外，街尽头的房子永远是孤零零的，好几次我想去看看是不是有什么特别的事情发生在那里，譬如阳光、影子、蚂蚁打架等，到头来还是站在原来的地方。真的去了又怎么样呢，我知道那面朝东的山墙罩在树荫下，是庄严的铁灰色。一个女人很看不惯这种颜色，画了许多圆圈在上面。“我们这里不需要这种没有温度的色彩。”她边画边唠叨，她在那里开了一个儿童服装店。几个月以后，这个试图保持社区温度的人失去了耐心，收起她那些小天鹅服装去了澳洲。随后，一个新的电子香烟店诞生了。两个魁梧的男人，身穿蓝莹莹的外套，无影灯下的大夫似的忙忙碌碌。他们铲去所有表层——墙的表层、地的表层、天花板的表层，似乎想把所有的陈迹铲除干净，为这个叫“电子”的东西庆生。

他们忘记了（或是有意留下了）东边屋檐下年代久远的“图书交换”几个字。

所有的陈年旧物，都应该各归其所。像古董字画之类，最好是归博物馆。而这“图书交换”，自然不应该被油漆覆盖。它传递一种气息，忧郁、高雅、神秘、欢乐，能够吸引我，也就能够吸引其他的人。

这种吸引力表面上看不出来，烘焙面包的香味在这个街区似乎更具有魔力。

嗅着令人沉醉的发酵面团的味道，我在方块纸上写字，涂涂抹抹，漫不经心。一个高个子男人走过来，声音低沉，跟我讲起“图书交换”的故事。

“东头的那个‘图书交换’，是个旧书店，我妻子开的，她死了，书店关了。”

这句话本来应该印在发黄的书页中，却跳跃在发黄的光线里。《查令十字街84号》，我想到。这是个特地来给我送信的人，他来告诉我一个二十年前的书中死讯，可我不叫海莲·汉芙。

我翻开一本金色书脊的书，没有任何一个数字指向时间。我问自己为什么要去找那个不存在的时间，脱口而出的却是另一个问题：

“是很突然的事吗？”

他并不回答，叹息道：“人死了，书店关了。”

“在那儿！”我说，“我要去追寻英国文学，他告诉我：‘就在那儿！’”我不由自主重复海莲·汉芙的话，据说这是爱书者的暗语。说这句话的时候我躲在我的背后，就像小孩子躲在一本大书的背后。我知道这样的比喻不太恰当，我小时候没读过什么书。

他点点头，如释重负，转身离去。

在这条街上，很多事情你只能见到一次，这一刻看到的，下一刻就再也寻不着了。这个送信的人也是这样，以前我没有见过他，以后我也不会再见到他。

我决定去维多利亚街找那个旧书店。

教堂钟声永远能够使我站在那里，像被钉住一样，这时候我的感觉真是一言难尽。钟声过后，我穿过十字路口。路边有藤萝缠绕的石头拱门，碎石甬路通往一个凉亭。我没有走那条甬路，尽管它让我产生古老的中式花园和英式花园的种种联想。我要找的是221号，维多利亚街最繁华的地段。那里嘈杂热闹，天空城、博物院、酒吧，一家挨着一家。那里的每一条小巷，每一道门，都通向一个我不熟悉的世界。有时候真不知道什么样的世界是我熟悉的，对于纷至沓来的人和事，我永远站在远处看它们，哪怕我正置身其中。

只有这个221号，这个旧书店，我经过它门口的时候，它是安静的。其幽深静谧，只有密林中的湖水能与它相比。重要的是，它认识我，我认识它。这时候我会说：给我书吧，领我进入穿过密林的通道吧，我的森林，接受我！（书店的名字正是叫“书林漫步”。）

我路过的时候都是夜晚，旧书店里几乎没有人。我对这间没有人的旧书店充满敬意，同时我又明白，我不是个好顾客，只有在图书馆里查不到某本书时，我才会想起这个书店。

我在这家旧书店只买过一本书——《牛津新西兰文学史》。

书几乎是新的，这本一九九一年出版的书装帧华美（真的不明白汉密尔顿图书馆为什么没有这本书），书原来的主人在阅读时非常小心，连一道铅笔的痕迹都没有留下，我甚至怀疑他根本没有翻过这本书。书店的店员用一种熟练而又优雅的动作把书放进牛皮纸袋子里，双手捧着，恭敬地递到我的手中。他是怎样把对书的敬意转化为动作表情，是否来源于英国的绅士文化传统，是我一直琢磨不透的事情。

随书赠送的书签上印有这个书店的营业时间：

星期一～星期五

上午9：30～晚上9：30

星期六～星期天

上午10：00～晚上9：30

无论如何，这都是一个需要耐心守候的漫长时间。

书签上还印有他们的购书标准，分为想要的书和不要的书：

想要的书：艺术、音乐、摄影、打猎、钓鱼、旅游、园艺、航海、登山、健康、宗教、历史、科幻、烹饪、工艺、火车、汽车、军事、航空、神学、哲学、心理学、科学、优质小说，还有明信片。

不要的书：杂志、米尔斯和布恩公司的浪漫平装书、橄榄球和板球、《读者文摘》、轻量级的通俗小说、教科书、百科全书。

这个购书标准摒弃流行低俗，趋向瞬间永恒。他们的购书愿望与爱书者的购书愿望合一，这是旧书店能够存在的原因。我想起隔壁博物馆里的一幅油画：一群人围着一个水晶球坐着。我感觉到他们的精神被具有魔力的水晶球震慑，身体却拼命要升起来，为神秘的天空拥有。我一点都不怀疑，画家画的是一百年前新西兰人的真实生活。

这个旧书店流露出的忧伤情绪是不是早就存在我心中呢？

“你们若恰好路经查令十字街84号，代我献上一吻，我亏欠它良多……”那个纽约的老小姐海莲·汉芙说。

晚上的街道恍若隔世。我慢慢地走，记忆中的房屋与现实的中的街道重合，总有一些变化让人感慨。到了维多利亚街221号，我看到亮了二十年的灯熄灭了，玻璃窗上贴着不止一家公司的招租广告。我第一次发现，这是一间多么旧的屋子，看不清颜色的地板上早已落满灰尘，小小的椭圆形的门牌，依旧钉在深绿色门框上。

幸运的是我读到了搬迁告示：“河岸小径298号，汉密尔顿最后一个旧书店。”

我欣然赴约。

你们都是天使

一

所有的路都堵车了，所有的十字路口都排着长龙。大家都在赶路。一个孩子诞生在母亲赶去购物的路上，那个地方离我家不足三公里。这个小天使的诞生将载入圣诞购物史册，如果真的有这么一本史册藏在什么地方。这是新西兰夏天的圣诞节，车水马龙，热浪滚滚。

她抱着圣诞红。

“这个月轮到我布置教堂，”她对我说，“我要把这些花送到教堂去，还要给孩子们准备圣诞礼物。那些孩子，我每天送他们上幼儿园，他们太棒了。可是你听听他们对我说什么？他们说，爸爸去监狱了，妈妈去监狱了，警察来了。这是三四岁的孩子应该说的话吗？我对他们说，奶奶来了。”

很多话听了就忘了，这句话带给我的感受却无法言说，这是圣诞红的叹息。它穿过被各种广告推波助澜的购物狂潮，清醒地、无助地重复一个古老的故事，一个圣诞节的童话。

二

寒冷的地下室，小男孩吹着冻得不能弯曲的手指，还想有点吃的。他走出去，看到很多美好的东西：漂亮的大房子、玻璃窗里的枞树、各种各样的饼干、像真人一样的洋娃娃。他想吃点东西，一片面包也好。可是有谁在意这个小男孩呢。这个明亮的、繁忙的城市，属于小男孩的，只有那堆木柴后面的黑暗。终于，他的手脚不再疼痛，一个平静的声音召唤他："孩子，我们参加圣诞晚会去吧！"（陀思妥耶夫斯基《圣诞晚会上基督身旁的小男孩》）

这是上帝的召唤（黑暗、忧伤、饥饿、寒冷，总之，苦难是通向光明和爱的途径）。无论是安徒生的"卖火柴的小女孩"，还是陀思妥耶夫斯基的"圣诞晚会上基督身旁的小男孩"，无论是穷与富还是罪与罚，这个神秘的召唤一直令我迷惘。它唤醒我意识深处的某种渴望，以至于听到平安夜的旋律就感动不已。但我认为感动我的不是属于彼岸的宗教，而是现实生活中能够真切感受到的无差别的爱。

三

圣诞节午后（我们这里的圣诞大餐在圣诞节中午），我们去汉密尔顿湖边，这里有一个免费的圣诞聚餐会。参加活动的志愿者都是普普通通的人（在他们看来，参加这类活动是普通人做平常事），就是这些普通人，他们的善良，为需要帮助的孩子点亮了心灯。

多么漂亮啊，高大的屋檐鼓着白色的风帆，桌子上摆着各种各样好吃的东西，旁边还有一棵小小的圣诞树，挂满金球和银球。那个小男孩，他荡着秋千飞过来飞过去，一点都不害怕。

爸爸，妈妈，这里多么好！这里有很多玩具，还有童话中的白雪公主、蝙蝠侠、冰雪小公主艾莎和安娜。他们拉着男孩女孩跳舞，一个接一个转着圈子跳下去。我用手轻轻地拉了一下安娜的辫子，一个比我还要小的男孩钻到艾莎的披风里面。她们一点都没有生气，还吻了我们。爸爸妈妈，我爱他们，我也爱你们！

孩子的爱被湖边的风吹起来，像鸽子一样在空中飞翔。

这是发生在我身边的真事情。为了向所有的孩子说一声“圣诞快乐”，小城的志愿者们捐出两万八千磅新鲜食物送到低收入家庭，还在汉密尔顿湖边举办圣诞午宴。

孩子，你看，天使在人间。更重要的是，你们都是天使。

圣诞夜

短章三则

奇境

我进入难以入眠的奇境之中，七天七夜，虽然看起来日渐憔悴，就像被紫外线烤焦的芦荟叶子，但是依旧清醒。阳光灿烂，玻璃窗上，一只黄蜂贴着自己的影子使劲地飞，翅膀扇起的涟漪让我看清了这只毛茸茸的小东西，渐渐地，嗡嗡的声音变得不真切而且透明。玻璃杯里金银花盛开，这些花朵本来应该开在田野里，是我从河岸上把她们带回来的。不过，无论在野地里还是在窗台上，金银花全都发疯似的旋转她们的白裙子和黄裙子。夏天的傍晚，麻雀匆匆飞过，树梢保持直立姿态，你想不到狂风大作的天气它曾被折断过。远远的，什么人在叫。风笛吹响，焰火举着灯笼，草地上的舞会通宵达旦。金银花们急急忙忙登上马车，她们最想做的事就是很有礼貌地把手伸给驼羊，然后随着高傲的绅士狂舞。

睡不着的人总是想诉说自己的不幸。我看到狂欢后的金银花落在窗台上，想穿透玻璃的黄蜂似乎就是一个可笑的乘客。它坐在无法停下的金马车上，扒着窗户，透明的玻璃把它与美妙的风景隔开。

我还是要走，我梦到喷泉，梦到喷泉我就会浮想联翩。小孩子在水森林里穿来穿去，小野兽一样地尖叫，赤裸的脚丫子踩着水花。我远远地看着，微笑并称赞他们，说实话是羡慕他们。从什么时候开始，我远离了他们，变成一个文雅的人了？我开始怀疑自己的决定（孩子的想法才是随心呢），真的是为万斛源泉要走的吗？果真如此，窒息的感觉又是从哪里来的呢？

声浪一重一重推过来，房子总是咔嚓咔嚓地响，就像一棵老树从容不迫地摇动它的手臂。我怀疑有很多鸟住在这间屋子里，有一天我看到它们从天花板的小孔中探出头来。后来，修房子的人从屋檐下掏出很多草，他对着屋顶大叫：还有多少小东西住在里面啊。

河边的微风和树

我来到河边，与拂面而来的微风相遇。头发贴在脸上，衣襟飞扬，所有的烦恼都随风飞去。诚心诚意，我握住那双无形的自然之手，此时此刻，我与飞鸟又有什么两样？我与树木又有什么两样？

树倒在地上，仍然抽枝发芽，餐风饮露，自由自在。贵为红木，却浑然不知。没有人砍伐它，没有人出售它，只有野生的孔雀在它身边梳理羽毛，这是怎样的一幅图画！我注视着那只鸟儿，一个声音呼唤我：看吧，看那棵大树！我坐在树下，靠着树干。无古无今，无边

无涯，我来到了天地的尽头。

红鞋

我走过漆黑的夜，走过长满荆棘的野蔷薇，我想起安徒生的童话《红鞋》，我同情那个贫穷美丽的小姑娘。她为什么不能拥有一双和小公主一样的红鞋呢？在小女孩的心中，世界上没有什么东西能跟红鞋比较。老太太不喜欢，小珈伦就不能喜欢？受坚信礼必须穿黑鞋子，小珈伦就不能穿红鞋子？如果你的心中只有上帝，一双红鞋子就会摧毁你的信仰？爱美的欲望导致虚荣，使小女孩远离善良，（真的吗？）小珈伦受到了惩罚，她要不停地跳舞，直到发白发冷，直到成为一架骸骨——对美的渴望，原来是这样一个可怕的东西，必须用斩断双脚的酷刑去忏悔赎罪，我不相信。我看到那双红鞋，它放在上帝后花园的台阶上（与新西兰人爱穿的人字拖放在一起），那是一双多么美丽的红鞋！

汉密尔顿花园

我无法画一幅园子图，这个花园已经应有尽有，而且名声在外。

第一次路过这个花园，看到花园入口处的石头雕塑，就有些诧异。按我的想法（多么可怜，它被看不见的绳索捆绑着），在这种空旷的地方，堆一座石山，应该是自下而上，层层叠叠，或陡峭，或伟岸。要是留些孔洞，大风吹过作龙吟虎啸之声，就更有想象的余地。可这些石头偏偏不是这样，它们是反向的，自上而下，一袭石头编成的“斗篷”从巨石顶上挂下来，沉重沉默。生命就在这沉重沉默中生出来，你看到远古的猛犸象、会飞的恶龙、不会飞的恐鸟，甚至荒原山火，天崩地裂。此时，南半球明丽的阳光也仿佛暗淡下来，染上一层苍凉的色彩。

当然，这些都是我的一面之词，换一个人会说：你扯谎呢，我怎么看到的跟你不一样！或者是：这些石头不就是摆了一个巨石阵吗？我承认你说得对极了。譬如少年时读诗，见到“寒山一带伤心碧”一句，就停下来，对着“伤心碧”三个字发呆。“碧”是颜色，哪里来的伤心不伤心之分？伤心的是人。至于怎样伤心，又因人而异。论起来，一样的事物，不一样的感觉，是艺术家更愿意看到的结果。

有时候，这一切都不足以让人们认为这是汉密尔顿花园最有特色的入口处，它们是石头的沉思，意思又是那样的不确定，时间的跨度也太久远了。于是花园的管理者便竖起了一个更容易识别的标记——一个硕大的广告牌，红黄绿三色的中国凉亭赫然占据中心位置，这着实让我兴奋了一回，“看哪，有亭翼然！”我大声说。话音刚落，我就想到：这是一个很好的实验，汉密尔顿花园为什么需要这样一个招牌，就是希望像我这样的人看到它会叫起来！又想到，毕竟是“杏帘招客饮”，那些饮酒客当然不是我，是初次来到这里的中国游客。不过这个花园不收门票，这样做似乎表明了它的品格——令人崇敬的包容与善意。

我熟悉花园的每一个角落，因为太熟悉了，难免视而不见。那天，我穿着一件白色的绒毛外套，我曾是那样的痴迷这种本白色，我认为它的纯洁来自天然。我换上这件衣服去花园，花园又是什么特别的地方呢，迎面走过来的都是不认识的人，偶尔相互打招呼，仅仅是出于礼貌，因为心情是多么好啊。在鸭子湖的上方，迷蒙的雾气中，我看到了双层彩虹，它太美了，离我那么近。我安静地伏在湖边台阶上的鲤鱼雕塑上，和石头鱼一起感受来自天堂的馈赠，那是天地万物的色彩，天堂幻想和人间故事的结合，就像这个被故事叙述的花园。

的确，好像是按照什么人的意愿，又好像是随意挑选，这个花园把美妙的故事放进一个个画框之中，而画框的边缘却十分模糊。不明白它怎么会带给我如此扑朔迷离的印象，其神奇之处，就像一个人把宇宙洪荒的故事折叠起来，放进口袋里或是放进抽屉里一样，我看着洪水从抽屉中漫出来，泡沫上响起海鸟的鸣叫声，与此同时，亚当夏娃、爱丽丝在我的口袋里跌跌撞撞。

这是一双怎样的手啊，我暂且称它为“汉密尔顿花园之手”。它采来带露的花朵，编成各式各样的花篮，点缀在它一路走一路讲的故事中。它说是收藏，看看它收了些什么：首先是“天堂收藏”，藏品有印度恰巴花园、意大利文艺复兴花园、日本静思园、中国学者园、英国花园、美国现代主义花园；其次是“生产收藏”，毛利花园、可持续后院、香草花园、厨房花园都是它的藏品；接下来“是幻想收藏“，藏品有都铎花园、热带花园、中国艺术风格花园和尚且处于构想中的曼斯菲尔德花园——这是新西兰短篇小说家凯瑟琳·曼斯菲尔德（Katherine Mansfield）在她的短篇小说《花园酒会》（The Garden Party）中虚构的场景；还有“栽培收藏”，藏品有玫瑰园、杜鹃花小道和维多利亚花园；最后是“自然风景收藏”，山谷小道、汉密尔顿东墓地、回音河岸丛林、茶花园均为它的藏品。

这类命名是乏味的，特别是将它们整齐地排列在一起的时候，像个货物单子，令人不知所措。但是它却勾起了我的回忆，把这个收藏系列与水果糖的香味联系起来，小时候放学路上的短暂停留历历在目：陡峭得似乎岌岌可危的河岸小街，我站在窗户外的石头上，看着窗户内的女工用戴着手套的手把糖果用透明的彩色玻璃纸包起来，两头留下两只小小的蝴蝶翅膀。我不止一次地想起这个场景，清楚地看到她们没有一丝笑容的脸，我很迷惑——难道她们做的不是一份最甜蜜的事业？无论如何，很长一段时间，我的收藏，是漂亮的透明玻璃糖纸，我把它们举到眼睛上，看天，看水，看明亮的地方。一瞬间，那个彩色的世界，是我的天堂。

我对占地五十八公顷算不算一个大花园拿不定主意，对数字我感觉迟钝。

日本静思园是我常去的地方，我一直叫它“日本冥想园”。可惜在月色清朗的夜晚，这里是没有人的，要不然一定会有很好的诗作出来。“举杯邀明月”与这个地方不相宜，“何处春江无月明”也是不合适的，它们太美，爽朗灵动，充满喜悦。这里的诗，应该是风景与事物的排列（例如道元的和歌：“春花秋月杜鹃夏，冬雪皑皑寒意加。”），那一点若隐若现的幽光，也就在这无意义中显现出来。

早晨，太阳把庭院里的石灯点亮，草叶子上还留有夜雨的微光，树下石上，苍苔点点。园子的门半开着，记不清是不是全天都是这个样子。门很精致，看似简朴，却与“柴扉”不同，透着一种简约谦恭的形式。这种感觉从进门就伴着我，有些不自在，其实也没有什么可挑剔的。木头廊檐连着三间正厅，走进去，只见两方打坐的木榻，其他一应装饰全无。坐在榻上，墙上的凹处和凸处、木头格子门窗，这些平日里看着温暖柔和的东西，按直线的简约到不能再简约的方式组合之后，竟然能够把飞扬跳荡的思绪全部滤去，迅速完成从建筑物到人的情绪流动，这是一种由外向内的收敛，空，原来是有压力的。

敞厅的一边是活水，一个小池塘，左边有座小桥。岸上的树木有枫树和松树两种，秋天看红枫，也有春天看樱花的感觉。右边是滴水枯竹。池塘中的石头上，常有小乌龟爬上来晒太阳，似天成，却有意。敞厅的另一边是枯山水，碎石铺地，又做出整齐的纹路，绕石块流动，极其洁净。敞厅前后的这两个园子，活水与枯水对峙，均精致

WATER

到极致，简约到极致，倒生出一种肃杀之气，仿佛生就是为了面对死。

据说这是日本室町时代的花园设计风格，是日本的俳句和禅的意境。

印度的恰巴花园被认为是宇宙的象征，白色的石头殿堂，白色的围墙，白云从两座对称的白塔尖顶飘过，仿佛蓝天也自动成为这个建筑的陪衬。我从一个狭窄的通道走进石头门，望着高墙与簇拥着水池的花坛犹豫不决。匆匆走过因双面敞开的设计拥抱自然风光的殿堂，细碎的喷泉的声音，透过单层花瓣看见的一抹红色，已经把我紧紧抓住，就好像误入了一个与我有关而我又不愿意面对的情境一般惊心动魄。

我的感觉与设计师的意图吻合：这个花园的创意受到泰姬陵的启发。

汉密尔顿花园对于天堂的想象是不是仅止于此呢?

中国学者园，在花园的名字前面冠以“中国”二字，地域之遥远，已一目了然。又称“学者园”，看似没道理，不过有文人画，就有文人园林，直接标明园子的性质，它的内涵你便不能等闲视之。

其实这个花园有一个地道的中国江南园林的名字：逸畅园。一条碎石甬道，通往大红镶石绿边框的园子门，屋上是绿釉筒瓦，门头有“逸畅园”三字匾额。门前两个石狮子，一色的白粉墙，左边是六角花窗，右边爬满藤萝。墙上一副对联：“逸兴遄飞生雅意，畅怀旷达结高谊。”大约是出自蒲松龄的“遄飞逸兴，狂固难辞；永托旷怀，痴且不讳”（蒲松龄《聊斋自序》）。不过少了书生的痴狂，便是平常的应景文章。

一个人在园子里走，能听到自己的脚步声，眼前的景物随着脚步起伏变换，人却感觉不到画面的颠簸（人的头脑中一定有个调节机能使人免于感受颠簸之苦）。我在这条灰蓝色的碎石甬路上苦思冥想，捕捉到的只是模糊的光斑，这条路的颜色闪烁不定。还有那两只石头狮子，闪耀着异乎寻常的斑驳的金色，我见过青石雕成的狮子，威风凛凛，常为孩子们的坐骑，颜色是不变的。

沿小径至“瓣门”，此门形似四叶花瓣，所以才有了这个名字，又像一面镜子，照着满地的落花。地用灰蓝两色碎石铺成，用橙色勾出花瓣，花与花之间，连接以“万字不到头”的织锦纹样。右边墙下立着石头，石上刻有“百花院”三个字。

一缕自然的清香缠绕着我，这种香味无从追寻。百花院打开了它的折叠扇面，毫无保留地把它的三叠景观展示在我的面前。第一叠是步步生花织锦地，进身退步，花团锦簇；第二叠是以瓣门为中心的用绿釉瓦装饰的白粉墙，点缀以形态各异的太湖石，清俊疏朗；第三叠是山上的凉亭，其高度又在院墙之上，是抬头仰望的境界。园中的各色花草树木，玛瑙般的珊瑚籽、粉色的木槿、白色的玉兰，是我能叫出名字来的，那些叫不出来的，或是草，或是花，老树枯藤，不一而足。看似人工穿凿，却是天然图画。

入瓣门，经茼香角，到月洞门，景色豁然开朗。中国园林无水不活，一个池塘，一架紫藤，一座小桥，就能对你诉说无尽的故事。我在紫藤桥上看水，见露珠从树上滴入水中，想着它们在树叶上怎样凝聚，怎样落下，竟生出无限的快乐。我喜欢花草树木，花草树木也一定有感应，它们朝暮有别，四季不同，自然而然，示我以本来面目。

池塘水平如镜，春花秋月，白云苍狗，尽入水中。对面小石桥边，乱石嶙峋，有“启悟洞”三字，用朱笔题于石上。洞中供着一尊打坐的菩萨，唐僧模样。洞极小，又在人不可至之处，水滑石冷，佛像身上落满枯叶。洞边有铁链一截，寓意“身心解脱”。

其实，游园的乐趣各不相同，此处的“启悟”实在多余，倒像是个有形的束缚。岂不闻“大隐隐于市”，担水砍柴莫非妙道？这个园子展示的是中国宋代园林，欧阳修的“醉翁之意不在酒，在乎山水之间也”应该是宋园的精髓。

因有人在整理竹林，紫藤桥头设了路障，不得上山，好在我已经上去过多次。滁县的醉翁亭在山腰，这个亭子在山顶（可能是挖池塘造就的小山，凹与凸，阴与阳，原是一体），是看怀卡托河的好去处。穿过竹林，登高远眺，难免有“逝者如斯夫，不舍昼夜”的感慨。我猜想，这是园林设计师的得意之处，他一步步把人推上高处，然后说，看哪，大江东去，对此人生，你有什么感想？

亭边有一铜龟，名“太湖神龟”。它龙头龟背鱼尾，浪漫稚拙，像山海经中的神兽一般充满灵气，背上的火焰纹饰被一次次抚摸磨得发亮，仿佛雷雨天气便会化作闪电飞上天去。这件艺术珍品是无锡市（汉密尔顿的友好城市）送给汉密尔顿的礼物（把它送到那么远又站在那么高的地方，是它情愿的吗？）。我走近这个神龟，抚着它的脊背，我听到瞎子阿炳的乐音，一曲《二泉映月》，若断若续，非经历过人生的悲喜歌哭不可得。这是天才之作，它不是庙堂上的供奉，而是“曳尾于涂中”的鲜活的生命。

走出园门，又回头看，方才出来的地方雾气袅绕。这些雾气是从哪里来的呢，或许是祥瑞之气？凡是花园总有些古怪。恍惚之间，对它为什么爱用大红与石绿相搭配去装饰大门、栏杆、凉亭，也找到了一个满意的答案：“怡红快绿”。

意大利文艺复兴花园的拱形凉亭和长廊是留在我印象中最深的部分，我总是想象在立柱上攀缘的枯藤会开满玫瑰花，可是到了开花的季节，我发现并不是这样，而是以绿叶为主，花朵是次要的，或者是根本没有花朵，这一切只是为了彰显优雅的拱形亭的网络框架和那条长廊，使长廊两边的立柱一层层地指向前方，在视觉的尽头交汇在一个景物或是一件雕塑上。古罗马“母狼育婴”青铜雕塑就在这个聚焦点上，与道路两边的直线配合，挂满青藤的墙壁以两条交叉的斜线托出一个山洞，在那里，警惕的母狼正在给两个婴儿喂奶。据说这个雕塑是原件的副本（使用原件倒模铸造而成），就是说与原作一样神形兼备，因此吸引了很多人与之拍照，特别是孩子。

使人兴奋的还有由拱门组成的古罗马风格的圆形广场，这个类似竞技场的建筑，中心是一个喷泉，很显然这是漫长的时间变的魔术，时光流逝，一切都成为过去，唯有美永存。随后，我发现了半圆形的露天剧场，我走上看台，在台阶的中间位置坐下来，这一刻我竭力寻找从文学中得来的罗密欧与朱丽叶的印象。我认为对面墙上的那个拱门，还有二楼的阳台，是朱丽叶俯身向罗密欧伸出手来的地方，那些墙上的筋络，斑驳的藤蔓，那片在晨风中摇动的枯叶，都是这个永恒场景的见证。

花园里的雕塑让我驻足良久，我真的希望它们不是复制品，因为当我看到它们的时候，书本上的故事变得真实可信，奥林匹斯山、森林、大海、草原全都有声有色甚至光芒万丈。其实这样的真实难以捕捉，以致于你否认眼见为实，认为你所说的所写的，与它相比立见苍白。花园左右两侧的雕塑没有任何说明，而是用无懈可击取而代之。我猜测一个是阿尔忒弥斯，希腊神话中的狩猎女神、月亮神。她右手举在胸前，身上的箭袋倾向左肩，右腿略弯，与持弓的左手保持平衡。另一个是光明之神阿波罗，他是我所能够想到的奥林匹斯众神中唯一的一个持有弓箭的男神。我惊讶雕塑的完美，人原来这么高贵，这么美。

太阳把凉亭顶部的网格投射在地上，影子罩住的是由三角形组成的圆形图案，圆的中心正好在花园的中轴线上。有时候我注意细节，似乎有意忽略花园的主体部分来避开一些微妙的感受。好了，现在我该从花园的中轴线走进去，看看左右两侧完全对称的花坛，花坛中心精美的三叠喷泉，吐水的狮子，含有伊斯兰装饰风格的大厅，还有两侧厚重的高墙。我小心地不去触碰过分任性的情绪（它像一罐子米酒正在发酵），并试图给出一些合理的解释，譬如我完全不懂建筑艺术而且知识贫乏等等，但还是无法阻止某些建筑原则传递给我的信息，我感觉到花园被秩序或是寓意阐释变得沉重，虽然均衡和理性正是人的智慧之所在。比起这些早期的园林设计因素，我更喜欢自然的能够产生幻想的园林，那里才是花园的天堂。

我没有能够走进英国花园，它礼貌地把客人留在进门的小客厅里，关闭主要部分以休养生息。它需要安静，通通风，透透气，再容光焕发地请大家品尝它的下午茶，尝一尝从祖辈传下来的各式小点心。偶尔，她会抱怨：她刚从树上采下的橘子竟然无人欣赏，而它们的优点又是如此突出——鲜美甘甜。几只鸽子停在长满青苔的老树上，树篱后面高高矗立的小屋子是它们的家，倒放的漏斗似的尖顶像个谷仓，可是我又何曾见过这样的谷仓！这种没道理的说法，与旁

汉密尔顿海景

边的那几棵开满花朵的树一样不可理喻，它们过于英姿挺拔，与栖息在树上的花朵很不相称，因为那些花朵正在像鸽子一般温柔地咕咕啼叫。天哪，我是多么迷恋园子里的那些细节，那些在阳光下一闪而过的反光，那些被称作“熠熠生辉”的东西，它们启发我收拾起记忆的碎片，去拼成一个残缺的优美的整体。因为这些，这个花园对我不再是需要重新认识的对象，它成了我的一个熟人，它的喜怒哀乐我似曾相识，理解起来没有任何隔膜。它就在家家户户的庭院里，河边湖畔的长椅上，它一改几何式的花园格局，变得亲切自然，平易近人。

我必须停下来以阻止我无限制地、缓慢悠长地写下去，因为仅仅追踪了花园的一个角落，我已经知道了这个五十八公顷花园的无限和包容。它是活的、瑰丽的、多变的、梦幻的，让我想到人为什么需要花园，正如人为什么需要文学。这个获得二〇一四年国际花园奖、二〇一六年优秀花园奖的花园，它的主题是“人与自然”。

我想引用一句看起来与新西兰汉密尔顿花园毫无关系的话来结束我的花园漫游：

> 由政策吸引的外来难民携土填沟象征罗马的多元与团结。古罗马之全部历史便肇端于此。

第二辑

故园苦雨

苦 雨

一

很多年没有在风雨中行走了，那雨却一直在我的心中下着，扯不断，抹不去。雨丝落在池塘里，落在青石板上，瓦屋檐上的青苔在雨中是鲜艳的绿色。我最初的怜悯心，心中藏着的那点柔情，也像这绿色的生物一样，每每在雨中生发。

二

在风雨中，撑着一把伞。如果是油纸伞，定是陈旧的红色或黄色，伞面上还有一道裂缝。所以，只撑着半开的时候，我便一根一根地把滑动的伞骨放回槽中，免得撑开的时候添了新的窟窿，这种情形总是发生在上学和放学的路上。小学校是富人的大宅子改建的，石砌砖雕的门墙自有一种威严，高大空旷的老屋子里，低矮的桌椅板凳就显得极为简陋。我们常在木头桌子上用削铅笔的小刀刻下名字和花纹，从来没有受过批评，好像旧桌子不在“爱护公物”之列。冬天的雨夹着雪，放学的时候，走下高高的石头台阶，风雨会忽然大起来。小心翼翼地走，脚下的胶鞋不把稳，齿几乎是平的。学校门口有个中年妇人，越是风雨天，她越是站在那儿，手中捧着一个竹子做的笔筒，装着毛笔。那种叫狼毫或是羊毫的笔头上套着水竹子做的笔帽——我们都管那叫水竹子，极薄，手指一捏就碎，因为是水中长的东西。

放学的孩子蝗虫似的从兜售毛笔的妇人身边涌过去，他们都像我一样，书包里只有几本卷了边的书，文具盒里装着小刀、笔、直尺、几乎没有零用钱。（如果有，我喜欢把它们放在铅笔盒的底层）那个妇人站在学生放学经过的路上，捧着装毛笔的笔筒，向我们这些饥饿的小蝗虫展示她的笔，总有一根是你们需要的，描红、大字、小楷、永字八法，小学生，怎么能够不用笔呢?

那时候我的心中充满好奇，而不是悲悯。（虽然在大雪天，怕鱼冻着，我把鱼放进被窝里，令母亲哭笑不得。）为了帮助小蝌蚪成为青蛙，我曾经掐去小蝌蚪的尾巴，还自以为做了一件伟大的事情。正是这个每天固执地站在学校门口的妇人，唤醒了我最初的同情心。我从来没有看到她卖掉一根笔，不由自主地，我开始为她担心。我看到她衣衫单薄，头发散乱，在风雪中看起来竟有几分花白。她从不打伞，任风吹雨淋，她身后的背景也是悲苦的：乱树丛生的护城河，河水呈锈红色，在水葫芦中间缓缓地流淌。我甚至想到了她的家，四处透风的屋子里，是否也有等着交学费的小孩？卖不掉笔，带给他们的只有失望。（奇怪，我竟然没有想到吃饭。）我从未买过她一根笔，因为这个，我的心中也是苦的。我发誓要努力学习，这个誓言虽然只在头脑中一闪而过，但我只为这个卖毛笔的妇人真心地发过这个誓，似乎这是我能够为她做的最大的事了，没想到我的誓言对她是一点好处都没有的。

三

我跟着母亲在乡下读过一年书。母亲教书的小学校在一个祠堂里，飞檐上蹲着小兽，房梁上雕着看不明白的图景。因为看不懂，才有无限的乐趣。现在想起来，大约都是些佛经和戏曲人物故事。学生放学以后，喧闹的小学校里空空荡荡的。特别是雨天，坐在四合院的廊檐下，郁郁地，那些故事中的人都活动起来。屋脊上的小兽湿漉漉地弓着身子，龙也做出腾空飞起的样子，嘴里吐着水。

母亲在小学校外租了一间房子住，那是一个大院子的东厢房，有糊着毛边纸的木头门窗，极整齐，据说是以前东家大小姐的闺房。那小姐在省城上学，后来不知什么缘故就死了，屋子一直空着。

母亲带着外婆、我和妹妹就住在那间屋子里。妹妹还小，不爱说话。外婆给她剪了个娃娃头，还差点剪到耳朵，于是这个三岁小女孩齐眉刘海下的两只眼睛就很警惕地看人。妹妹的名字叫梅，外婆喜欢梅花，这是外婆给她取的名字。外婆梳头的样子很好看，我是从外婆那里才知道梳头也能这样好看：长长的黑亮亮的头发从肩膀垂到胸前，居然半个身子都被头发遮住了，外婆用木梳子蘸点水，一下一下地梳。我的头发又黄又软，妈妈给我梳了两个小鬏鬏。不知是不是这个缘故，我隐约感觉到，外婆对我淡淡的。我知道外婆是极好的人，但跟妹妹比起来，我就次一等了，妹妹的头发也是黑亮黑亮的。

我自认为是一个乡下小丫头了，乡下的小孩却不这么想，他们会用顺口溜表达他们的意思。我轻轻地叹了口气，他们就对着我说："大人叹气家无粮，小孩叹气活不长。"我知道叹气不好，就不再叹气，却常常听到外婆和母亲叹气。其实我们有一个供应粮本子，每个月母亲都要去镇上的粮站买米，用一根竹子扁担挑回来。母亲去买米，我总是在门口等着。我并不是等粮食，而是等母亲。母亲用两只白布口袋装着米，从镇上挑回来，汗流浃背的，让我担心，让我期盼。

雨天，我的盼望就更为急切。雨丝缠着老榆树，草芽儿偷偷地仰起脸来。我算着妈妈走到哪里了，我还能看到妈妈把扁担从一个肩膀移到另一个肩膀上。有时候，她会停下来歇一会儿，擦擦脸上的汗水和雨水，看到这些，我会一个人笑起来。可是有一次，妈妈在路上耽搁了，我怎么也想不明白是怎么回事。天晚了，风雨越发大起来。早晨出门的时候，妈妈没有带伞，我想到我只有一件事可做，就是给妈妈送伞。于是一个小孩子心中所有的牵挂，所有的焦虑，所有的依恋，全都在那把黄油布雨伞上。我夹着它冲进风雨中，外婆竟然没有拦住。

天是那么黑，所有的亮光，都在从天而降的雨水上，它们在我的周围断断续续、若有若无地闪烁，不知这薄薄的亮光从哪里来。伞是用不着打的，风太大了，还不知道会把人吹到哪里去。况且，大雨早就把我浇透了。我想着妈妈，我知道了在真正的风雨中是用不着伞的，但我还是紧紧地抱着那把伞，直到我摔倒在一棵大柳树旁边，我又死死地抱住那棵树。池塘里的水漫上来，快与路面平了，周围的水明晃晃地连成一片，天上的大雨还在下。我勉强睁着眼睛，我再也不能往前走了，再也不能去找妈妈了。

不知过了多久，我听到妈妈唤我的名字。摇摇晃晃地，学校的小朱老师背着我走。原来是学校里养了很多蚕，蚕病了，小朱老师才拖住了妈妈给蚕治病。迷迷糊糊，我换上干衣服裹在被子里，听见外婆对妈妈说："你急得跟我跳脚，今天这孩子要是回不来，我也活不成了。"妈妈说什么，我没听见。不过从此以后，只要妹妹吃饼干，就有我一份，以前，外婆会偏心妹妹的。

四

这次我真正地成了乡下人，连供应粮本子都没有了。倒是盼着下雨，下雨天可以不出去干活，虽然薅秧的季节还是要下田，斜风细雨，戴着斗笠，穿着蓑衣，心里就生出几分喜欢。雨天的路太难走，就像陷在黄泥坑里一样，一脚踩进去，一脚拔出来，这样的路走上十里八里，真是想死的心都有。有一次实在走不动了，我索性一下子坐在黄泥坑里，周围的人看了笑道："知识青年画荷叶呢。"

坐在泥巴地上没有用，路还得自己走。

夜雨原有几分诗意，那是对不在雨地里行走的人说的。中秋，队里分了粮食，每人还有两只鸭子。这是我半年的辛苦换来的，就想带回去给父亲看看（母亲教书的地方离我更远）。兴冲冲地回家，家里的门却上了锁，问邻居，说父亲下乡了。卸去偏屋的门板，进去凑合了一夜，第二天往回赶，又没有买车票的钱，就这样沿着公路走了一天。晚上转入小路，天下起雨来了。

秋夜秋风秋雨，我遇到你不是在诗词中，是在我的生活里。秋雨淅淅沥沥，在黑夜中竟然有几分温暖，从我的头发上、脸上，流到身上。感谢秋雨，没有视我为另类，你拥抱我，安慰我，就像你拥抱自然万物一样。

听到身后有一男一女说话的声音，我停下来，让他们走过去。因为是同道，虽在后面跟着，也是尽可能与他们保持一段距离。漆黑的夜里，我不怕鬼，怕人。

前面的人站住了，他们回过头来笑道："不要怕，看得出来，你是个好人。"这么一说，我的戒备心消了几分，便问："你怎么知道我是好人？"那个男的说："看你走路的样子，跟着我们不远不近的，你害怕，好人才会这样。"

那女的招呼我过来，让我跟他们一起挤到雨伞下面。我知道此刻我不要雨伞，要的是这份陌路相逢的温情。他们的路比我近，家就在路边。打开锁，迈过门槛，那男的从墙洞里摸出火柴，擦着了，用手拢着，找灯。灯点着了，火苗跳跃着，空气中就有了温暖的油烟味。我看到一间空荡荡的房子，一应家具全无。地上几块土坯，架成"品"字形，上面放一口锅，旁边是几只缺了边的碗，小半口袋米，敞着口。睡觉的床更是让人倒抽一口冷气，就是墙角一堆稻草，枕头是两块土坯，几本书。一床薄被，连床单都没有。

两个人都是二十左右的年纪，城里人，做什么的说不清，行动之中却是气定神闲。那男的说："不留你了，我们这儿也没法住，这把伞，你带着。"我赶忙说："我是烟墩的，离这不远，天晴了我就把伞送回来。"临出门又问："你们用什么呢？"那女的说："我们已

雨伞不属于我，看青棚子不属于我，遮风避雨的房屋不属于我，这世上没有什么属于我。

经到家了。”

果然是天晴了我才把伞送回去（雨天的路太难走）。两个人正在菜园子里摘菜，一个小姑娘给我引路才找到他们。大太阳底下，他俩的神情倒是淡淡的，只说了一句：“就放在那儿吧。”然后低头继续掰青菜叶子，不肯多说一个字。

后来我又从那里走过几回，再也没有见到过他们。问村里人，也没有人说得清他们从哪里来，到哪里去。

五

我们那里的水田名字叫“七斗”或是“五斗”，村里的人，特别是老人提起来就像数落自家的孩子。“七斗”“五斗”们也争气，一年双季稻，比只能吃不会做的娃娃强得多。下田割稻子用的是带锯齿的弯镰刀，很是锋利。我做农活极笨拙，却不惜力气。下那块“七斗”田，看割稻子的人弯腰、挥镰，有力而且灵巧，就学着样子做。谁知道才半天就把左手的小手指锯到了骨头，涌出的血捂不住，从手指缝往下淌，我吓傻了。一个后生把身上的对襟白布褂子撕了一块，给我把血止住。（电影上的镜头还真不是瞎掰。）关心的人围了一圈，年龄大的说：“可惜了，一个齐整姑娘，这下手指头要残疾了。”年轻人说：“回家，你快回家。”

到县医院打针换药忙了好一阵子，护士都说这手指好了要变形，骨头都锯出槽来了。我懵懵懂懂，并不在意。

在农村还有一个活儿可做，就是看青。看青这活平日都是孤寡老人去做，有怜老惜贫的意思。让我看青，是照顾我的手。看青棚子建在高处。我的想象中应该是个有四根立柱的台子（这个印象从小人书中得到），一层架空，二层才能登高望远，像个瞭望哨的样子。事实不是这样，就是一个孤零零的人字窝棚。这里离村庄远，离“五斗”“七斗”水田也远。望不到边的坡地，近处是红薯，远处是玉米。下一阵子雨，地里就腾起热气，带着土腥气和青涩气，顺地势蔓延。高处的那个看青棚子，就坐在地气的眼上。

棚子茅草作顶，稻草垫地。拿本书，坐在干草堆上，真是洞天福地。棚子外面杳无人迹，偶然有一只苍鹰盘旋，我猜它飞去的方向，说向南好，向北不好。忽然它又掉过头来飞，我又说向北好，向南不好。颠来倒去，就是问它要一个“好”字。起风了，仔细去听，满世界都是庄稼拔节生长的声音。声音渐渐大起来，是雨声。扯不断的连阴雨，从茅草棚的缝里渗进来。翻书，偏又是《秋窗风雨夕》，不觉低头沉思。人生风雨，竟是无处可以躲避。

六

又是黑夜，又是秋雨。雨借风势，腾起阵阵雾气，打着唿哨从窗前掠过。外婆和父母都已离我远去。雨伞不属于我，看青棚子不属于我，遮风避雨的房屋不属于我，这世上没有什么属于我。属于我的，只有一川烟雨。

小玉儿

都说皋城是一只双桅船，南门锥子、北门锥子是船上的桅杆。两座佛塔（锥子）均为唐代所建，南门锥子是实心的，一层层的小窗口供着菩萨；北门锥子是空心的，在一个尼姑庵中间。这几年尼姑庵里的香火没有了，尼姑师徒糊火柴盒过日子，对爬宝塔的人管得不严。小玉儿常从老尼姑身后溜进寺里去，爬佛塔的石头台阶玩。还有一个好玩的地方是河边码头。大沙河清凌凌的，船只卸货上货，船上的小孩腰间栓着大葫芦，妇人从狭小的窗口探出身来淘米做饭，小玉儿瞅着，像看另一个世界的人。

玩的日子也不能久长，小玉儿下放了。

清晨，天还黑着，父亲帮她提行李。小玉儿说自己能去，集合的地方离家不远，行李就是一个背包、一个网篮、一个书包。父亲说这一去，不知什么时候能回来，说着，就流下泪来。小玉儿怔怔地望着，她没见过父亲哭。平日里父亲说："小玉儿，吃饭。""小玉儿，洗碗。”父亲念诗：“层层叠叠上瑶台。”小玉儿念诗：“四海翻腾云水怒。”父亲说，还是小玉儿念得好。

大卡车开来了，爬上了车，小玉儿才知道真的要走了。她回头看父亲。别人的老子娘跟着车跑，小玉儿的父亲孤零零地站在黑地里，朝车子摆了摆手。小玉儿知道那意思是：去吧，去吧。

卡车上的风拉脸，小玉儿紧了紧围巾。周围全是陌生面孔，连起个头唱支歌的人都没有。出了汉武帝赐名的古城，就一路沉寂。到公社日已过午。对了名单，接站的人早就等在那里了，头戴黑色马虎帽的一个人。小玉儿死死地记住那顶帽子，跟着那人转入田埂小路。暮色升起来了，灰白色的小道看不清，小玉儿怕走丢了，紧紧跟着。到了生产队，天全黑了。过了一个木板桥，狗叫起来。先是一只，后来是全村子的狗都叫起来。

这是个大村庄，乌压压的一片房子。接站的人说：“到了。”就有一只小黄狗蹭过来。抬脚迈过门槛，柴草烧出的热气暖烘烘的。一张八仙桌，和小玉儿差不多年纪的两个女孩坐着喝茶。小玉儿坐下，饭端上来。白米饭、两碗青菜、一碗咸菜，还有一碗有鸡蛋香味的面片，放在三个姑娘一边。吃完了，放下筷子，才知道这就是队长的家，那两个先到的知青是另一个学校的。

屋子里来了串门的人。小孩儿不分男女，都是穿的花棉袄，腰间系一根布带子。狗往人的腿底下钻，大人就把小娃儿抱起来，免得手上的半个玉蜀黍面饼子被狗咬了去，于是小娃儿帽子上、手镯上的铃铛丁丁当当一阵子响。待到撤去碗筷，队长把煤油灯挪到桌子中间，咳嗽一声，也是引起注意的意思。众人的眼睛亮起来，如同看戏，这才到了紧要的地方。这三个俊俏姑娘何处人氏？家里做何营生？队长是生产队的父母官，当然知道该问什么。家庭出身最要紧，他点了那个短头发的女孩先说。短发姑娘并不推辞，说完自己的父亲母亲贫民出身，又代梳短辫子的女孩说了一句：“她爸爸是地委书记！”乡下人并不知道地委书记是多大的官，满屋子的人便一起盯着地委书记的闺女看，从模样上就看出娇贵来了，啧啧称奇：那眉眼，也不知怎么生的！队长媳妇刚给小姑娘们煎过鸡蛋面片，便有些势可仗，一把抓过小姑娘的手来，说：“看看，这才是横针不拈，竖线不动的手，葱白一样的。”小玉儿的家庭出身不好，早已往后退，坐在人影子里，听了“横针不拈，竖线不动”这句话，心里一动：没念过书的人如何说出这样的话来了？

名次排得不甚分明。论身份、相貌，地委书记的闺女李莉第一。小玉儿太瘦，出身剥削阶级家庭，但是队长说：“一个小姑娘，可以教育。”贫民的闺女小芳就是自家的孩子，脸儿红红的，身材壮壮的，说起话来像放一挂小爆竹。

村子叫烟墩，此处民风彪悍，有热血男儿，也有火一般热烈、水一般柔顺的女子。在小玉儿眼里，烟墩就是个黄土堆子，上面隐约有路，有树，有草，有房子，像个神仙的去处。村民说墩上原有座庙，早已荒芜。这也不算什么。“何草不黄？何日不行？何人不将？经营四方。”离开家，小玉儿倒念起父亲常念的《诗经》来了。

按规矩，烟墩村接待上面来人都是住在队长家里，吃百家饭。这次不同，知青是插队落户来了。挨家吃了一圈以后，三个女孩从队长家里搬出来单独起火做饭。乡下人想，城里人哪能住得久？一时也没有多余的房子，就把牛棚拾掇出来，真的不走，再盖房子不迟。牛屋朝阳，大太阳照着，土墙上贴的牛粪饼子，明晃晃的棋子一般。一切都与土地贴得很近：土床用土坯砌成，排上葵花杆子，铺上稻草。土灶上两口锅，都有名字：一口叫牛二，一口叫西天。中间一个水罐子，烧完饭水自然是热的。后面是烟囱，在灶王爷的位子上贴了张红纸条，只要冬天不刮倒灌的西北风，屋子里准定不窜烟。养牛不要窗户，住三个闺女还要有个窗户，土墙上掏了个洞，砍下树枝做窗户栏杆，青枝绿叶的。靠窗户放一张桌子，墙角摆一只粪桶，是个齐全人家了。

三个女孩儿哪里烧过柴草灶，拿草叉子在灶膛里挑着。揭开锅盖，白米饭夹着硬芯子。再烧，焦黄的烟从锅里窜出来。就有笑话传出来：知青做饭，米汤扑出来拿锅盖压呢，上面还加上一块土坯。知青背草，连人带草让风吹到田里去了！说的人连说带比画，觉得愉快无比。有了知青，落雪的天气都不那么沉闷了。

后来就想起唱戏来了。这个地方的传统，冬日里农闲，自己组剧团唱戏。挖河修水利那几年停了，如今来了知青，拉胡琴、敲锣鼓的手痒痒了，唱黄梅调的喉咙痒痒了。好在锣鼓家什都在库房收着呢，汽油灯也是现成。业余剧团也是个剧团，团里领导寻思：今年要有新气象，黄梅戏不要唱了。于是特地进城，看了皋城剧团改编的《白毛女》。回来以后，拿着剧本，嘴里敲着锣鼓点子，那精气神就不一样，这个早年间遍地狼烟的地方，如今有了知青，要演歌舞剧《白毛女》了！

考察演员，大家想起“可以教育”四个字，小玉儿被破格录用，演白毛女。那晚，小玉儿靠在院子里的一棵白杨树上，抬头看天。她想了很多，又似乎什么都没想。“清清的流水蓝蓝的天，山下一片米粮川。”小玉儿觉得这歌声透着无穷无尽的苍凉。李莉演喜儿，队长的大儿子演大春，小芳是群众演员，演村姑丫鬟。他们都在屋子里比比画画，说些什么。小玉儿，她有那棵白杨树。

小玉儿演戏较真，不爱麻做的假头发，私下里想，戴上那个，人不人鬼不鬼的。她把长辫子打散理顺，涂一层凡士林，扑上粉，于是就有一个真真切切的白毛仙姑，在雷电交加的夜晚，从奶奶庙的供品桌子上跳下来了！

因是巡回演出，四里八乡的人都喜欢得不得了。

大春不爱说话，除了对台词，就是一副见谁都不爱搭理的样子。他的队长父亲不同。他寻思：一场戏演下来，三个姑娘就是凤凰了，凤凰要拣高枝站，这烟墩就是高枝。何以为证？队长要把证据说出来，这是个关系全村人的惊天秘密，老队长临死前看着他发誓赌咒才闭眼撒手，现如今，他决定对三个姑娘说出来。这仨闺女不留在烟墩村，不合天理，老队长知道了，在坟墓里也睡不安稳！

于是队长说："刮'五风'、大呼隆那些年，烟墩怎么活人哩？烟墩人一个没死，烟墩人有三头六臂？"他停了一下，用力咽了口吐沫，终于把烂在肚子里的话说出来了："烟墩有地，烟墩人有自己的地！"他的话落地生根，落在烟墩那片米粮川里，烟墩的大人小孩在庄稼地里忙得欢实着哩。老队长的侄子，当年丈量土地的人，为烟墩留着一条线哩。

三个闺女吓着了。烟墩人一个没死，队长怎么就像鬼魂附体的样子？手也抖了，太阳穴青筋暴起，嘴边泛白沫子，充血的眼睛不知瞪着什么人，不知瞪着什么地方。

队长回过神来，少不得把最要紧的话交待了："烟墩是块宝地，在烟墩屈不了你们。要记得，这事不能说出去。"队长说完转身走了，把这掏心掏肺的一席话硬生生地撂在三个小闺女面前，这话是金子银子，是新衣裳，是盆满钵满，是烟墩的聘礼。

三个小闺女领会不了那么多，队长刚走，她们就笑了，咯咯地笑。吃了一冬水泡干萝卜丝，她们还是笑；睡在稻草铺的床上，她们还是笑。

隔一天，队长的小儿子拎着个竹篮子串门来了，篮子里装着冻乌菜。那菜刚从雪地里扒出来，青是青，白是白，六七岁的男孩提着，大雪天，送财童子似的。烟墩人仁厚，些许小事，差遣孩子去做，显得不张扬不显摆。不就是几棵菜吗，自己地里长的。小男孩进门，先站着，不放菜篮子，只把李莉的衣服扯一扯，拉到桌子前面，悄悄地说："我娘让我问问你，愿不愿意给我哥做媳妇，嫁给我哥有肉吃哩。"他冻得通红的小手扒开冻乌菜，一大块腌鸡肉放在碗底。"我娘说了，这是单给你的哩。"李莉直摆手，说不要不要。小男孩是领了圣旨来的，放下菜篮子转身复命去了。

第二天，小男孩拎着个竹篮子又来了。篮子里装着大白菜，菜杆子脆生生的，菜叶子绿茵茵的。小男孩扯着小芳的衣服，拉到灶台后面，认认真真地说："我娘让我问问你，愿不愿意给我哥做媳妇，嫁给我哥有肉吃哩。"他皴得树皮似的小手扒开白菜，一大块咸鸭子肉放在碗底。"我娘说了，这是单给你的哩。"小芳学着李莉，说不要不要。小男孩放下菜篮子，收了昨日的篮子和碗回家去了。

第三天，又看到小男孩拎着个竹蓝子。小玉儿想：这孩子怎么成了田螺姑娘了，天天来送饭呢。这次，他没有扯李莉的衣裳，也没有扯小芳的衣裳，亲亲热热直奔小玉儿来了。他扯了扯小玉儿的衣裳，小玉儿叹了口气，拉着小男孩肿得馒头似的小手，那孩子望着她说：“我娘让我问问你，愿不愿意给我哥做媳妇，嫁给我哥有肉吃哩。”他把这句话说完，还现场发挥：“菜底下是腌鹅肉，好吃哩，大白鹅是我放的。”小玉儿心里一热，说你带回去吃吧，我不能要呢。小男孩依旧留下了菜篮子，要了昨日的篮子和碗，高高兴兴回家去了。

小玉儿明白了，这个次序不就是三个女孩儿的排名？李莉第一，小芳第二，小玉儿垫底。丝毫不乱，有板有眼。在大事情上，乡下人心里亮堂着呢。

结果是三个姑娘都进城了，三只凤凰都飞了。她们本不是凤凰，那是烟墩人抬举她们。大春娶了河对岸寡妇的闺女小英子，青梅竹马，他的同班同学。那母女俩相依为命，母亲做裁缝，女儿是娇惯的，常要回去看母亲，因此就来来往往地喊渡船，不过是多给摆渡的人几个酒钱就是了。

樱花之死

这条街的行道树是樱花，第一次来的时候我没有注意到。第二年，雨季未过，人还穿着冬装，天色晦暗——现在想起来，我好像喜欢这种沉郁，是颜色还是心情，我分不清。深色的天空，并不是一味的沉重，有一层亮光浮在上面，显得湿润生动。爬满苍苔的行道树上缀着粉色的花，我认出来，是樱花，就沿着街道看过去，逢人便问："这是樱花吗？"跟我一样吃不准的人与我擦肩而过，就这样走了半天不见尽头。

有人肯定了我的猜测，还告诉我樱花树的来历。我迟疑地望着他，想确定他的话是否可信。他是什么时候开始住在这里的呢？既然这条街的历史是从二战后开始的，种下这些樱花树是为了安慰从战争中走过来的人吗？我并没有开口去问，我想知道的不是这些。

我与樱花对面坐着，眼前的天然图画随天气变化发生细微改变。蓝天白云配满树繁花正合适，拍照片常常选这样的天气。阴天的樱花最好看，深灰色的云彩像砚台里没有研好的墨汁，粉红的花朵映着淡淡的墨痕。

于是每年，我从冬天就开始等，看着湿漉漉的树枝熬过漫长的雨季，等待满树花开，满世界花开，一季花开花落，一次生死轮回。

今年樱花树上的叶子有些古怪，是鲜艳的红色。红叶摇了一个夏季，一个秋季。冬天，残叶落尽，锯树的车开来了。

我试图去阻拦锯树的人，我诧异竟有这样不讲理的英文句子——“它们正在死去”，或许是“它们即将死去”（这是锯树人的回答），反正都一样。樱花早已用花语告诉我生的灿烂，死的忧伤。我无数次随它们飞到我本来无法企及的地方。我要坚持的是，它们还活着！你知道这些树每年开花有多美，活着有多美！死亡没有进行时，死亡只是瞬间，生命才是永恒！我知道这是无处可以申辩的免死请求。

樱花树是有灵性的，它摇着血红的叶子向世界告别。我想起了一个人，一个乡下女孩。我忘了她的名字，却记住了她告别世界的方式。她等一件红色的毛线衣等了半年，这件毛线衣是我应她的要求织的。她是个新嫁娘，捧着不知是嫁妆还是聘礼的毛线来找我，求我给她织一件毛线衣。我不太敢帮人做事，怕偷懒耽误了人家，这次不知为什么竟答应了。我喜欢她说话恳切，人又长得好看。毛线很漂亮，玫瑰红的颜色，映着她的脸色也是红扑扑的。村庄里有一棵很高的树，树上有个鸟巢，我在树下织毛衣，不过这种时候很少。刚到农村，背着柴草在田埂上走路，用树杈子勾住水桶从土井里打水，这些对我都是很困难的事。村子离河不远，有空还要去河边看过往的船只，想家落泪，剩下的时间就不多了。新娘子性子好，从没有催促过我，见了我总是笑，我反倒不好意思。就这样从夏天开始，到冬天闲下来我才织完。毛衣是半高领，很大方的式样。新娘子接过去，脸都红了，我知道她喜欢，半年的心事也就放下来了。新娘子拿出五元钱来，一定要我收下。五元钱当时是很大的数字，特别是在农村，我死活不收。拉扯了一会儿，看我真的不要，新娘子不再坚持，走的时候还高高兴兴的。没想到第二天就听到她自杀的消息，穿着我给她织的那件红色的毛线衣。

新娘子是吊死的。跟她要好的小姑娘告诉我，看她的箱子，竟是空的，只在枕头底下压着五元钱。我听了流下泪来。夜里做梦，新娘子来跟我道别。鸡鸣时分，她匆匆离去。我忽然惊醒，出了一身冷汗。见窗户纸已经发白，鸡还在叫。我起来，擦火柴点亮煤油灯，哪里还有人的影子！

我止不住后悔。我能够留住她的，要知道她等着这件衣服做什么，我会永远织不完。纺织娘不是年年岁岁地叫，日日夜夜地织吗？生命之线就在自己的手中，那是从人的心中、血脉中抽出来的线。慢慢地织，永远地织，永恒的生命就在这永无止境的编织之中。

一直祈求珍惜生命，一直不明白她为什么如此决绝，选择在生命最美丽的时刻死去。她是仙境的人，就像春天的樱花。

这条街上的樱花树锯了以后，又重修了人行道，新建了公共汽车站。等车的老人小孩坐在车站的椅子上，的确舒适方便了很多。有樱花的街道是仙境，老人孩子的笑语是人境，我幻想仙境，喜欢人境。

南京寻梦

南京我已经多年没去过了。小时候的印象：灰蒙蒙的秦淮河，浑浊的水。沿着河堤走过去，具体的地名记不清了，大约是大中桥一带吧，船是没有了，桨声灯影只能从文章中去寻。记住这个地名还是因为朱自清《桨声灯影里的秦淮河》，也正是因为这篇文章，我在河边怅然若失。

这次回扬州，看夜晚的运河，河岸屋檐用霓虹灯勾出高低形状来（大盐商看了也会惊讶的），因为运河的水，本来炫目的光变得朦胧，月晕一般，深沉的夜色也因为这些灯变得透明。“薄薄的夜”，原来是从波光灯影中得来的。

我漂泊半生，遇到过很多人，几乎没有什么好处给我遇到的朋友，朋友回我的却是真诚。这在我是幸运的，又让我时时负疚：我欠了太多的人情。这些天牵挂南京，是因为与盛虹之约。我对盛虹说过秦淮河，她说我的那些灰蒙蒙的印象是当年的样子，现在早就变了，你要是来南京，我当导游，我们一起去夫子庙吃茶点。静河也对我说，如愿意到南京看看，他可以陪我去，我尽可以和盛虹去玩，他去看小表兄萧顺。

从扬州叫了一辆出租车，大约两个小时到南京，很多地方都找不到了，就打电话给盛虹。初次见面，见了，却像早就认识，这世上有很多神秘的感觉是说不清的。

盛虹比我想象的年轻，举止大方，谈吐温润和平。因在南京，我就暗暗地拿金陵十二钗去比，敏探春？识宝钗？这样想了，又觉得我疯魔得可以。谁知坐定之后，盛虹说出一句让我惊讶的话来："静恒，我是喜欢宝钗的。"

当年我因为喜欢宝钗还是喜欢黛玉跟室友争执，我当然是喜欢黛玉。伤心的时候，翻开《红楼梦》，就觉得黛玉的那些诗词都是从自己心里流出来的。室友喜欢宝钗，看我赌气不理她，就说："至于吗，为了一个书上的人！"后来和好了，想起来还是室友大度，再也不跟我提这件事。过了这么多年，我已经不是当年的小女孩了，惊讶，是因为盛虹此时的思绪跟我惊人地一致。

我笑着说："我知道。"（我怎么就知道，自己都不太明白。）我说曹雪芹也一定认为宝钗很美，要不是这样就不会有那么多人喜欢宝钗。盛虹又说出原因来：比起黛玉，宝钗的命运更是个悲剧，是比林黛玉更深刻的悲剧，贾宝玉的心始终都在林黛玉身上。我沉吟片刻，忙说："是。"我想到《红楼梦》中知书识礼的薛宝钗的悲剧，似乎点明了儒家道德规范的致命缺陷，故而沉吟。相遇、相知，友情、爱情，其实都是心与心的呼应，盛虹的话我是极赞成的。

还是没到夫子庙去吃午餐，盛虹在她当年一手筹建的大酒店招待我们。我特别记住的一道菜是木瓜雪蛤。厨师做了，端上来，盛虹对我说：“这雪蛤不是市面上买的，是自家做的，比买的好，特地带来给你们尝尝。”细心如此，我只有感激的份。再记住的就是南京咸水鸭，回新西兰以后我学着做了一回——见超市有北京鸭卖，就跃跃欲试。忙了两天，终究做不出那份清爽的味道来。

我是个活在自己心里的人，很少跟人交往。跟盛虹谈话，却有久别重逢的感觉。静河去看表兄，我们还在聊。吃晚餐，盛虹让小姑娘送几份素淡、精致的杂粮粥和点心来。晚上九点钟，静河回酒店，盛虹才放心离去。

第二天，表兄夫妇送我们回扬州，与盛虹告别，就像告别家人。路上司机说：“刚才送你们走的人我认识，是电力公司的老总，我原来在她手下工作过，时间久了，她不记得我了。”我在心里感叹：这天地真小。又想到老天爷竟把多少钟灵毓秀放到金陵女子身上!

看盛虹送我的江苏“土仪”（万里之遥，真正的家乡土仪）：有治失眠的中药，有茶叶，有丝巾。常州的四大才女木梳有趣得很：卓文君着汉服，蔡文姬披斗篷，上官婉儿是盛唐气象，李清照人比黄花瘦。这哪里是梳子篦子，看着就舍不得用。还有一幅折枝牡丹乱针绣，富丽繁复。想到绣花的人，一根丝线劈几股，低着头，一针一线，绣出层次，分出明暗来，用了多少功夫！花竟是活了，才有暗红的花瓣落下来。更奇的是两瓶牡丹花蕊茶，用明黄描金牡丹花样的小瓷瓶盛着，外罩木纹清漆雕花木头盒子，瓷瓶内是锡纸小包。一包花蕊中只取四分之一，放在玻璃杯里，用滚水冲了，就有浓郁的花香，泡两三次仍然出色。

读盛虹写的文章：“其实，人的一生，总会遇到几个心灵相

通、情趣相得、意趣相投的人成为朋友，有些人来得早，有些人来得晚，无论早和晚，都是值得我们珍惜的。”又有“人活一辈子，友情和爱情都是必不可少的，无论友情爱情，能够长久的也是一样的：只需一个懂得，一个珍惜，一个不离不弃。这不是矫情，是真心”。

只一个真心，便是无价之宝。

做 酱

夏天，西瓜刚上市，我就想：该做酱了。

这里的超市卖各种各样的酱：欧裔爱吃的果子酱，亚裔爱吃的豆子酱。其中日本的味噌、韩国的大酱、中国的豆瓣酱，应该是同类。中国酱又分各种口味，各种品牌，如若细写，能编一本小册子（说说而已，那不成了超市的货单子了）。我读小说会跳过一连串的名字——人名字、地名字，逛超市也是一样，所以那些酱的品牌名称也就难以一一列举。

看明末才子张岱的《夜航船》，序中有“天下学问，惟夜航船中最难对付”，“姓名有不关于文理，不记不妨”，“有关于文理者，不可不记”，觉得有道理。做“两脚书橱”固然无益，像我这样人名字、地名字一概不记，也是要不得的事。

《夜航船》中的学问，不是名利场中的学问，为“眼前极肤浅事”。如冬夜围炉夜话，夏夜听人讲故事，最为平凡琐碎。那炉火，那星光，那虫鸣，那摇橹声，却是点点滴滴，启人心智，伴人一生。

本来想说做酱，并不想说《夜航船》。

因《夜航船》的“饮食”篇中记载：

“酱内生蛆，以马草乌碎切入之，蛆即死。”“造酱之时，缸面用草乌头四个置其上，则免蝇蚋。”

我想这“马草乌”能令蛆死，是个有毒的东西，做酱怎么能用？小时候看我母亲做酱，早已不用“马草乌”，也不用“草乌头”，只用玻璃盖在酱缸上，既防蝇蚋，又防雨水，何其简便！夜航船从明代走到现代，玻璃已经成了最普通的东西。

母亲会做许多精巧的手工。有一次她对我说，我教你做挑纱十字绣。她做的十字绣餐巾真漂亮，我看得眼睛发亮，像看故事里的东西。做酱她是新手，我听见她对着酱缸叹气，祈求好运气。

酱是穷人的食品（穷人用它做菜，富人用它做调料）。我爱吃的东西好像都是穷人的食品。糯米饭撒上芝麻糖再包上一根油条，用布拧紧了，是最好吃的早饭。我问父亲要钱去买，父亲笑道：不可多吃，是拉车人的早饭，吃多了，拉车去吧。

上大学，每学期开学，我都要带一瓶酱到学校去，也不怕人笑话：带这个，不要钱买吧。那时候母亲做酱已经得心应手。蚕豆酱有点辣，抹在芝麻烧饼的夹层中很香，肉丁炸酱夹在馒头中真好吃。

在这个南极星下的小岛上，这几天温度超过摄氏30度。“天真热！”每个人见面都是这句话。坐着不动的人站起来，不知所措地转圈子，找电风扇的插头。树枝纹丝不动，狗都热得不出门了，心里说：都这么热了，还不待在家里！

三伏天，该做酱了。

先要拣豆子。把颜色不对的、被虫子咬过的拣出来。超市买不到好黄豆，太漂亮了又怕是转基因的。明代就没有这个麻烦，如何分辨转基因黄豆在《夜航船》中查不到。豆子泡了半天，又把看着不顺眼的拣出来；煮熟了，再拣一遍。几次三番，费时费力。

我能有耐心去做它，其实不为吃，去店里买，一切都是现成。为什么要做？我也说不清楚。只是觉得好像农民种庄稼，纵有无限烦难，也有无尽喜悦。

滚上面粉的豆子捂七八天，任其自然发酵，长出霉来（这要胆子大，发霉的东西吃不得人人都懂，所以要学会分辨发霉和发酵），以黄绿色为佳，略次一点也无妨，味道闻起来是香的就是好的。其实哪里等得了七八天，才三天我就一定要偷看，颜色正宗就高兴，要是只有灰白色，我就不停地祷告：变吧，变吧。

我做酱的历史不长，从前年开始，一年一次，一共做过两次。从印度人那里买了两个四方的玻璃罐子，下酱的时候用。此物从肩膀处收口，一个圆盖子罩在上头，也是玻璃的，开启方便，就是式样老旧，像个鸟笼子，我看着却很喜欢。装上霉豆子放在窗台上，五个面都能晒到太阳，比我母亲用方玻璃做酱缸盖子又方便了一层。那时候好像一个夏天都在晒酱，晚上也不用收回来。下露水了，站在院子里，凉阴阴的，空气中都是酱香。

清代食谱《调鼎集》中第一卷第一条就是“酱”。此条中，开宗名义，点出“酱不生虫”“辟蝇蚋”“造酱用腊水”“造酱要三熟”四个诀窍。酱面上“洒芥末或川椒末，则虫不生”，似乎可以尝试；

用“生香油抹缸口”，辟蝇蚋，我想不灵；“头年腊水拣极冻日煮滚，放天井空处冷定存，俟夏日泡酱”，已经有点《红楼梦》中用旧年蠲的雨水煮茶的味道了。其实用腊水（腊月的水），用熟水（煮开的水），为的是不生虫，经久不坏。现在做酱，只能取其大意，不必太拘谨。用密封的玻璃罐子代替酱缸，可避蝇蚋之害。不取其他调料，只用青椒、生姜剁末，加盐、西瓜汁，再加新西兰红葡萄酒泡酱，功效应该抵得上“腊水”。置玻璃罐子于朝阳临窗的案子上，晒大约两个月，待其饱受日月精华，取小磨麻油，不要拌，只倒在酱面上，再把玻璃罐子封了，放在阴凉处两个月，酱成。

张岱在《夜航船》的“饮食”篇回顾：“成汤作醢”“周公作酱”。《红楼梦》中的茄鲞：“拿香油一收，外加糟油一拌，盛在磁罐子里封严。”这糟油，是用米酒加香料，封在缸里数月后所得的一种有酱色的美味调料，茄鲞，也像一种酱。

去年有朋友从家乡来，尝过我做的酱。刚打开瓶子（吃之前分装到小玻璃瓶中冷藏）就赞不绝口，说有奇香。

端午节的粽子

小时候爱吃甜食。在我的家乡，端午节吃甜粽子的人家居多。箬叶浸在水里泡软，包上糯米，讲究的，加进桂花糖豆沙，用棉线扎紧，粽子就包好了。我母亲也包粽子。她在小学校教书，有改不完的作业，为省事，只包白糯米粽子。母亲挑粽子叶颜色要新鲜，包的形状也好看，小巧，有棱有角。我说包个斧头的，她就包一个四角粽子；我又说要个菱角的，她就包一个三角粽子。还有尖角平头的，叫小脚粽子（吃的东西，怎么能叫这个名字，我不喜欢）。其他的样子，我没见过，也就说不出来了。包粽子是个热闹的事情，我把手插进米里玩，又卷起粽子叶做样子，因玩心太重，从未包成过一个。母亲边包边说些“吃了端午粽，才把寒衣送”一类的老话，要是说到白素贞端午节喝了雄黄酒打回原形的故事，我就有些胆怯，心想幸好有灵芝草这样的好东西，要不然怎样才能把吓死的许仙救回来呢。

白天没空，母亲包粽子都是晚上，粽子煮好我已

经睡着了。第二天的早饭，一定是白糯米粽子蘸糖，香香甜甜，我也一定吃得比平常多。我吃粽子，自小就不是为吃而吃，而是为了母亲包粽子的仪式吃。想来那时候肚子已经不饿，饿的时候，断不会说这样的话。

吃粽子，一取其香，二取其糯。依着这两条去找，最好吃的粽子是肉粽子。花生火腿粽子的味道就不错。把火腿切成丁，和着花生米、糯米一起包了，粽子要包紧实，火候要煮到家。功夫到了，粽子本身的味道就有了，香糯美味又有嚼头。

这些年在新西兰，原以为受当地文化影响会记不住中秋、端午一类的节日。谁知道华人思乡，西方人赶热闹，中国的传统节日一个不漏地过。奥克兰元宵灯会上的大型花灯，我在家乡都没见过这么好的。春节、元宵、端午、中秋四个中国传统节日中，端午节的影响力要小一些，但在华人心里是一样的。与我们一前一后，从东海岸丰盛湾迁来汉密尔顿的朋友鸿雁，每年端午节都会给我们送来她自己包的粽子。粽子年年不同，鲜肉粽子的基本格调不变，变的是配料。前年是咸蛋黄肉粽子，去年是皮蛋肉粽子，今年刚送来的是板栗肉粽子（自然，今天的晚饭就是粽子了）。鸿雁是广东人，包的粽子比我家乡的稍微软一些，香与糯这两条毫不含糊。粽叶香、糯米香、栗子香、肉香，香气四溢，软糯可口（有些像广告词了）。粽子太大了，吃了一个，已经觉得太多。

现在吃粽子，我为什么吃？为端午节吃，为乡愁吃。

记得端午节还有一种五彩缠丝线的粽子，小孩子拴在衣服扣子上。晚上睡觉前取下来，踮起脚，挂在黄铜帐钩子上，看着才能睡着——我因羡慕，想象会是这个样子。我从未得到过这样一串粽子（母亲每年都会给我挂一个小香袋子），也没有对人说过我想要这样一串粽子。等自己可以去为自己买一串，已经没有想象中那种说不尽的味道了。

另外，家乡的风俗，过端午节要在门头挂艾蒿，说是辟邪。我不信，也从未挂过。

留不住的温情

此次三十个小时赶路去扬州，为了去看婆婆。

看到婆婆，比起过八十岁生日那年，瘦了一些，却很精神，似乎头上的白发亦有转黑的趋势。（与四弟一家一起生活二十年，婆婆从年轻的时候就开始病痛不断的身体能有现在这个样子，实在不容易。）看到我，她一把拉住我的手说："胖了。"老三忙着向妈妈告状，说她欺负我，怎能不胖！妈妈说："你也胖了。"我们都笑了。

扬州十日（中间去了南京一天，将来另记），好吃好玩，有时也按妈妈的介绍去吃。她说东关街的四喜汤圆好，有荤素咸甜四味，我们一家立即去品尝，果然是汤圆好，卖汤圆的人也好。买得太多吃不完，最后两道点心竟建议我们不要上了，退钱给我们。回来告诉妈妈，她很高兴，说应该是这样。姐姐过来帮她洗澡，说姐夫和我聊了半天写文章的事，她也高兴，又要向我证实。

三妯娌和睦也是让婆婆高兴的事，她总是对人说我们是她的三个女儿。弟媳是书迷，不但读书，而且藏书。收了我一本书，要我签名，也不嫌我的字写得不好看。嫂嫂也收了我一本书，同样不介意上面写错了一个字。我倒不好意思，自我解嘲，说长期不用手写字，要找本字帖练练。大家都笑，说现在用功恐怕是白费工夫，又都夸妈妈的字好。

婆婆的房里有一本台历，记着每日琐事，字迹娟秀，用圆珠笔写的，感觉却像蝇头小楷的样子。看字，才记起婆婆说过，她是外祖母四十岁上去观音山拜菩萨求来的独生女儿，小时候上学，一个人倒有四个人跟着，到学堂门口转回去，放学再来接。大家闺秀，自然写得一手好字。婆婆翻出一些她收藏的宝贝给我看，其中有我儿子抄的经文。

婆婆常夸我长得好看，她是说这句话最多的一个人。这次她又对照顾她的阿姨说这句话，忘了我早已过了好看的年龄。看别人犹犹豫豫的，婆婆又加上“年轻的时候”几个字。我心里一热：从什么时候开始，我在她的眼里就永远好看了？

临别，已是午后。婆婆没有回房间，坐在餐桌旁边等着。我跑上楼，对婆婆说：“我走了，我还要回来给您过九十岁。”婆婆拉着我的手，泪眼婆娑，半天才说：“静恒，我喜欢你。”

这是婆婆对我说的最后一句话。

离家才十天，就得知婆婆在睡梦中离去的消息。她有预感，两天前就说她要走了，去找你们的爷爷，你们的爸爸了，于是大家都陪着她。看她精神尚好，晚上和大哥高高兴兴说到九点，也就放心了。谁知竟是幻象，她真的走了，在睡梦中一去不复返。

我知道人终将离开这个世界，却仍然想一回，哭一回。为老三准备行装，我拿出熨斗，一点一点烫平衣服上的折痕。我知道妈妈喜欢子女衣着整洁去送她，尽管我是个不问礼仪、只求尽心的人，此时此刻，我理解了讲究礼仪的婆婆。

那个在日历上记下全家生日的人走了，拉着我的手夸我漂亮的人走了。人生原是空无，我伸出手去，什么都留不住，留不住亲情，留不住温情。

婆婆姓萧，名鼎悦。年轻的时候是个美人，能为裙裾短了两分伤心哭泣。文革抄没家藏书籍字画，红卫兵从家里搜出两箩筐高跟鞋，从此生病。后来每日拜观音，为家人祈求平安和顺。

喝　茶

我居住的小城外，荒郊野地里，有一个喝茶的去处。听说地方很难找，车停下来，还要沿着一条茅草小路往里走，直到看见一座小房子，那就是了。业主是父子俩，不太热情，也不算冷淡，价格贵，客人却是络绎不绝。

城外的茶社没去过，城里的广东茶餐厅我是经常去的。广东人吃早茶为的是亲友相聚，我知道我坐在那里是多余，每次买几样点心就走。还有个卖嬷嬷茶的，爱喝珍珠奶茶的留学生是主要顾客，一度红火到没杯子。隔一条街有一家四川菜馆，点菜的菜单用ipad，除了茶，还免费供应白水。

我生长在茶乡，记事的时候，流行喝白开水。住在山里的姨妈来看我母亲，带的礼物多半是她自采自制的野茶。她说这些年野茶越来越难采，野茶棵子长在人够不到的地方，连豹子都没有了，哪里还有野茶！我不懂为什么没有豹子就一定没有野茶，从姨妈有些激愤的感叹中，我听出来这些野茶是劫后余生，很难得到的。母亲一边吩咐下次不要再去采了，一边打开箱子，拿出一件杂色的毛线衣来，看着姨妈穿上，还问合身不合身，姨妈忙说合身，又自言自语地说我妹妹命真好。

这些野茶，母亲是分给我喝的，泡茶不用玻璃杯，用瓷盖杯。茶自然是好茶，姨妈辛辛苦苦为我母亲采制的，苦涩中有清香。人的饮食喜好也是先入为主，有山里的野茶垫底，我自然爱喝绿茶（龙井、碧螺春、黄山茶、六安茶），对红茶、普洱茶、乌龙茶却是味觉迟钝，上好的东西，我喝起来不过平常。

乡下农家的茶我也喝过。农民买带杆子的茶叶，这种茶便宜，泡茶的壶也特别，是一个直上直下的筒状大瓷壶，黄铜提手，上面画的是些古装人物，还有举着荷叶，梳着双丫角的小孩儿。茶倒在碗里，茶汤微黄，茶味清淡，恐怕是舍不得多放茶叶的缘故。碗大，茶又是热的，我就坐在长板凳上就着八仙桌慢慢地喝，又乘机细细地看茶壶上的画。那些画色泽温润，人物动作、神情各不相同，均喜庆和顺，我很喜欢，也就捎带着喜欢那碗茶。（后来想找这种壶，却再也没见过。）

记得在扬州冶春吃茶，临河的水阁，稻草作顶，虽不是年久失修，也是半新不旧的。河水有些混浊，太阳照着，波光映在水阁的墙上，便亮亮地晃眼。想起朱自清描述“船行过时，茶客和乘客可以随便招呼说话，船上人若高兴时，也可以向茶馆中要壶茶或一两种小点心”，那种情形已经成为过去——河水没那么满，小划子见不到了，更要紧的是人与人之间“不怕你白吃”的情感已经消失，一时有一时的风景，强求不得。水阁中人不多，我点了一份干丝、一笼蒸饺，少不了一大杯热茶。烫干丝用白瓷盘盛着，浇头是嫩姜丝、湖虾米、芝麻油。因为是初次吃，我忍不住感慨：明明是干丝，怎么就做出这个味道来了！（刘姥姥啊）又觉得扬州干丝的好处，就在这“是”与“不是”之间，茶的味道，倒被茶食盖过去了。

心里还是想着郊外的茶馆，就在星期天的下午去了。出城以后，一路见到的是牧场。绿色的塑料皮卷起来的草垛子向天边排列，牛低头吃草，交叉的路标不知指向什么方向。车行三十多公里，见路边有两扇大门，那种突兀的排场，立即让我明白找对了地方。或许主人无意炫耀，只想给你引路。无边无际的原野，包容了人为的张扬，你会突然对大自然心存感激。

还真是眼见为实，看到的与听来的截然不同，这里不是荒郊野外，而是野旷天低，新修的路面一直通往农场深处。两个石头狮子坐在停车场旁边，对面一座欧式房屋，推门进去，见一个小姑娘正弯腰收拾炉火，小小的木框煤气炉，极精致，一个铁皮细嘴壶坐在上头。就便坐下，挑几份点心——多是西点，再就是日本的寿司，这些都平常，讲究的是茶。台湾的乌龙茶，却是新西兰本地产。据宣传小册子介绍，其缘起，竟是喜欢邻家茶花，我既信又不信。从台湾进口的茶苗，经新西兰海关长达十个月的检疫，所剩无几，又买下农场，培育茶园，打造品牌，历时二十年，这是真正的“见色起意”，需有见识有经验有底气，岂是邻家的茶花之梦能够托得住的？如今这个茶舍的名字就叫茶花屋，屋里屋外，各色人等，言笑晏晏，主人的寻梦之旅与游客的寻茶之旅已经结合得天衣无缝。

感兴趣的还是那个铁皮细嘴壶。水微沸，正是泡乌龙茶需要的温度，与《红楼梦》“栊翠庵茶品梅花雪”中“妙玉自向风炉上扇滚了水”取的是同样的意思。（沸水泡茶是卖点之一，又省了人工，聪明的主人家。）“梅花雪”是“天落水”之上品，其妙处用“轻浮”二字形容，我想对的是寻常人家茶水的苦涩。（《红楼梦》两次写宝玉品茶，第一次，“妙玉执壶，只向海里斟了约有一杯。宝玉细细吃了，果觉轻浮无比，赞赏不绝”。第二次，“晴雯扶枕道：‘快给我喝一口罢！这就是茶了。那里比得咱们的茶！’宝玉听说，先自己尝了一尝，并无清香，且无茶味，只一味苦涩，略有茶意而已。”）我家乡的人泡茶，用河水，味微甜。若是从井中或是池塘中取水，就难免苦涩。茶花屋泡茶用的水来自怀卡托河，水清冽，味道可以用“滑”字形容。

茶花屋外就是茶园，占地五十公顷，暮色中看过去，莽莽苍苍一片。路边立着真人大小的铜像，有采茶农妇，有制茶师傅，还有数十个硕大的铜制大茶壶，一溜排开，梅桩壶、龙头壶、莲花壶、豹尾壶，不胜枚举。若是春天来到这里，从梅桩、莲花后面转出来的采茶女，应是琼瑶电视剧中人吧，齐眉刘海，编得低低的发辫，改造过的清末服饰，在熟悉中有一些我不熟悉的东西，一直很迷惑，今天突然明白，那些不太熟悉的感觉来自商业文化，正如这个高端消费的茶园。

柴米油盐酱醋茶，原是寻常生活。人生难免有“衣香人影太匆匆”的叹息，故扬州有“香影廊”茶舍，珍惜的是转瞬即逝的诗情温情。现代商业文化打造产业链，置人于安排好的系列活动中，诸如喝茶、参观、摄影、购物，又标出高价来，就有些兴味索然。

木匠的女儿

一

小镇是有名字的，或许名字还很好听——一种是原住民毛利人的地名，还有一种是从英国借来的地名。可是当你匆匆经过，顾不得下车看一看时，它对你来说就是一个陌生人，一个迎面走过来，说一声“你好”就永不相见的人，这么说听起来有些伤感，其实也挺好的。天已经黑了，尽管夏天日落时间在晚上八点四十五分，现在毕竟太迟了。我们驱车沿着穿过丛林的新西兰国家一号路，在转入五号路之前，就经过这么一个镇子。

静河把车速降到五十公里，这样车子就像鼓着风的帆板，在无人的街道上滑行。商店的灯亮着，橱窗的角落里摆着农夫爱用的马灯、雨靴。看得出来，这是一个富裕的镇子。夜行车一路打着高光灯，野兔子会突然出现在光圈里，除此以外就没有什么新鲜事了。开车的人不甘寂寞，扯开嗓门吼几声，唱些二十世纪八十年代的老歌。不过是借那些曲子，抒发胸中的郁闷之气，歌词的意思倒在其次。而且越是五音不全的人，越是爱唱。进了镇子，自然就降低了声音，哼起自编的歌曲。歌曲分了段落，每一段都以“我用浪花洗太阳”开头，不知这是怎么个洗法。唱歌的人大约是深谙此道，对自己的即兴创作很满意，本来是要一直创作下去的，却戛然而止。

“木匠的女儿。”他说。

“木匠的女儿也去洗太阳？”

“别胡说。刚看到一个旅馆的名字叫‘木匠的女儿’，好名字。让人想到一杯啤酒、一次邂逅，木匠的女儿，多么浪漫，你就想象去吧。”

“可是我偏偏就想到木匠的儿子。真的，我讲个故事给你听。很久很久以前——说故事就是这个开头，别挑剔。在一个小镇子里，有一个穿着皮夹克的小男孩，所有的孩子都躲着他。他的父亲就是做盆做桶的木匠，有一阵子这种木匠手艺在我的家乡很吃得开，当地姑娘出嫁，一套木盆是必不可少的。老木匠手艺精湛——普希金诗歌中那个渔婆婆的木盆，说不定就是老木匠的师傅的师傅做的呢。不管老木匠做了多少木盆多少子孙桶，他的儿子就是不受待见，没有孩子跟他玩。你猜为什么？就是因为木匠的儿子穿了一件黑黢黢、亮闪闪的皮夹克。当然，还是个用手背擦鼻涕的脏孩子，在乡亲们的眼皮子底下长大，这么一件皮夹克，怎么看怎么不是木匠儿子的衣裳。我们那里的人就这样，他们很认真，换句话说就是特爱管闲事。他们认为有责任追究这件衣服到底是从哪里来的。于是，有考察行踪的，有考察经济来源的，事情扑朔迷离。有一天，一个聪明人终于想到了，木匠儿子的皮夹克是从坟墓里偷来的，证据是，木匠哪来那么多钱给儿子买皮夹克！大家都很满意这个结论，那个做盆做桶的人，他白天是个木匠，晚上是个盗墓的。”

“你也信？”

“不是说得人毛骨悚然吗？”

二

车出了镇子，木匠的女儿，无意中，我接过了她手中的那杯啤酒。

现在我不得不描述一下木匠的女儿了。木匠的女儿与木匠的儿子不一样，木匠的儿子可能是木匠，木匠的女儿一定不是木匠，这就给她的故事带来无尽的可能性。她是哪国人并不重要。她还是个小女孩的时候，她是天真的，在木板、刨花的香味中长大。别忘了她是能工巧匠的女儿，如果有机会上学读书，成绩也是好的。十四五岁，在别人的眼神中，女孩子看到了自己的美貌。她尝试把握自己的命运，却往往不如意。这个女孩是朴实的，浮华的；善良的，邪恶的；勇敢的，怯弱的；讨人喜欢的，令人不耻的。就是这么一个人，她的魅力在哪里呢？

“能跟我说说木匠的女儿吗？”

“这是个朦胧的形象。”他说，“有些不确定，无法捉摸。健康、活泼，对外来的人和事感兴趣，对新奇的向往是自然的不是刻意的。欧洲文化的浪漫情绪与乡土的质朴精神相碰撞。”

“故事很老套。”

“生活就是这样。”

“生活嘛。”我有些困了，眯着眼睛，“无非是一片山林，一条河流，一只狗，一个女孩。”

那条狗，在莫言的故事里真邪性，黑得像从墨池子里捞上来的，邪得能给杀树的木匠挖坟掘墓。不能忽视这个“杀”字，人能杀树，树就能杀人。世间万物，一还一报，生死轮回，别去琢磨，琢磨也琢磨不透。人有奸人，鸟有奸鸟，死鸟肥了枣子林。人记吃不记打，狗记打不记吃。看起来是真的，或许是假的，无所谓真不真，无所谓信不信。很多事，到死还没弄明白。

那个女孩子或许在欧洲，或许在中国。女儿长大出走是木匠噩梦的开始，在欧洲的走得远，在中国的走得近。风花雪月，海誓山盟，她身边的故事，走马灯似的上演。有纯情的，有仗势的，有做小人的，有当英雄的，有荒诞故事，有悲情故事。在这些故事中，最缺乏的是喜庆故事。就是有，也是短暂的，如昙花一现。还没省悟，就被忘却。

去年在亲戚家里，我还真的见到过木匠的女儿，我的一个远房侄女，俊俏得像电影上的阿诗玛。因为俊俏，心就高。真情也好，假意也罢，她付出过，也得到过。她从大山中走出来，进了缫丝厂，厂倒闭了。她嫁了人，又不如意。在亲戚家带孩子，见我去了，叫声大姑，就不再言语，在一边站着。妹妹悄悄地对我说，来人，她从来都站着，她认为自己是保姆，只有站的份。才十来年不见，硬生生地换了一个人。我给了她一个红包，她犯了踌躇，背着人问小姑，我要还礼的吧？我说不要，临行的告别宴就没有再见到她，原说过要来的。

三

我闻到了硫黄味，这是地热蒸汽的味道。

“醒醒吧。”

“到了吗？”

“我还要设法找到那个旅馆，这本该死的地图！”

“换一个手机，用GPS吧，不是到了非接受不可的时候了吗？”

车兜了几个圈，到底停了下来。我们到了罗托鲁瓦，新西兰的一个有红木森林和温泉的城市，与澳洲来的表嫂表侄见面。我们去一个还亮着灯的咖啡馆，表嫂拉住我落在后面。我们挽着手臂，在一条名叫海尼莫阿的街上慢慢地走，这是新西兰最浪漫的一条街，酋长的女儿海尼莫阿与武士图唐纳凯是毛利传说中的罗密欧与朱丽叶。凉风中我拉着表嫂，听她讲述另一个故事。“我才跟小威说过，我不会再来了。”表嫂似有无限感慨，欲言又止。

咖啡馆装饰得像个古堡，一个系围裙的女人过来为我们点餐。点心太甜，大杯咖啡浇出精美的蕨叶图形。灯光幽暗，我们一直坐到打烊。

墙上的浮雕很特别，一个是男人的前胸，一个是女人的后背，这是一个能够永远讲下去的故事。

第三辑

神瑛与金蔷薇

汉密尔顿图书馆的沉思

不知是不是每个人都有过进深山寻找老神仙的经历，这种事情对八九岁的孩子很有吸引力。听人说，山上的寺庙里住着老神仙，就缠着人问："老神仙什么样子？白胡子，白眉毛？"说话的人只当是逗小孩子，于是回答："当然了，餐风饮露，还读些平常人读不懂的书。"大人听了不在意，本来就是无稽之谈。小孩子却更加好奇，想见老神仙的心占了上风，于是瞒着父母，带上积攒的零花钱，走五里墩，过七里塘，进了山下的镇子，在一个包子铺买两个包子，就上山了。山上树木葱茏，渺无人烟。沿石阶走了半日，实在走不动时，遇到一个老者给予当头棒喝，说这山上哪有神仙，赶快回家，天就要黑了。这孩子寻找神仙不得，脚也跛了，回到家里，墙上的挂钟正敲十二点，不信神的母亲早已急得念阿弥陀佛。

随着年龄增长，我确信人是能够听到远方的呼唤的。这呼唤不确定而且美妙，很难定义它究竟是什么。

实在想不明白，就反过来问自己，人说“此心安处是吾乡”，何谓此心安处？各有各的解释。在我的心中，它不是一时、一事、一处、一个目标，它似浮动的冰山上海的女儿的歌声，是远方的呼唤。

站在汉密尔顿图书馆的门外，我看着这个城市图书馆的独特设计，大门上方的行李牌上带着绳子，仿佛随时可以套在旅行箱的把手上行走。飘逸明亮的运行轨迹穿越整个建筑，它们是由无数的点连成的线，哪一点是春风秋雨？哪一点是海啸林涛？那些声音混合着进入我的心灵深处，它们说：我认识你，大路上的小孩。你走过高山大海，走过几十年的沧桑岁月，你已经很疲倦了，看看你的脚，为了方便走路，你总是穿着简易的平底鞋。你找到老神仙没有？

我不好意思地把脚藏在草丛中。我喜欢绣着花朵的鞋，也欣赏缀着珠宝的鞋，前者太美丽，后者太奢华，我只能选择适合走路的鞋。或许，我听到的只是风声，不一定要回答它的问话，只要向前走就行了，行走的方式尽可以不拘一格。

走进图书馆，两扇玻璃门随人的进出开合不定，合拢时犹如中国旧时的照壁，上面的图案令人费解。我想到毛利人的创世纪神话：最初的世界一片混沌，没有光，没有物体，没有形状，甚至没有“没有”。天神伊奥在“无”的世界里创造了生命，蕨类和藤蔓在黑暗中抽枝发芽，空无中有了生命的呼吸。

再看图案中那些椭圆的小生灵，仿佛积聚了无限的生命力。人与物（或许是人与人）的沟通有时只是霎那间的灵光一现，我忽然明白了这个图案的含义：它是大脑，灵动的、顽皮的、活跃的人的大脑。它激情四溢，光彩照人。是智慧之光，又是心灵之光。它有无数的交汇点、无数条通道，是脑海，也是心海。这个任人自由驰骋的海洋，是图书馆的象征。

进门，转入一个甬道，难以置信，我走进了秦始皇陵墓的俑坑——虽然仅仅是墙上的壁画，因为高大，更加气势逼人。像一个行为艺术，在世界最南端的一个图书馆，行走于古老的中国兵马俑之间，受到震撼的人会想起什么？东方与西方，历史与现状，生存与死亡，伟大与渺小？人游走于无数重暗示之中，激流涌动，你像水中的鱼，那些冲击你的波涛，一重一重诉说着图书馆的秘密。

图书管理员为我办借书卡。这张卡片正是大门上方的那个行李牌，上面赫然写道："送你的思绪去任何你想去的地方！"连旅行方式都有了，管理员身后玻璃窗上的印花图案依次是：飞机、鼠标、眼睛、代表本土文化的蕨叶花纹。管理员向我解释，借书卡有两种，行李牌的那张有通行证和钥匙的意思，另一种借书卡上印着一只小乌龟。我想到龟兔赛跑的寓言。

图书馆建立于十九世纪新西兰建国之初。我注意到立足未稳的人同时建造的还有山顶上的大教堂。同为精神世界，教堂是神的世界——阳光透过玻璃窗，玻璃上的圣像色彩斑斓，钟声响起来，那是天堂的声音。图书馆是人的世界——人的思想，人的精神，人的歌哭穿越千年，如教堂钟声，在人的心中激荡。图书馆是人间最温暖的地方，需要彼岸天堂的人同时需要此岸天堂。

拿着行李牌站在书本中间，我看到了山道上的小孩，她回眸微笑，一切又回到了起点。寻找，竟是人的一种生存状态。

茶品梅花雪

我读《红楼梦》只为喜欢，以为考察原委、追究隐寓是红学家的事——起始原有不得已的理由。对脂评红楼也是有爱有嗔，爱是因为我能通过它去窥视无量宝藏，嗔是因为这些评语有时会打断、固定我的想象。近日春光烂漫，得了花粉过敏症，对花草好像特别敏感，竟然想起品茶的隐寓来了。

《红楼梦》“栊翠庵茶品梅花雪”一回，有几处甚为有趣。

妙玉的茶，原有说不尽的话。我觉得最有趣的还是“梯己茶”。

栊翠庵花木繁盛，贾母说：“比别处越发好看。”我想起第五回太虚幻境里的那个“仙花馥郁，异草芬芳”的“清静女儿”之境，那也是个喝“梯己茶”的地方。警幻仙姑携宝玉来到此处，几个“羽衣飘舞”的仙子出迎，其中提到名字的有四位：一为痴梦仙姑，一为钟情大士，一为引愁金女，一为度恨菩提。此非闲笔，有人考证，痴梦仙姑即黛玉，钟情大士是湘云，引愁金女是宝钗，度恨菩提是妙玉。其中痴梦、引愁、度恨三位倒也罢了，唯有钟情大士是湘云有些勉为其难。湘云的性格，原有些痴憨傻气，第四十九回，她自称“是真名士自风流”，书中也有“因麒麟伏白首双星”的隐喻，却未见用“钟情”二字定义湘云之处。其实曹雪芹笔下的那个偏爱寻根究底的“情哥哥”贾宝玉，倒是红楼梦中的第一情痴。细想想太虚幻境石牌坊上的对联“假作真时真亦假，无为有处有还无”，不去追究这表面的“仙姑”二字，只从心底体察，“钟情大士”四个字，放在贾宝玉身上，真是再恰当不过。更何况菩萨本无相（观世音菩萨有三十二应身），在佛经中，观世音菩萨出家前是王太子（《悲华经》），是莲花化身的童子（《观世音得大势受记经》）。现在还能看到，唐以前的观音大士画像是男子形象，后来才逐渐从男性变为女性。况且在整部书中有大慈悲心能称得起“佛”的人，也只有宝玉。（如若问“大士”二字是否有别的意思，一定是观音，是佛？读《红楼梦》第五十回贾宝玉的诗“不求大士瓶中露，为乞嫦娥槛外梅”就知道，“大士”是佛无疑。）

“开辟鸿蒙，谁为情种？”《红楼梦》中的第一情种是贾宝玉，“钟情大士”应是贾宝玉，不是史湘云。

非得如此，才能得栊翠庵“梯己茶”之真味。

贾宝玉梦游太虚幻境，警幻招待他以自采仙茗一盏，亲酿美酒一瓮，又令舞女演奏红楼梦十二支曲，竟是把“造劫历世”之人事，预演了一回。小丫鬟奉上茶来，那茶自是“清香异味，纯美非常”。茶的产地也巧，为“放春山遣香洞”，烹茶之水用的是仙花灵叶上的宿露。茶的名字更奇，曰“千红一窟”。这“窟”字，甲戌侧批：“隐‘哭’字。”宝玉所饮之茶，乃“千红一哭”也。

再看喝茶之人，除警幻外，恰恰是痴梦仙姑、钟情大士、引愁金女、度恨菩提，对应黛玉、宝玉、宝钗、妙玉。

在荣国府大观园栊翠庵中（也是清静女儿之境），仍然是痴梦仙姑、钟情大士、引愁金女、度恨菩提四个人，把这“千红一窟”茶又喝了一回。那妙玉只把宝钗黛玉的衣襟一拉，到耳房中，“自向风炉上扇滚了水，另泡了一壶茶”。进屋的次序也丝毫不乱，宝玉是“饮”这“千红一窟”之人，是主，也是客，自是“悄悄的随后跟了来”，“笑道：‘偏你们吃梯己茶呢。’”

红楼梦中的茶，如若细写，多有名称。第八回有枫露茶，第二十五回有暹罗茶，第四十一回有六安茶、老君眉，第六十三回有普洱茶、女儿茶，第八十三回有龙井茶。唯有这“梯己茶”，曹雪芹细写了烹茶的水、喝茶的杯子，还通过妙玉的口定了喝茶的品级，独未写茶叶名称，多少人引为憾事。其实这茶原为对应“放春山遣香洞”的“千红一窟”而来，哪里能用普洱、龙井之类的世俗茶叶命名呢。烹茶的水是“梅花雪”，妙玉说：“五年前我在玄墓蟠香寺住着，收梅花上的雪，共得了那一鬼脸青的花瓮一瓮，总舍不得吃，埋在地下。”这可不就是“仙花灵叶之上所带之宿露”？

栊翠庵的梯己茶名称应是“千红一窟”，“宝玉细细吃了，果觉轻浮无比，赏赞不绝”。

我耿耿于怀的还有一句话：

黛玉因问：“这也是旧年的雨水？”妙玉冷笑道：“你这么个人，竟是大俗人，连水也尝不出来。”

妙玉把饮茶分了品级："一杯为品，二杯即是解渴的蠢物，三杯便是饮牛饮骡了。"我把眼泪也分了品级：妙玉的梅花雪水来自于槛外梅花，固然高洁，尚有形有色。其实梅花雪水也罢，旧年的雨水也罢，这些露珠、雪水、雨水均需人去收集、储存，纵然是女儿的眼泪，是灌愁海水，与黛玉的眼泪比起来又有不同。黛玉的眼泪不需借助外力，绛珠本身就是血泪。"独倚花锄泪暗洒，洒上空枝见血痕。"黛玉的眼泪，从她的生命中流出，眼泪是人，人是眼泪，空枝血痕，凄美至极，又空无至极。

这里"俗"的意思，竟是不用刻意去求，乃自身本来拥有的东西，是天然本性。

相同的用法书中还有一处：

只闻得一股幽香，却是从黛玉袖中发出，闻之令人醉魂酥骨。宝玉一把便将黛玉的袖子拉住，要瞧笼着何物。黛玉笑道："冬寒十月，谁带什么香呢。"宝玉笑道："既然如此，这香是从那里来的？"黛玉道："连我也不知道。想必是柜子里头的香气，衣服上熏染的也未可知。"宝玉摇头道："未必。这香的气味奇怪，不是那些香饼子、香毬子、香袋子的香。"黛玉冷笑道："难道我也有什么'罗汉''真人'给我些香不成？便是得了奇香，也没有亲哥哥亲兄弟弄了花儿、朵儿、霜儿、雪儿替我炮制。我有的是那些俗香罢了！"

相对"亲哥哥亲兄弟弄了花儿、朵儿、霜儿、雪儿替我炮制"，黛玉的香是本身自性中拥有的天然芳香，黛玉竟说："我有的是那些俗香罢了。"

本来面目极好

《红楼梦》中贾府为元春省亲在苏州买来的十二个小戏子（文官、宝官、玉官、龄官、药官、藕官、蕊官、茄官、芳官、葵官、豆官、艾官），其中扮起来有些像林黛玉的是小旦龄官，模样与贾宝玉像双生兄弟的是正旦芳官。“龄官画蔷”的故事，令贾宝玉深悟人生情缘，各有分定。即便是眼泪，也是各人各得。芳官的洗头风波，又引出贾宝玉“物不平则鸣”和“他这本来面目极好”的感叹。

这两句话都在第五十八回中：

一时芳官又跟了他干娘去洗头。他干娘偏又先叫了他亲女儿洗过了后，才叫芳官洗。芳官见了这般，便说他偏心：“把你女儿剩水给我洗。我一个月的月钱都是你拿着，沾我的光不算，反倒给我剩东剩西的。”……娘儿两个吵起来……袭人忙打发人去说：“少乱嚷，瞅着老太太不在家，一个个连句安静话也不说了。”晴雯因说：“都是芳官不省事，不知狂的什么也不是，会两出戏，倒象杀了贼王，擒了反叛来的。”袭人道：“一个巴掌拍不响，老的也太不公些，小的也太可恶些。”宝玉道：“怨不得芳官。自古说‘物不平则鸣’。他少亲失眷的，在这里没人照看，赚了他的钱又作践他，如何怪得。”……那芳官只穿着海棠红的小棉袄，底下丝绸撒花袷裤，敞着裤腿，一头乌油似的头发披在脑后，哭的泪人一般。麝月笑道：“把一个莺莺小姐，反弄成拷打红娘了！这会子又不妆扮了，还是这么松怠怠的。”宝玉道：“他这本来面目极好，倒别弄紧衬了。”

宝玉所说的“物不平则鸣”，出自唐代韩愈《送孟东野序》：“大凡物不得其平则鸣。”“本来面目”原是佛教用语。指放下执著，无住、无念、无相，还我本来面目。宝玉说的“本来面目”，是芳官的天然本性。

芳官是个小戏子，贾府家养戏班子里的头牌正旦。贾母在大正月里特别点过芳官的一出戏：《牡丹亭》的《寻梦》。并吩咐不用笙笛。只听一个发脱口齿，再听一个喉咙。“若省一点力，我可不依”。足见芳官的声音、身段，都是一等的。中国素有“声音之道，丝不如竹，竹不如肉，为其渐近自然”之说，以近人声、近自然为最高意趣。昆曲《牡丹亭》的《寻梦》，“只提琴至管箫合，笙笛一概不用”，演唱起来，自有一种销魂摄魄的魅力，以至于“众人都鸦雀无闻”。贾母又叫大花面葵官唱一出《惠明下书》，“也不用抹脸”。这就去除了一切多余累赘，只是本来面目。此处，贾母的审美趣味非但不俗，与宝玉评价芳官“他这本来面目极好”，竟是一脉相通。真是“担水砍柴，无非妙道”，参禅悟道，就在听戏之中，就在“物不平则鸣”的日常妙悟之中。

这两件事比较起来，还是有些不同。按贾母吩咐唱的两出戏，虽然重本真，近自然，仍然是人刻意为之。芳官在洗头风波中“哭的泪人一般”，是她的本性使然，不是做戏。因此宝玉才有“他这本来面目极好”的赞叹。

宝玉吩咐别人不要拘束了芳官（倒别弄紧衬了），他自己却为芳官改名改妆：

因又见芳官梳了头，挽起攥来，带了些花翠，忙命他改妆，又命将周围的短发剃了去，露出碧青头皮来，当中分大顶，又说：“冬天作大貂鼠卧兔儿带，脚上穿虎头盘云五彩小战靴，或散着裤腿，只用净袜厚底镶鞋。”又说：“芳官之名不好，竟改了男名才别致。”因又改作“雄奴”。芳官十分称心，又说：“既如此，你出门也带我出去。有人问，只说我和茗烟一样的小厮就是了。”宝玉笑道：“到底人看的出来。”芳官笑道：“我说你是无才的。咱家现有几家土番，你就说我是个小土番儿。况且人人说我打联垂好看，你想这话可妙？”宝玉听了，喜出意外，忙笑道：“这却很好。我亦常见官员人等多有跟从外国献俘之种，图其不畏风霜，鞍马便捷。既这等，再起个番名，叫作‘耶律雄奴’。‘雄奴’二音，又与匈奴相通，都是犬戎名姓。况且这两种人自尧舜时便为中华之患，晋唐诸朝，深受其害。幸得咱们有福，生在当今之世，大舜之正裔，圣虞之功德仁孝，赫赫格天，同天地日月亿兆不朽，所以凡历朝中跳梁猖獗之小丑，到了如今竟不用一干一戈，皆天使其拱手俛头缘远来降。我们正该作践他们，为君父生色。”芳官笑道：“既这样着，你该去操习弓马，学些武艺，挺身出去拿几个反叛来，岂不进忠效力了。何必借我们，你鼓唇摇舌的，自己开心作戏，却说是称功颂德呢。”宝玉笑道：“所以你不明白。如今四海宾服，八方宁静，千载百载不用武备。咱们虽一戏一笑，也该称颂，方不负坐享升平了。”芳官听了有理，二人自为妥帖甚宜。宝玉便叫他“耶律雄奴”。（六十三回）

芳官对宝玉的安排十分称心，我对这段话却心存疑问。宝玉为何说出这般歌功颂德的大道理来了？与他一贯不喜谈仕途经济的性格不符，甚至疑为伪作。翻到后面的第七十回、第七十三回、第七十七回，仍有芳官改过的名字——“雄奴”“金星玻璃”“耶律雄奴”出现，才想到这亦是作者真真假假之笔墨。人的性格，多姿多彩多面。“开心作戏”是道，“为君父生色”何尝就不是道？冯友兰在《中国哲学简史》中就有一问：“如果担水砍柴，就是妙道，为什么‘事父事君’就不是妙道？”只是此妙道非彼妙道。称功颂德，非宝玉之道。

这段对话中芳官的话最妙。芳官说宝玉：“我说你是无才的。”（这哪里是芳官的话，偏出自芳官之口。）说宝玉“无才”，一是黛玉，第十九回，黛玉点头叹笑道：“蠢才，蠢才！你有玉，人家就有金来配你；人家有‘冷香’，你就没有‘暖香’去配？”二是芳官的这句“我说你是无才的”。倒叫我想起《红楼梦》开篇，女娲氏炼石补天之时，弃在青埂峰下的那块石头：“独自己无才不堪入选，遂自怨自叹，日夜悲号惭愧。”芳官是谁？（他两个倒像是双生的弟兄两个。）在宝玉称颂“幸得咱们有福，生在当今之世，大舜之正裔，圣虞之功德仁孝，赫赫格天，同天地日月亿兆不朽”（这不是宝玉的话，是无才补天的石头的话）之时，芳官笑道：“既这样着，你该去操习弓马，学些武艺，挺身出去拿几个反叛来，岂不进忠效力了。何必借我们，你鼓唇摇舌的，自己开心作戏，却说是称功颂德呢。”此处芳官与宝玉的对话，一问一答，竟全是石兄自道（满纸荒唐言，一把辛酸泪）。石兄，石兄，别来无恙?

芳官的小土番儿名字耶律雄奴，还有她的小土番儿打扮（人人说我打联垂好看），超越性别，跨越民族，具有原始的野性和生命力。“耶律雄奴”甚至于被叫成了“野驴子”。一时间，大观园中纷纷效仿。跟湘云的葵官扮成小子，改名韦大英，取“唯大英雄能本色”的意思。跟宝琴的豆官头上梳两个丫髻，改名为豆童。这些行为，或许只是“开心作戏”，却似镜子，照见不受约束的英雄气、野气、孩子气。或许，这才是人的自然生命、本来面目?

十二官多以草字头的字命名，是大观园内的奇花异草，一道奇异的风景。她们“或心性高傲，或倚势凌下，或拣衣挑食，或口角锋芒，大概不安分守理者多。”龄官画蔷，藕官烧纸，芳官的洗头风波，她们的种种“不合理”行为，忽如一夜春风，令人惊诧：“原来姹紫嫣红开遍。”她们的呆话疯话，独合了宝玉的“呆性”，于是称奇道绝说：“天既生这样人，又何用我这须眉浊物玷辱世界。”（五十八回）

宝玉对芳官“本来面目”的欣赏，是惺惺相惜。《红楼梦》第九回里就有“宝玉终是不安分之人，竟一味的随心所欲。”（程乙本：“宝玉终是个不能安分守理的人。”）藕官也因宝玉的护庇之情，认定他是“自己一流人物”。虽如此，宝玉对加害于他的赵姨娘，从未有过一丝一毫的怨恨。有趣的是，曹雪芹却在“茉莉粉替去蔷薇硝”事件中，让芳官对赵姨娘发出“物不平则鸣”的声音：

赵姨娘……指着芳官骂道：“小淫妇！你是我银子钱买来学戏的，不过娼妇粉头之流！我家里下三等奴才也比你高贵些的，你都会看人下菜碟儿。宝玉要给东西，你拦在头里，莫不是要了你的了？拿这个哄他，你只当他不认得呢！好不好，他们是手足，都是一样的主子，那里有你小看他的！”芳官那里禁得住这话，一行哭，一行说：“没了硝我才把这个给他的。若说没了，又恐他不信，难道这不是好的？我便学戏，也没往外头去唱。我一个女孩儿家，知道什么是粉头面头的！姨奶奶犯不着来骂我，我又不是姨奶奶家买的。‘梅香拜把子——都是奴几’呢！”（六十回）

对贾环和探春的母亲，半个主子赵姨娘，芳官口舌锋利，没有半点奴性。再加上藕官、蕊官、葵官、豆官前来助战，真是一场好戏，几个小丫头痛痛快快地做了一回“不安分守理”之事。书中评道：“四人终是小孩子心性，只顾他们情分上义愤，便不顾别的。”这里说的“小孩子心性”，也是“本来面目”。

芳官“本自伶俐”，却不因“伶俐”改变自己的心性，率性而为，不晓得利害得失。对干娘是这样，对赵姨娘是这样，对王夫人也是这样。

第七十七回，大观园里风声鹤唳。入画、司棋被逐，四儿被撵，病得四五天水米不曾沾牙的晴雯被蓬头垢面地架出去。王夫人又问谁是耶律雄奴，罪名是：“唱戏的女孩子，自然是狐狸精了！”“调唆着宝玉无所不为。”面对掌控着“生杀大权”的王夫人，芳官不惊不惧，只是笑辩道："并不敢调唆什么。"这真是惊人之语！贾府上上下下，没有见了王夫人发怒不害怕的人，更没有敢与王夫人犟嘴的丫头。芳官的这句话，是贾府的一个"下三等奴才"人的宣言。这种"登高不栗，入水不濡，入火不热"（庄子《大宗师》）的真人品格，正是芳官的"本来面目"。

芳官的结局，"美优伶斩情归水月"，她唱过的两首曲子中早已有了预示。第一首是《牡丹亭》的《寻梦》："似这等花花草草由人恋，生生死死随人愿，便酸酸楚楚无人怨。"但是梦终归是梦，总有醒的时候。第二首是《赏花时》，《邯郸记》中何仙姑在蓬莱山门外扫花时唱的曲子："翠凤毛翎扎帚叉，闲踏天门扫落花。您看那风起玉尘沙。猛可的那一层云下，抵多少门外即天涯。""寿怡红群芳开夜宴"，芳官唱了这支曲子。宝玉听了，只管拿着宝钗掣出的花名签子，口中颠来倒去地念"任是无情也动人"，不看宝钗，却"眼看芳官不语"。是否"任是无情也动人"也可用来评说芳官？"风起玉尘沙"，"门外即天涯"，辽阔高远。芳官的"无情"，是彻悟。"美优伶斩情归水月"，态度决绝，无一丝一毫的留恋。

晴雯和芳官都是老太太指给宝玉的丫头，都被定罪为"妖精""狐狸精"。一个死了，一个出家了。究其原因，宝玉哭道：

"我究竟不知晴雯犯了何等滔天大罪！……只是芳官尚小，过于伶俐些，未免倚强压倒了人，惹人厌。四儿是我误了他，还是那年我和你拌嘴的那日起，叫上来作些细活，未免夺占了地位，故有今日。只是晴雯也是和你一样，从小儿在老太太屋里过来的，虽然他生得比人强，也没甚妨碍去处。就是他的性情爽利，口角锋芒些，究竟也不

曾得罪你们。想是他过于生得好了，反被这好所误。”说毕，复又哭起来。（七十七回）

宝玉在《芙蓉女儿诔》中给予晴雯，也可以说是给予芳官这些“心比天高，身为下贱”的女奴们以最高的礼赞：“其为质则金玉不足喻其贵，其为性则冰雪不足喻其洁，其为神则星日不足喻其精，其为貌则花月不足喻其色。”贾宝玉的女儿礼赞，字字泣血，当为千古绝唱。

林黛玉的原型是曹雪芹

《红楼梦》是小说，林黛玉是曹雪芹塑造的文学形象，本来不应有任何疑意，我明白这句话却颇费周折，有一个很长的过程，须得从头说起。

一

读《红楼梦》，刚开始看的是连环画。放学以后，手里有两分钱，就能到街头的租书铺子去看“小画书”。很低的板凳上坐着一溜低头看书的孩子，比上课还要守规矩。书很多，差不多三面墙都是。进门的那一面，称为“门面”，晚上要上铺板的。在这“三面墙”之间，我看过“宝黛相会”“晴雯撕扇”“黛玉葬花”“宝钗扑蝶”“湘云醉卧”，都是红楼故事。现在想起来，还要为当年的“审美眼光”得意，我只去过有限的几次，怎么就单单选了这几本？后来我一直喜欢红楼梦白描人物插图，不知是不是源自这里。

真正开始读《红楼梦》，是下放在农村不能上学的时候。白天下地干活，晚上在煤油灯下读书——这是出于安抚自己的本能，虽遭人嘲笑，我并不在意。借到一本王力的《汉语诗律学》，反复读。最爱读的还是《红楼梦》。母亲从她的同事小朱老师那里借来，我读了两年，新书读成了旧书，还书时真的很愧疚。那时候生活苦，精神更苦，又看不到出路，读《红楼梦》，正是找到了可以“躲”起来的地方。自己对周围世界的千种感受、万般无奈，唯有到《红楼梦》中一哭，方能释怀。因此为林黛玉流泪，也为自己流泪，分不清也不想去分清书中世界与现实生活的界限。贾宝玉、林黛玉，薛宝钗、史湘云，这些红楼人物就在我身边，呼之欲出，真而又真。

离开农村到了城市，住集体宿舍。说起《红楼梦》，与室友为喜欢林黛玉还是喜欢薛宝钗争执不下。我自然是喜欢林黛玉，室友盛赞薛宝钗，于是两人赌气，很多天不说话。室友诧异：为了一个书中的人，至于吗？她不知道，人说红楼，是说书说故事；我说红楼，是说伴我度过艰难岁月的魂之所牵，梦之所系，是饥饿的人度命的粮食。虽然现在看来，各执一端，未免失之偏颇。拥林还是拥薛，原是作者伏下的争执。仅举《柳絮词》为例，柳絮本无根之物，草木知愁，林黛玉作漂泊之叹：“叹今生谁舍谁收？嫁与东风春不管，凭尔去，忍淹留。”其指向是空无；薛宝钗翻作“韶华休笑本无根，好风凭借力，送我上青云！”另有一番姿态，其指向是实有。同样咏柳絮，却是两种截然不同的眼光，两种截然不同的态度。佛教讲“空”“有”，是一体两面；《红楼梦》讲“无为有处有还无”，是相生相成。林黛玉、薛宝钗，在第五回金陵十二钗正册中，作者就已经把她们放在一首判词中：“可叹停机德，堪怜咏絮才。玉带林中挂，金簪雪里埋。”是为钗黛合一。虽如此，我还是偏向林黛玉，这可能也是作者的意向。在红楼梦十二支曲中他叹道：“空对着，山中高士晶莹雪；终不忘，世外仙姝寂寞林。”

二

三年前，孩子从北京寄给我一个包裹，打开看，是一套《乾隆甲戌脂砚斋重评石头记》，宣纸线装。我非常喜欢。

甲戌本凡例的末尾有一首诗：“浮生着甚苦奔忙，盛席华宴终散场。悲喜千般同幻渺，古今一梦尽荒唐。谩言红袖啼痕重，更有情痴抱恨长。字字看来都是血，十年辛苦不寻常。”诗中“红袖啼痕重”与“情痴抱恨长”，很显然是指绛珠草林黛玉为还灌溉之恩，泪尽而逝，“情痴”曹雪芹因此“抱恨”，以血泪还血泪，所以才有了“字字看来都是血，十年辛苦不寻常”的《红楼梦》。毫无疑问，《红楼梦》是一本欠债还泪之书。还给谁？作者自云“闺阁中本自历历有人”。没有那个爱哭的林妹妹，作者拼了性命“编述一记”，更为何人？十年血泪，“哭成此书”，更为何事？

曹雪芹自称“情痴”。他看空一切，唯有“情”字，他非但看不空，反而把它化为书中的主旨（“其中大旨谈情”），由色悟空的中介（“因空见色，由色传情，传情入色，自色悟空”）。这个“情”字，含义丰富，有爱情、亲情、友情、恩情，对清净女儿的敬重之情，引天地万物为知己的痴情，更有负罪之心、忏悔之情。如果把这个“情”字再做提升（如贾宝玉的“情不情”），解释为大慈悲心，也未尝不可。“色即是空，空即是色”是宗教，“因空见色，由色传情，传情入色，自色悟空”是文学。无情哪有泪水？无泪水哪有《红楼梦》？

三

最近我想到，说曹雪芹仅为林妹妹或是“闺阁中人”哭泣，竟是错了，至少是没有说完全。这些被曹雪芹誉为“比那阿弥陀佛、元始天尊的这两个宝号还更尊荣无对的”闺阁少女、人中极品，原是红楼梦中人，是曹雪芹心灵、情感和眼泪的载体。曹雪芹情之所系，是他看空一切（“好便是了，了便是好”）之后，还要拼了性命去写的《红楼梦》。

想起《红楼梦》第十九回中，贾宝玉对林黛玉说的那个小耗子精变香芋的故事。特别是末一句，“小耗现形笑道：‘我说你们没见世面，只认得这果子是香芋，却不知盐课林老爷的小姐才是真正的香玉呢。’”真是一语点醒梦中人。（小耗笑得有理，我们的确只知其一，不知其二。只知宝玉是曹雪芹，不知黛玉是曹雪芹。）因此想到，扬州黛山林子洞耗子精的故事是贾宝玉编的，盐课林老爷的小姐林黛玉的故事是曹雪芹编的。（我一直认为林黛玉是现实生活中真而又真的人，忘了《红楼梦》是一部小说。）曹雪芹给了林黛玉“钟鼎之家”的尊贵。“书香之族”的高雅，却是有盐政小姐之名，无盐政小姐之实（财富）。第三回的回目就是“荣国府收养林黛玉”，“收养”二字，何等凄凉！这是林黛玉以眼泪还债的开始，却与前科探花、钦点巡盐御史林如海的女公子身份不符。且看第二回中林黛玉家世的介绍：

原来这林如海之祖，曾袭过列侯，今到如海，业经五世。起初时，只三世，因当今隆恩盛德，远迈前代，额外加恩，至如海之父，又袭了一代；至如海，便从科第出身。虽系钟鼎之家，却亦是书香之族。只可惜这林家支庶不盛，子孙有限，虽有几门，却与如海俱是堂族而已，没甚亲支嫡派的。今如海年已四十，只有一个三岁之子，偏又于去岁死了。虽有几房姬妾，奈他命中无子，亦无可如何之事。今只有嫡妻贾氏，生得一女，乳名黛玉，年方五岁。夫妻无子，故爱如珍宝，且又见他聪明清秀，便也欲使他读书识得几个字，不过假充养子之意，聊解膝下荒凉之叹。

林黛玉是这个钟鸣鼎食之家唯一的后人。在第四十五回，她对宝钗说：

“你如何比我？你又有母亲，又有哥哥，这里又有买卖地土，家里又仍旧有房有地。你不过是亲戚的情分，白住了这里，一应大小事情，又不沾他们一文半个，要走就走了。我是一无所有，吃穿用度，一草一纸，皆是和他们家的姑娘一样，那起小人岂有不多嫌的。”

按常理，林黛玉是贾府的亲戚中最当得起“富贵”二字的人，何至于此？何况其父林如海是个极细心的人，为报女儿“向蒙训教之恩”，他尚且为贾雨村筹画：“已修下荐书一封，转托内兄务为周全协佐，方可稍尽弟之鄙诚，即有所费用之例，弟于内兄信中已注明白，亦不劳尊兄多虑矣。”他为何竟不为自己“爱如珍宝”的女儿筹画在贾府的吃穿用度、将来的嫁妆?

再追究下去，林黛玉一无所有，寄人篱下的种种经历，其实都是曹雪芹的亲身经历。黛玉曾经离丧，但林家并未获罪，那种生于末世的凄凉，也只有亲历过的人才有切身体会。

曹雪芹置林黛玉于“无立足境”。她的孤独、高洁无人能及。“洒上空枝”的血泪，“一年三百六十日”的煎熬，“天尽头何处有香丘”的叩问，都是曹雪芹的灵魂呼号与哭泣。林妹妹的原型或许聪慧，或许爱哭，或许爱使小性儿，但她没有写《葬花词》，也没有写《桃花行》。在林黛玉的诗词中，曹雪芹投入了最深沉最真挚的情感。

林黛玉两次进京，两次都与贾雨村同行。第一次因母丧，父亲林如海托付她的老师贾雨村送黛玉进京。第二次因父丧，贾琏因贾雨村由王子腾举荐，要进京补缺，又与黛玉有师生之谊，故与贾雨村结伴同行。贾雨村两次与黛玉结伴进京，绝非偶然。我想意思就在这“假语村言”（虚构）上。

林黛玉并非实有其人，她是一个虚构的文学形象。林黛玉是曹雪芹漂泊身世、思想情感的载体，曹雪芹的灵魂投影。换句话说，林黛玉真正的原型是曹雪芹自己。

原因有三条：一、眼泪还债意象的重叠。前身为绛珠草的林黛玉用一生的眼泪还神瑛侍者的甘露之惠，曹雪芹写《红楼梦》“字字看来都是血”，以血泪还血泪，最后都是泪尽而逝。二、身世的重叠。林黛玉一无所有、寄人篱下的飘零身世，与盐政小姐的身份不符，却与曹雪芹遭遇巨变的家世吻合。荣国府收养林黛玉之时，抑或就是曹雪芹投亲靠友之日。三、情感的（灵魂的）重叠。林黛玉的诗词和眼泪，正是曹雪芹灵魂的倾诉与哭泣。只有亲历的刻骨铭心又几乎是无法言传的情感，才能抵达林黛玉灵魂的深层。

甲戌本有一条批语：“作者之心宝爱黛玉如己”。真是知心之论。

林黛玉是个虚构的人，又是个真实的人。“假作真时真亦假”，读了半辈子《红楼梦》，到今天才明白这个道理。“都云作者痴”，谁知读者也痴？

读《三读沧海》

一

我居住的地方有一片大海。

我常常看海，在悬崖边看，在海滩上看，在浪花里看。

真的很难相信，一个人能够“用生命的事实抹掉比喻”（刘再复《童心百说》），让自己成为大海，成为宇宙星空。

刘再复先生的《三读沧海》让我相信了。

我来到海边，从日出读到日落，从月缺读到月圆。读海的浩瀚，读海的渊深，读天风海涛中的海问、天问。面对“谜一样的伟大存在”（刘再复《三读沧海》），认真地读，苦苦地读。

二

刘再复先生在《独语天涯》中写道：

小女儿问：你写人论二十五种？我属哪一种？你属哪一种？我说我在二十五种之外，属于雾中人。

“雾中人”是《红楼梦》中的“槛外人”，加缪笔下的“局外人”，刘再复常说的“潮流外人”。从《读沧海》《又读沧海》到《三读沧海》，三十年间，沧海桑田。作者观察人生，“时而脚踩大地，时而浮游雾中”。因为在潮流之外（远离金钱、名位的追逐），其呐喊与叩问便分外明澈，分外清醒。雾中人是本真状态中人，《三读沧海》是作者与友人的雾中呼应。

三

“读海居”是友人的命名题签，“海婴”是作者的自我命名。海婴儿的诞生，源于人生的无数次选择，无数次告别；源于内心的无数次裂变，心灵宇宙中的无数次日出。

海婴儿早就存在了。他孕育在刘再复的散文之中，是活泼泼的心生命；他激荡于刘再复的理论书籍之中，是天地自然的清气、奇气。“为什么那样蔑视高头讲章？为什么那样拒绝巧言令色？为什么摈弃那些矫揉造作？为什么嘲笑那么多老套新招？”（《三读沧海》）那些关于时空的思辨、逻辑，那些关于存在的海问、天问，全都出自海婴儿的天性，出自海婴儿的本真生命。

四

诗人是赤子。

苏东坡高唱："谁道人生无再少？门前流水尚能西！休将白发唱黄鸡。"

刘再复肯定："人可以有数度童年，可以有多次诞生。""当飘忽的白发在头上预告生命衰老的时候，他们可能转向新生。"

看到自己本来的样子，看到他人本来的样子，看到人世间本来的样子，带着一双"创世纪第一个黎明出现的眼睛"（刘再复《贾宝玉论》），海婴儿在海边重生复活。

海婴儿的诞生，是大海日出，是诗人生命反向回归（复归于朴，复归于婴儿）的凯旋。

五

聂绀弩读刘再复《太阳·土地·人》，漫为三绝句。其一为："一部太阳土地人，三头六臂风火轮。不知前辈周君子，知否莲花有化身。"他看到了刘再复散文中的"踏浪儿""弄潮儿"意象，才会把刘再复比作莲花化身的哪吒。

哪吒把血肉之躯还给父母，以莲花莲藕为骨肉再生。刘再复把割不断的情思留在故国，顿悟头一轮生命的终结。于瞬间"惊觉"，他喃喃自语："能给予的都给予了。我不再欠债。我已从沉重的阶级债务和民族债务中解脱。这是生命的大解脱。"在天风海涛之中，他确信："我已还原为我自己，我的生命内核，将从此只放射个人真实

而自由的声音。”（《〈独语天涯〉自序》）

聂绀弩的另一首诗，题刘再复《深海的追寻》，开篇即道：“春愁隐隐走龙蛇，每一沉思一朵花。”这又是一个多么美的比喻！其高远洁净，非诗的灵性不可抵达。

聂绀弩老人的诗，帮助我看到了《三读沧海》的“无数莲花”之境。《三读沧海》一字一句，似莲花，如浪花，从海心生发，向天边推去。绵绵不绝，重重无尽。

六

似有若无，《三读沧海》弥漫着一种忧伤情绪。它是安徒生童话里小人鱼的忧伤，圣·埃克苏佩里笔下小王子的忧伤，曹雪芹《红楼梦》中贾宝玉和林黛玉的忧伤。这种忧伤，它的核心是爱，是全心全意，用“生命的事实”去证明的爱。它存在于“我是谁？”的叩问之中，存在于从“少年的沙滩”到“长者的海岸”（《三读沧海》）的感叹之中，存在于海婴儿向父亲的“告别”之中。赤子之心、天真天籁，是它的另一种存在形式。

七

“没有人知道我的生命密码。”（《三读沧海》）属于个人的“生命密码”是神秘的，原本不可知。唯其神秘与不可知，才有可能通向无限无极。《红楼梦》中就有“不过是来处来去处去罢了”的颖悟点化之语。

诗人的生命密码虽然不可解读，诗人的心灵轨迹却能够从文章中寻到。《三读沧海》多次提到“到地球走一遭”，“到‘地球’来一回如同到‘地狱’来一回”。我想到《红楼梦》中的贾宝玉，到人世走一遭，“世人的眼睛看见金满箱，银满箱，宝玉的眼睛看见白茫茫，看见空荡荡，看见血淋淋”。（《童心百说》）我想到从生命的深层唤醒刘再复的那份“死亡名单”（刘再复《命运之赐》），想到刘再复“梦里已知身是客”的清醒意识，还有曹雪芹在《红楼梦》第一回就点出的世人“反认他乡是故乡”的荒唐。

八

刘再复先生说：

> 从第一人生到第二人生，整整七十年，我的角色经历了三个阶段的变迁：第一角色是中国的学生与学人；第二角色是中国的流亡者；第三角色即现在的角色，是世界公民，或者说，是全人间的游览游思者。（《第二人生的心灵走向》）

海婴儿是海之子，也是天地之子；是“世界公民”，也是“全人间的游览游思者”。

三十年时间，三读沧海，“一次比一次靠近您的心灵”（《三读沧海》）。与其说这是对海的眷恋、恋父情结；我更想说这是对美的眷恋、回归情结。向自然回归，向清净心灵回归，向自己的生命本质回归。“质本洁来还洁去”，从自然中来到自然中去，从宇宙中来回宇宙中去。

九

贾宝玉是青埂峰下的一块石头，林黛玉是三生石畔的一株仙草。石头自经锻炼，灵性已通；仙草得甘露灌溉，遂成人形。“两者都是大自然的一颗粒、一符号”（刘再复《红楼哲学笔记》），都经过从石头、仙草化为人的过程。刘再复称《石头记》是一部“自然人化的大书”。

在《三读沧海》中，他说：“我的人生，不仅仰仗书本的泽溉，而且仰仗大地与大海的滋养。大地用它的苦难，大海用她的辽阔。两者都是需要的。它们都导致我的渊深。”

我从中读到，泽溉作者的人生滋养来源有三：一、书本，人类智慧；二、大地，人间苦难；三、大海，宇宙自然。海婴儿是人类智慧、人间苦难、宇宙自然泽溉的心生命。他是诗人生命的提升，又是诗人生命的还原；是自然的人化，又是人的自然化；最后达到天人合一的宇宙大圆融。

十

到地球走一回，“看遍荣华富贵的浮沉起落”，“黄金化作泡沫，白银化作泥沙，只是一刹那”（《三读沧海》）。看透“人必死、席必散、色必空、好必了”（刘再复《论〈红楼梦〉的哲学内涵》）之后，人生意义何在？刘再复说：“对于我，眷恋人生，就是眷恋海，眷恋海所明示与暗示的美，亮丽、广阔、宽厚、恢宏，还有兼收八方冷暖的包容，乘风破浪的航行。”（《三读沧海》）这真是一段至真至柔至美的心灵独白。“自然向人生成”。此时，大海不仅是真、善、美的象征，而且是真、善、美的来源。

十一

刘再复先生在《贾宝玉论》中，提了一个让我沉吟至今的问题：“宝玉出家后会走向释迦还是走向庄子，与这一问题相关的是宝玉最后是走向宗教还是走向审美？”文中的回答是：“如果释迦是中国释，那就是禅，而庄禅是可以统一起来的。庄的立身态度是审美关照态度，禅也是如此。从这个意义上说，走向释迦也可以说是走向审美。”

从《三读沧海》中我找到了更加明确的答案：“我来地球走一回，感觉是幸福的。虽然我没有找到上帝，但我找到了沧海。虽然我没有看见天边那位传说中的白发飘忽的圣者，但与穿越亿万年的父亲相逢。能与伟大的灵魂伟大的存在相逢，就是至欢至乐至喜至悦。”

诗人没有找到上帝，但是他找到了大海；没有看到人格神，但是他与“心灵状态决定一切”的大海相逢；没有走向宗教，但是他走向了审美。

十二

《三读沧海》弥漫着无穷无尽的诗意。

大海的“大节奏与大气魄”是诗意，海婴儿醒时的苦涩、梦中的甜美是诗意，还有那些“关于洪荒、关于沧桑、关于壮丽、关于永恒的一切思辨”，“关于大气、关于正气、关于底气、关于奇气的一切逻辑”，“关于精神、关于价值、关于格调、关于境界的一切讨论”（《三读沧海》），都是海的哲学，海的诗意。

海婴儿对父亲的灵魂倾诉，描述了一个“美得无穷尽的生命之谜”（刘再复《哲学智慧与书法风流》），那更是无包装无面具的赤子，向父亲、向大海捧出的无尽眷恋、永恒诗意。

诗意不是刻意制造出来的，诗意是生命的投入。它存在于只可意会不可言传的“意韵”之中。因此不可用任何套路来赏析《三读沧海》，它自己就抛弃一切套路，破“老套新招”本身就充满诗意。

十三

“我是海的儿子，也是海哲学的儿子。”（《三读沧海》）“海哲学”是哲思，可我看到的是情感，是意象，是雄伟壮丽的大海本身。

我看到，“海哲学”的第一元素是自由。

“为什么如此热爱生活？生命中为什么总是蒸腾着‘积极’？血液里为什么总是翻卷着‘奋发’？”（《三读沧海》）我找到的答案是：这是因为作者对自由、对真理永无止息地追寻。

漂泊者之所以漂泊，因为漂泊者“只能活在自由点上”（刘再复《永远不要把“无知”当旗帜》）。歌德的浮士德最终灵魂获救，正是由于浮士德不断地努力，永无止息地前行。

我还看到，自由只能来自本真心灵。

“一切都是海心的自然跳动，没有目的，没有企图，没有动机，没有他者的指使与摆布，也没有自我的执迷与妄念。”（《三读沧海》）

“身为物役”，哪得自由？“心为形役”，哪得自由？人为目的、企图、动机所役，哪得自由？

“海哲学”是什么？在《三读沧海》中，它不是抽象语言，不是逻辑概念。它是翻卷的海浪，浩茫的宇宙星空，海婴儿的灵魂倾诉，作者的生命美学。我尝试去解读，却发现如击鼓，如叩钟，“叩之以小者则小鸣，叩之以大者则大鸣”（《礼记·学记》），如佛说法，“无说而说，说而无说”，想解出其中真义，简单又不简单。“一切都是自发”，“一切都是海心的自然跳动”（《三读沧海》）。

十四

“海哲学”是属于刘再复的名词。“百川众流，却入大海，合为一体”（慧能《六祖坛经》）。此处的“一”，是海，是包容，是无分别无执著的心灵。什么是“海哲学”？“海哲学”是自由，自然，天真天籁，是一种“独立不移”的立身态度，是刘再复用“生命的事实”——他的行为语言和书面语言呈现的诗意心学。借用刘再复先生在《论〈红楼梦〉的哲学内涵》中对“哲学大自在”的定义，“海哲学”是以“中国禅”为主轴的，兼容古今中外各家哲学又有别于各家哲学的一种“哲学大自在”。

十五

刘再复先生说：“哲学和思想最大的区别是哲学要有视角，思想不一定要有视角，视角不同，看世界、看人生就不同。”（《李泽厚哲学体系的门外描述》）

《三读沧海》开篇就写了两个视角：一个是“人眼”，从地上观世界的眼睛，海婴儿体验人、体验世界的心灵眼睛；还有一个是“天眼”，从空中观世界的眼睛，释迦牟尼与爱因斯坦宇宙极境的眼睛。海婴儿的眼睛是“从母亲的摇篮里睁开的眼睛”（刘再复《童心说》），带着“不求道而得道”的天然灵性。

对这两个视角，诗人还有另外一种描述：“当年是酒神与激浪共舞，今岁是日神冷观涛来涛往。”（《三读沧海》）“酒神与激浪共舞”，是“热烈拥抱社会现实”（刘再复《高行健莫言风格比较论》）的眼睛，洋溢着彻头彻尾的热情；“日神冷观涛来涛往”，很显然，是一双冷静透澈的眼睛。

海婴儿的眼睛就像贾宝玉的眼睛，是一双“对人没有任何设防”的“一热到底”的眼睛。而冷观的眼睛，是《红楼梦》中一僧一道的眼睛，“旁观冷眼人”冷子兴的眼睛。

两种视角，一热，一冷。前者是童心视角，儿童的眼睛；后者是“大观视角”，宇宙极境的眼睛。童心视角没有障碍，没有知识障，没有概念障，因此能够直达真实真理的内核；大观视角“从很高

的层次看人生，才看出那些功名、权力、财富都是过眼烟云。”（《李泽厚哲学体系的门外描述》）

因为有了这两种视角，诗人才能够于千辛万苦之中，“独立不移，知行不二”，才能够在功成名就之后，走向“慧能式的平常心平常人”。没有“我相”，永远只有谦卑；没有“人相”，永远只有神韵；没有“众生相”，永远只有尊严；没有“寿者相”，永远只有自然的永恒与片刻。用宇宙极境的眼睛看世界，“地球是一粒尘埃，人就是一粒尘埃，没什么好骄傲的”（《三读沧海》）。

最纯粹的“一热到底”的心灵，反倒拥有对人生、对世界最为清醒的认知、最为明澈的眼睛。

十六

读《三读沧海》，我看到，诗人已经成为沧海本身。

海婴儿对父亲的诉说，是痴绝处的诉说，又是清醒到极致处的诉说。其“思想的密度”（这在一篇散文诗中，还是首次看到）令人惊讶，却是大海本色，潮起潮落，自然而然。回到蔚蓝色的海心深处，“不知道迎合，不知道俯就，不知道追逐”。回到生命的原点，“没有目的，没有企图，没有动机”（《三读沧海》）。自由就在浑沌之中，就在天真天籁之中，就在内在心性的自然倾诉之中，就在无分别、无执著的心灵之中。正如高行健“从不可言说处作画”，刘再复在不可言说处作文，在文学的极限处去找寻无限。

献给人类的金蔷薇
——刘再复先生《什么是文学》读后

开头的话

读刘再复先生《什么是文学》，我被这本书深深吸引。在阅读过程中，我不断受到启迪，感受到一种神秘的、神性的力量。我很想把这种直觉描述出来。

我并不想把这本书与流行的《文学概论》做比较。《文学概论》是中文系的基础课，当年上学的时候，我就认定这是一门极枯燥的课程。或许，现在的《文学概论》比我们那时候学的要有意思得多。老实说我们这一代学中文的人（我和我的同学）有一个共识：好的作家是不用上中文系的。也就是说，想学写作的人不一定要学文学理论。有了先入为主的理论（先有理论，然后用学到的理论体系指导阅读，加深对理论的理解。这是文学概论课一般的学习路径），就会把原属个人的生动活泼的内容脸谱化、僵化，变得一无是处。

这本《什么是文学》完全颠覆了我的上述看法，这是一本让心灵和想象力飞升的书。我不能不去想为什么。我思索并尝试记下我的所思所想，却发现语言的无力。我明白，如果我能够把读这本书的片段感受说出来，就是一件非常高兴的事了。

我记起了帕乌斯托夫斯基在他的《金蔷薇》首篇《珍贵的尘土》中的一句意味深长的话："这样的金蔷薇在世界上不多。""可是谁家要有它，就一定有福。不只是这家人，就是谁碰一碰这朵蔷薇都有福。"

与夏米送给苏珊娜的那朵金蔷薇比较，这朵金蔷薇——《什么是文学》，是送给人类的。作者用心打造这朵金蔷薇送给所有的人。

一、告别诸相

我不喜欢故作姿态的文章，无论写得多下功夫，有姿态在，我就不喜欢。因此怕看理论书，文学理论也怕看。这些理论书都有腔有调——高高在上的理论腔、学者腔，玄而又玄，生怕别人看懂了，生怕读者看低了自己。读《什么是文学》，第一个感觉，就是作者在讲述的时候没有腔调。没有理论腔，也没有学者腔。没有腔调就没有隔膜，虽为文学理论，却是对着人的心灵说话，质朴至极。而质朴总是让我联想到美。

刘再复先生在他的《随心集》序言中说："就我个人而言，含有文艺腔与学者腔的'作文'时代已经过去，如今该是进入无腔无调无相无姿的'随心'时代了。讲述，只是心灵的需求；文字，只是心灵的呈现。"

理解"无腔无调无相无姿"，我求诸《坛经》。何为无相？

《六祖坛经》说："外离一切相，名为无相。"六祖慧能的偈语："菩提本无树，明镜亦非台，本来无一物，何处惹尘埃。"说的也是无相。以我的理解，刘再复先生在讲述时放下文艺腔，放下学者腔，放下做学问的姿态，一切统统放下，不着相，亦为无相。一切只从自性中来，只从心灵中来。此时的讲述和文字，呈现的是真理，是实相。

刘再复先生对"腔调"的警惕，始于二十世纪八十年代。他在一九八八年出版的《刘再复散文诗合集》自序中写道："有趣的是，在《雨丝集》中的我，倒有些生活教师的味道，而在《告别》《太阳·土地·人》中的我，则与读者平等了。"

在回忆虞愚老先生的散文（《放下，放下，放下》）中，刘再复说虞老先生告诉他："佛教知识浩如渊海，但其要义只有三点：第一是放下，第二是放下，第三还是放下。"可是那时候他身在潮流之中，并无感觉。只是知道，尚未悟道。我想这是作者的自谦之词。但如果从悟道不是凭空而悟，而是阅历而悟的角度看，作者所说亦是实情。

之所以这么说，是因为虞愚老先生赠刘再复的诗中就有"感寓诗成天雨花""万派终归沧海阔"这样的既蕴含佛理，又道出刘再复文章境界的句子。这个境界就是佛教的莲境。我把这两句诗调过来读，因有"万派终归沧海阔"这样的真智慧在前，才有"感寓诗成天雨花"这样的"莲境"在后。又想到，佛家的真智慧和莲境其实是一回事。

在《什么是文学》中，我看到作者与"凡所有相"彻底告别。这个"彻底"，应该是来自刘再复犹如投胎转世般的人生裂变。在天上人间的颠倒中，他产生了“第二视力”，看到了往昔令人眼花缭乱的一切显现出的本质，“这本质就是实实在在的黑暗”（《被死神掌握的时刻》）。

老庄的复归、陶渊明的隐逸、慧能的流亡、王阳明的龙场悟道、贾宝玉的离家出走、陀思妥耶夫斯基的濒死体验，似乎都与刘再复的生命状态有着千丝万缕的联系。

刘再复先生说：“生命状态的变化使我的阅读不再走向概念，而是走向生命，不再走向学术姿态，而是走向人生深处。”（《从“文化批判”到“返回古典”》）

身体力行，告别曾经的繁华，告别诸相，当潮流外人，又有几个人真的能够做到？

二、神瑛侍者

《什么是文学》从《红楼梦》的三生石畔讲起，开篇就连着文学梦和人生梦。曹雪芹的人生大梦由刘再复以另一种形式接着往下讲述。作者借《红楼梦》中的一个概念——贾宝玉的前身“神瑛侍者”来表述他和同学们的关系。讲课的人与听课的人，写书的人与读书的人，是侍者与神瑛的关系，是服务员与神花的关系，而不仅是理论的制造者或传授者与接受者的关系。前者（《什么是文学》）回归文学本源，上课“是一种享受，一种快乐”。后者（流行的文学概论）先有理论，先入为主，然后才是在这种理论框架下对文学的介绍，对文学创作的规范指导，对文学作品的分析归类。因其明确的功利性，在我看来，难免枯燥无味。

说到神瑛侍者，我想起陀思妥耶夫斯基在《卡拉马佐夫兄弟》中，有一段佐西马长老的哥哥对“仆人”的讲述。我的印象很深刻，那一点照亮人心的纯净的神性光芒，来自灵魂深处：

他时时刻刻对走进来的仆人们说：“亲爱的，你们为什么侍候我，我配得上受大家的侍候吗？如果上帝开恩，让我活下去，我也要亲自为你们服务，因为大家应该互相服务。”母亲听了摇摇头说：“亲爱的，你因为有病才这样说呀。”他说：“妈妈，亲爱的妈妈，既然不可能没有主人和仆人，那么让我也做我的仆人的仆人，就像他们做我的仆人一样。我对你说，妈妈，我们大家在众人面前都有过错，尤其是我比别人更有错。”

我把这段话引在这里，就是因为我感觉到，这个本性善良的人，似乎是经历了生命的大变故之后才说出的这些话，与曹雪芹笔下的神瑛侍者贾宝玉有相通之处。在贾宝玉的眼里，人的清浊高下，从来不在身份上区分。他自己烫了手，反倒问丫头玉钏儿烫了哪里；自己被雨淋得水鸡似的，反告诉别人快避雨去；懒与士大夫接谈往还，却甘心为诸丫头充役。与佐西马长老的哥哥不同的是，贾宝玉没有意识到自己应该去做“仆人的仆人”，他的所作所为，都是出自本性。

实际上我也借助这段有着西方宗教背景的话来理解刘再复，理解他借用“神瑛侍者”这一概念呈现的宗教情怀。他的文字不着相，离一切相，但又不执著于此。为了讲述的需要，他保留了一个姿态，就是神瑛侍者的姿态。

刘再复先生说：“本来丫鬟才是侍者，贾宝玉却把位置颠倒过来，对她们关怀备至，像护花使者。贾宝玉很有佛性，他心中没有主仆尊卑观念。”“完全打破等级偏见，这是大爱、大慈悲。”

三、放下概念

在《什么是文学》第八讲中有一句话：“我今天把文学的概念还原到最通俗的解释，大家也比较容易掌握。”这句话看起来简单，却是一个非常重要的文眼。“通俗”从字面上看，不等于心灵本真。但这句话里的“通俗”，却是心灵本真。“还原”是回归。回归到文学的原点，去叩问文学的本义，对文学理论作心灵呈现。

按字面理解，“把文学的概念还原到最通俗的解释”，就是说大家都能够听得懂的话。但这仅仅是第一层意思。

第二层意思，就是放下概念。

几年前，我第一次读到刘再复先生的文章《语狂和语障》，就为文中对“语障”的解释震惊。那是一封刘再复先生写给他的女儿刘剑梅的信，我节录如下：

所谓语障，就是概念障碍，“主义”障碍，观念障碍。去年我在一篇文章中批评过“语言遮蔽”的问题，便是语障。我们这一代人，曾经在“主义”的包围中迷失，不是靠“生命”与“心灵”过活，而是靠概念过活，后来费了好大气力才从“主义”和各种概念中走出来。

这是一种直击人心的描述。我经历过那个吃饭睡觉都与概念相连的年代，人被人制造出来的概念奴役异化到可悲、可笑、可怕的程度。但是当时我并不懂得为什么会这样。我们是被各种概念喂大的一代人，又是被学校、书本遗忘的一代人。也许是因为这样我才对“放下概念”特别敏感。我想“放下概念”是刘再复先生写这本书的初衷之一。

其实刘再复自己已经说得非常清楚。他说：“出国以后，我给自己一个使命就是，放下概念。这也是受禅宗的影响，禅宗有一种说法就是不立文字，明心见性。有人说不用文字怎么可以呢，你总要写字的啊，其实是说，不要有概念的障碍，我们在面对真理的时候，首先不要想到概念。”（《李泽厚哲学体系的门外描述》）

正是因为放下概念，去除遮蔽，“把文学的概念还原到最通俗的解释”，这本叩问文学本义的书才中是“活”的。它从概念的障碍中走出来，呈现了自由自在的、纯真活泼的、无比深邃的灵魂。

四、澄明之境

我想说一下我看到的澄明之境。

通常我都是傍晚去湖边散步，倾听晚风和芦苇叶子的低语。有一次清晨我去湖边，看到早晨的第一缕阳光像透明的火焰，在玫瑰花丛中跳跃。一刹那，似乎所有的生命都向无尽的宇宙敞开心扉，纯净的天空、纤尘不染的草地、燃烧的花、闪烁的露珠，全都亦真亦幻，澄澈透明。我忍不住问，这些都是真的么？

似有神示，在最靠近南极的地方，我看到了大自然没有尘埃遮蔽的澄明之境。

读《什么是文学》，我感受到另一种澄明之境。

看一看刘再复先生是怎样开始讲述文学这个概念的。定义文学，他从高行健、莫言说起。他说："我讲'什么是文学'，先讲讲他们。这样比较切实，比较好理解。"

这种"比较切实，比较好理解"的讲述方法贯穿全书。它充满诗意，呈现出一种令人心动的神秘。它悬搁了通常用来阐释文学的概念体系，用"比较切实"的，容易感受到的人和事，去讲述文学的本义。似有生命的源泉不断涌出，作者的笔触所至，愈是平易，愈是朴实无华，愈是澄澈，愈是深邃。如同禅宗常说的第三种境界，尽管此时"看山还是山，看水还是水"，内涵已有不同。于平常山水——"比较好理解"的讲述中，直接道破事物的本质，说出文学的真谛。

刘再复先生在阐释《〈红楼梦〉的澄明五境》时说："海德格尔把'澄明之境'界定为一种'神性'，但不是宗教上有意志、有人格的上帝那种'神性'，而是一种万有之源、存在之根的终极真实。这不是一种实体，却是一种使'思'与'在'得以发生的根源。它超越了存在，却又不在存在之外，它是'无'，但又是'有'的母体。把握这一母体，不是通过概念去认知，而是通过'诗意的想象'去领悟和把握。"

此刻，我把上述这种"有"的母体，万有之源的"无"，理解为作者"无立足境"的"无"，即作者在讲述时不立足于任何现成的概念、范畴，完全求诸自身的清净本性。庄子《逍遥游》中的列子"御风而行"，他能够飞起来凭借的是风。在写作中，若能御风而行，已属不易。但御风而行仍然是"有所待"，就连以轻驭重的写作还有个"驭"字。这本书却连"驭"字都看不见，就把文学的本质阐释得清楚明了。作者“无立足境，寻立心境”，呈现的是回归本真本然的澄明之境。

这个澄明之境，是“超越一切妄念一切假相一切执著一切现实归属”（刘再复、刘剑梅《共悟红楼》）的大洁净。

五、文学本义的叩问

我注意到了这本书的提问方法。

什么是文学？什么不是文学？

如果不去寻找这种提问方法的哲学渊源（这个叩问是文学的轴心问题，是这本书的名字，也是这本文学概论的起点），我们就能看到，多么简单、多么率真、多么直接的提问，清澈得就像早晨的露珠。

我联想到孩子的提问方法：这是什么？那是什么？它们是真的吗？

在刘再复先生的《童心说》中有这样一句话：“文学正在失去真心真情真性，文学就要死了。”

我惊讶地看到，文学是活的，文学像人一样，是有真心真情真性的。

在上面提到过的刘再复先生给女儿刘剑梅的信中，他说：“最近两三年，我老是想到‘返璞归真’四个字。意思是说，知识者读书愈来愈多，头脑变得愈来愈复杂，离生命的本真本然也愈来愈远。被语言和知识所遮蔽，反而看不清世界的根本，倒不如回到婴儿的视角。”（《两种时髦：语狂和语障》）

这个“婴儿的视角”是“至真至柔至朴”的赤子的眼睛，无知识遮蔽，无概念障碍。赤子的眼睛看到的是天然本性。

“什么是文学”“什么不是文学”，第一个问题给“几乎不可定义”的文学定义，第二个问题对文学做反定义。这种给文学定义的方法不是“独断文学真理”，而是以本真本然的赤子的眼睛来接近真理。

这本书和萨特的《什么是文学》同名，却和萨特的主题完全不同。萨特倡导“介入文学”，认为作家必须通过作品对当代社会、政治事件表态。刘再复却表示了与萨特相反的文学观念。他认为作家应该独立不移：“政治是最功利的事业，而文学则是超功利的事业。”（《什么是文学》）；“一切企图通过‘文学介入’去改造世界的妄念，都属‘现代蒙昧’。”（《文学可以使你成为你自己》）

文学带着它的真性情、真欢笑、真歌哭向我们走过来：“文学是自由心灵的审美存在形式”；文学的天性，“一是它的真实性，二是它的超越性”；文学的三大要素，“一是心灵，二是想象力；三是审美形式”（《什么是文学》）。

文学活了，文学永远不死。

六、林黛玉状态

《红楼梦》中，用“灵窍”这个词形容林黛玉。“黛玉之灵窍”是什么？是心灵。

宝玉初见黛玉，眼中心里的黛玉就与众不同。林黛玉的眉眼，讨论的文章很多；林黛玉的心灵，很难真正被人懂得。读了很多文章，真正能够抵达这一灵魂深渊的，刘再复一人而已。

固然明白他是用生命感悟的方式抵达真理的内核，读他的“悟语”，我还是因为他思想的穿透性而惶惑：为什么刘再复先生能够如此透彻地理解林黛玉孤独高洁的灵魂？读《什么是文学》，我至少找到了一个理由，那就是林黛玉状态，是心灵状态、文学状态，而刘再复先生正是常年沉浸在文学状态中的人。

再读一遍刘再复先生对文学的定义：“文学是自由心灵的审美存在形式。”第一个关键词是“自由”。他说：“人在社会现实中，实际上只有困境，没有自由。人需要文学，正是希望在缺少自由的生存环境中赢得自由的瞬间。”第二个关键词是“心灵”，“文学事业就是心灵的事业”。第三个关键词是“审美”。“文学的最高层面应是审美。文学所追求的最高的自由境界，乃是天地人神甜蜜共在的审美境界。这一境界不仅高于功利境界，也高于道德境界。”（《什么是文学》）

“自由心灵的审美存在形式”恰恰可以用来解读大观园中最纯粹的诗人林黛玉。这个远离家乡的孤女，无父无母，无兄弟姐妹。投奔外祖母，原是为了寻找世俗意义上的立足之境。可是“一年三百六十日，风刀霜箭严相逼”。世俗的土地上，哪里又有立足之境？有的只是血痕，只是泪痕。所以，她从洁净中来，回归洁净中去。她的诗，是心境，空境，无境。

林黛玉“心较比干多一窍”。但她的灵窍，只通向自然本真，只通向情，只通向痴，只通向诗；却是不通功利，不通权势，不通“家族政治”。她的外表是诗，心灵是诗，眼泪更是诗。说她是最纯粹的诗人，是因为她的诗和她的人均不媚俗，不从众，不食人间烟火。

大观园中的诗社，是一个不求功利，没有目的，“为写诗而写诗，为情感而情感”的“文学的图腾”（《什么是文学》）。孤独寂寞的林黛玉，正如孤独寂寞的文学。

在厘清什么是文学，什么不是文学的最根本的界限时，刘再复先生提到：“薛宝钗与林黛玉都会写诗，但林黛玉写得比薛宝钗好。林黛玉是大观园里的首席诗人，她们俩都是悲剧人物，但薛宝钗实际上更可怜。因为林黛玉尚可用眼泪宣泄情感，而薛宝钗却用‘冷香丸’压制、扑灭情感。因此，我们可以说林黛玉是文学，薛宝钗不是文学。凡是把自由情感、自由心灵加以驱逐、加以扑灭的行为和作品，都不是文学。”（《什么是文学》）

至此，解答我的困惑的第二个理由也很明晰了，那就是刘再复先生说过的“我能嗅到心灵的芳香”。在答《华商报》王铮先生问时，他说：“我对人性确实有一种敏感，如果说有什么‘诀窍’的话，那就是我能嗅到人的‘心灵’的味道。”

这种与生俱来的感悟能力与穿透能力，也可称之为“灵窍”。

七、天才的文学评论家

我和朋友谈起《什么是文学》。朋友说，这是一本超越的书，超越前人，超越“三个斯基”。

俄国“三个斯基”（别林斯基、车尔尼雪夫斯基、杜勃罗留波夫）的文学批评影响了俄国的几代作家。

刘再复的文学批评影响了上个世纪八十年代至今的中国当代文学。

天才。我在想“天才”这个词的时候，想到了创造。《圣经》说：“上帝创造天地。”人是很弱小的，人不是神，人能改天换地是妄念。可是当人在创造的时候，或者说当人捕捉到了新的创意的时候，那种自由愉悦的状态最接近神。这时候的人，他的发现、发明、创造，就是天才。又想到，不为常人看到的假象迷惑，能够穿透障碍，直探真理内核的能力，是天才。

刘再复在写他的《性格组合论·自序》的时候说，五年前的一个夜晚，他写完了《鲁迅美学思想论稿》的后记，觉察到一种奇异的东西在他身上颤动，奔突，呼唤，他意识到这是一种继续创造的欲求在他的胸中燃烧。这真是中国当代文学的幸运。正是这种奇异的洞察力、天才的创造欲求影响了二十世纪八十年代至今的中国当代文学的命运。

从窒息“人”的文学观念中走出来，从苏联搬来的那套理论模式中走出来，从“三突出”和“高大完美”的文学观念中走出来，刘再复用“人物性格的二重组合原理”去解构“典型环境中的典型性格”，用“主体论”的哲学基点去解构反映论的哲学基点，用“艺术主体”的个性去超越“现实主义”的党派性。（刘再复《学术自述》）抓住机遇，刘再复奇迹般地建构了“中国自己的文学理论学说”，成为文学变革时代的弄潮儿。他的《性格组合论》发行近四十万册（你的书架上有了李泽厚的《美的历程》，怎么可以没有刘再复的《性格组合论》？），他的讲座人头攒动，似乎地平线都因弄潮儿的视角向文学倾斜。朋友告诉我，二十世纪八十年代，他听过刘再复的一个讲座，讲座刚刚结束，刘再复就被大学生、研究生簇拥，想靠近他从容地讨教问题，那是很困难的事情。

解除了束缚的中国作家开始恢复元气，文学的性灵被释放。她是如此的自由自在、美不胜收，在天与地之间、人与神之间遨游，就像那个在红高粱地里大胆地往前走的妹妹。文学作品从意识形态的注脚和政治的传声筒中挣脱出来，发出个体的而不是整体的声音。正是这个“拒绝合唱”的声音，带着中国黄土地上独特的生命魅力，“走向世界心灵的高度”（刘再复为母校国光中学题词）。

很难想象，没有针对“从苏联那里搬来的那套理论模式”的解构与超越，哪来中国当代文学的这片新天地?

千里马是天才，发现千里马的伯乐当然是天才；“神瑛”是天才，扶植“神瑛”的“侍者”也是天才。首先，他们要有发现天才的眼睛；其次，他们要有与天才相近的艺术感觉；再次，他们还要有不争你高我低，说真话，为文学而文学，为艺术而艺术的胆识。

刘再复先生说：“在当代文学批评的层面上，我永远是个弄潮儿。”（《当代文学评价与“返回古典”》）其实，去除“当代”二字，这句话依然成立。有胆有识的文学批评能够魔幻般地呈现作家与批评家灵魂交融、血气蒸腾的心灵宇宙，甚至能够告诉读者作家在下笔时没有想到的作品的重大意义。

以《红楼梦》阅读为例。原先我读《红楼梦》，只看到了贾宝玉是个不要人怕的贵族公子，看到他是一个好人。按王熙凤的话说，给他个炭篓子戴上（要不要戴炭篓子我看倒未必），什么事他不应承?同时还看到他是一个纨绔子，众人眼里的混世魔王。看到贾宝玉就是一颗心，至真至纯，无分别无执著；看到《红楼梦》的哲学高度；是读了刘再复的《红楼四书》和《贾宝玉论》之后。我的感觉是又睁开了一只眼睛，看到了从未看到过的贾宝玉和《红楼梦》。这就是文学批评的魅力所在。如果说，俄罗斯文学中奥勃洛摩夫这个“多余人”的形象，他的性格内容和思想意义，有一半是文学批评家杜勃罗留波夫创造的，发现的，发明的；那么，中国的文学瑰宝《红楼梦》的心学内涵，贾宝玉是“人类文学史上最纯粹的一颗心”的永恒意义，有一半是文学批评家刘再复发现的，发明的，创造的。

又如阅读高行健的《灵山》。第一次阅读，我的读后感是“这是一本给少数人看的书。”我自己是不是属于能看懂的少数人，没敢下结论。看了刘再复评高行健的文章，我肯定自己属于没有看懂的人，又借助他的文章去读懂《灵山》，读懂《八月雪》。高行健在诺贝尔奖获奖感言《文学的理由》中说：“我居然在有生之年，有幸得到瑞典文学院给予的这巨大的荣誉与奖赏，这也得力于我在世界各地的朋友们多年来不计报酬，不辞辛苦，翻译、出版、演出和评价我的作品，在此我就不一一致谢了，因为这会是一个相当长的名单。”看了这段话之后，我猜想，如果他真的列出这个名单，在名单上第一个出现的名字一定是刘再复。高行健获奖后把诺贝尔文学奖的副章赠给刘再复就是明证。

莫言在获诺贝尔文学奖之后在写给刘再复的亲笔信中说：

> 多年前，刘再复先生希望我做文学海洋的鲸鱼。这形象化的比喻，给我留下了深刻印象。我复信给他：“在我周围的文学海洋里，没看到一条鲸鱼，但却游弋着成群的鲨鱼。”我做不了鲸鱼，但会力避自己成为鲨鱼。

刘再复被称为“高行健、莫言获诺贝尔文学奖的推手”（其实质是推动中国当代文学走向世界）。这两位诺贝尔文学奖得主与文学评论家（同时又是思想家、文学家、红学家）刘再复的友情见证了一个时代的文学奇迹。

八、人是书，书是人

刘再复先生说："我一生的学术追求，一个是找到学问与生命的联结之处，让主客体达成一致；另一个则是尝试打通中西方文化的经脉，找到他们的共通之处。"

"学问与生命的联结之处"在哪里？在书本里还是在人身上？

我想到了海。

读刘再复先生的散文《读沧海》，我看到作者打开大海这部不朽经典的蓝色封面，进入了书中的境界，与海的儿女、海的灵魂相逢。

读《又读沧海》，我看到作者读苍茫的大海，同时也读自己的心海。字里行间充满主客一致，内外交融的渴望。

作者没有写第三篇，我看到大海已经与他心中的日月星辰合为一体，他自己就是海。

读《什么是文学》，我看到所有的知识、概念都还原为心性光芒。学问是生命，生命是学问；人是书，书是人；人写书，书写人。

我不知道怎样去描述这种奇妙的生命现象或是学问现象。

或许是文学的本性与禅宗相通，读这本书，我借助《六祖坛经》。

《坛经》说："百川众流，却入大海合为一体。"

这个大海，是人自身本性的般若智慧。汇集百川，不增不减。犹如万事万物，归于纯一的心灵之中，没有区别。

读这本书，我又读到了大海。更确切地说，我看到了一个内外交融的宇宙，一个圆融的大智慧。

这是生命与学问的交融，是“内宇宙”与“外宇宙”的交融，是宇宙中日月星辰的交相辉映。主体客体达成一致，中西文化合为一体，这个“一”，就是“学问与生命的联结之处”，是心灵，也是大海。

刘再复先生在《什么是文学》这本书中，把知识、概念内转为心性光芒。他以生命体验、心灵感悟的方式，“用‘自性’代替‘主体性’，打破主客二分，融化在场与不在场，更彻底地把握文学的本义”（《刘再复教授访谈录》），讲述文学的自性与他性，文学的诸要素之间的关系，文学与人类其他活动的关系。建立了与禅宗六祖慧能相通的“放下概念，明心见性”的文学理论体系，完成了对前人、对自己的又一次超越。这是中国的文学理论对世界的重大贡献。

正如他所信仰的文学，在“寻找灵山”的旅途中，刘再复永远是个未完成。

九、文学圣经

我们这一代人，小时候没书读。有一次我偶尔得了个机会，进入一个图书馆，就缩在角落里不吃不喝看了一天书。读书能当饭吃，可谓痴迷。不过回忆起来，当时的感觉倒也平常，精神饥渴而已。后来，我意识到好书可以帮助人找到自己，感觉到自由自在，就常常在迷惘的时候找书读，就像溺水的人想抓住救生圈。文学于我，就像宗教。

说说我读书的直觉。刚开始读《什么是文学》，我读到诗意，感觉到“润物细无声”的平和宁静，这与印象中的“文学概论”不同。读下去，我觉得所有的文字都是活的，就像心灵宇宙中的日月星辰，闪耀着柔和明净的光芒。再读下去，我读到了作者的大慈悲心。毫无疑问，这就是宗教精神。

说到“润物细无声”，我想起《六祖坛经》中的一个字，就是兴雨的“龙”字，这个字很费思量：

> 若大乘人若最上乘人，闻说《金刚经》，心开悟解，故知本性自有般若之智；自用智慧常观照故，不假文字。譬如雨水，不从无有，元是龙能兴致，令一切众生、一切草木、有情、无情，悉皆蒙润。

这个“龙”字，是慧能的一个比喻，比什么？后来讲经的人没有细说，按原样解释为传说中的“龙”或“水龙”。我想，这个兴雨之“龙”，是本性自有的般若智慧，而“龙”兴起的雨水，泽被世间万物，不论有情、无情，众生、草木，“悉皆蒙润”，这正是虞愚老先生赠刘再复诗中的那句“感寓诗成天雨花”的境界。

刘再复先生是个有佛性的人。这本《什么是文学》，不是宗教胜似宗教。借用刘再复先生对《红楼梦》的比喻，这是一本文学圣经。

要给我的说法以充分的理由：

第一，刘再复先生的视角是超越的视角。他讲超越现实视角，超越现实时空，物我同一，主客同一，用的正是禅宗不二法门的佛眼。

第二，他把文学定义为“自由心灵的审美存在形式”，视心灵为文学的根本，与宗教对心灵的强调相似。书中的大爱与大慈悲，是“基督的爱无量心”，释迦的“慈无量心”“悲无量心”（《什么是文学》）。

第三，放下概念，穿透知识，超越知识障、概念障，刘再复完成了从“知识”到“智慧”的提升。

第四，离一切相，破一切执，回归文学的本义、文学的自性，这是禅宗“破相”的智慧。

第五，能够启迪人的智慧，解脱被禁锢的灵性，让人感觉到自由自在的书籍，本身就具有宗教意义。

前几天，我读到一个故事，这个简单的故事能够帮助我理解刘再复先生阐释的“回归文学本义”的心灵与宗教内涵。这个故事说，整整十年，一个人带着他的一条狗，在新墨西哥州北部的砂岩上神秘的洞穴里挖掘，在巨大坚硬的砂岩墙上雕刻出美丽的图案。洞里的每个房间都具有不同的风格，当自然光照进洞穴时，那些岩石房间、那些墙面上的雕刻，便会呼应着微妙的光线，呈现出一种惊人的美丽。挖掘者说：“我想创造一个洞穴，它连接心灵与地球，人们在那里可以找到自己的内心，醒悟自己到底是谁。”

这是一个从物质世界中逃离，回归自然心灵，追问“我是谁”的故事。这个连接心灵与地球的洞穴，是一个让人置身其中能够得到启迪，自明、自救的世界。它以微妙的光线和惊人的美丽，创造出一种类似宗教的神秘，唤醒沉迷于俗世的人。这个境界，就是没有宗教教义和宗教仪式，但是拥有宗教情怀和宗教精神的境界。这是挖掘者的梦，这个艺术梦与文学梦相通，只不过运用的材料不同，文学不用沙岩壁与鹤嘴锄，文学用词汇。

刘再复先生和他的女儿刘剑梅在《共悟红楼》这本书中用一章的篇幅讨论第三类宗教，提到法国当代思想家莫林和安娜合著的《地球祖国》一书。这本书中就有建立第三类宗教的设想：

这是一种没有上帝的宗教（但上帝的缺席却表明神秘无所不在），又是一种没有神灵启示的宗教（如佛教），它不同这两类宗教，却拥有这两类宗教的精神之核：仁爱（基督教）与慈悲（释迦），而且它的基本意义也不归结为理性，而是超理性。

《地球祖国》是一本呼吁保护自然生态的书，因此，“第三种宗教是摆脱沉沦的福音，是把爱推向山山水水、推向一切草木飞禽的真理。”

追本溯源，刘再复先生说：“要说创立‘第三类宗教’，慧能才是真正的先锋。慧能的‘教’里，早已没有宗教狂热，也早已没有神灵偶像、神灵启示、神灵救赎了，但仍然有佛教的博大情怀与博大境界，有佛性的信仰和佛性的本源，也有启迪个体生命自明自救的神秘意识。”而文学圣经《红楼梦》创立的“非典型的另一形态的宗教”，其实是禅的文学化、审美化、深广化。（刘再复、刘剑梅《共悟红楼》）

文学与宗教的相似之处，刘再复先生在《什么是文学》中说得很清楚，我节录如下：

第一，文学与宗教都是心灵，都是情感，或者说，都是心灵与情感的存在形式。作家可以是无神论者，可以不信宗教，但一定要有宗教情怀、宗教心灵，用中国民间语言说，便是一定要有菩萨心肠。

第二个共同点是文学与宗教都否定人性的弱点，即人性中的傲慢、偏见、嫉妒、虚伪等。两者都确实向往真、善、美，否定与“真、善、美”相反的人性弱点。

第三，文学与宗教追求的都是启迪性真理，不是实在性真理。

第四，文学与宗教都具有超越性，宗教不仅超越现实经验，而且超越现实人性进入神性。没有神性，便不是宗教。禅宗其实是无神论（没有基督教的那种人格神），但承认有神性。文学则往往通过想象超越现实时空而进入无限自由时空。因此，文学与宗教实际上都在追求一种高于现实境界的精神境界。这一境界，有时被命名为“宇宙境界”，有时被命名为“天地境界”，有时被命名为“澄明境界”，有时被命名为“审美境界”。（第十五讲《文学与宗教》）

如果有摆脱沉沦、呼唤真我、有信仰（文学信仰）、有本源（自由心灵）、有“天人合一”“天地人神”共在的审美境界，有把爱推向天地万物的博大情怀，并以此作为第三类宗教的特征，那么，针对当下的功利社会，《什么是文学》呼唤的“文学可以使你成为你自己”，就是第三类宗教摆脱沉沦的福音。无论人们意识到还是没有意识到，第三类宗教已经如此真切地存在，并如此急切地为人们所需要。

《什么是文学》禅意弥漫，它的哲学基石是禅宗的“心灵本体论”和“不二方法论”。

十、立文学之心

刘再复先生说，明代思想家王阳明创造了心学，它说明的是心为万物之源、万物之本，心不仅包容一切，而且决定一切。在王阳明之前，中国的禅宗宣扬的其实也是心性本体论，慧能“不是风动幡动而是心动”的著名判断就是“心外无物”的判断、心动决定物动的判断。（《什么是文学》）

中国大文化史上的三次心学高潮是唐代慧能（《六祖坛经》）以宗教形式出现的自性心学；明代的王阳明（《传习录》）以哲学方式呈现的良知心学；清代曹雪芹以文学形式展示的诗意心学。（《贾宝玉论》上篇）它们的共同点都是以“心”为根本，都是心灵本体论。

《什么是文学》是以文学理论形式呈现的诗意心学，或者说，是文学理论形态的心灵本体论。它是继中国大文化史上三大心学之后的又一心学力作。与刘再复呈现心灵轨迹的散文相映照，形成了中国大文化史上又一座心学高峰。

《传习录》的重心是“思”，而《红楼梦》的重心则是“诗”，两者是思与诗的区别。（《当代文学评价与“返回古典”》）与大文化史上的三大心学高峰既相通又不同，《什么是文学》既有哲思也有诗意。思是学问，诗是生命。这本书是刘再复先生几十年文学理念思考的集大成，学问早已融入本真生命。

《什么是文学》是刘再复先生在香港科技大学课堂上的讲稿，这是一本难得的好教材。我教过“写作”和“大学语文”课，讲课的时候，常常自选材料与同学们交流，对教书育人、教材的选择有切身体会。上学选专业，是兴趣也是谋生技能。将来如何立足于社会，其根本还是“立人”。而立人先要立心。《什么是文学》是教材，也是心学。字字句句都在提醒同学们物质追求是末，人生的根本是心灵，为孩子们立本真、纯一的文学之心。“不能为孩子们立心，怎能为天地立心？”（刘再复、李泽厚《教育的双重殖民化倾向》）

十一、回归文学状态

《什么是文学》的最后一讲是《文学与状态》。我看到孤独的文学朝圣者经历了长途跋涉，回归到文学的初始状态。

这一路上他丢掉了什么？鲜花、掌声、桂冠，被视为负累的这一切，是多少人穷毕生之力仰望、攀登的峰顶！

在刘再复眼中，热衷于世俗角色恰恰是对文学状态的逃离。

“文学状态是自由状态”，“是一种非‘政治工具’状态，非‘集团战车’状态，非‘市场商品’状态”。“作家只有把自己从社会潮流的漩涡中退出，把自己放在社会边缘的位置上进入深邃的精神生活，才能赢得真正的文学状态。”因此，“作家主体状态反而是‘寂寞’‘孤独’的状态才是常态”。（《什么是文学》）

这种状态让我想到乞力马扎罗山的豹子。海明威在他的小说《乞力马扎罗山的雪》开头就留下了一个疑问：离西高峰不远，有一具已经风干冻僵的豹子的尸体，没有人知道豹子到这样高寒的地方来寻找什么。

豹子在一无所有的山顶上寻找什么？有人说是迷路了，有人说是寻找猎物，有人说是挑战生命极限。

在一无所有的山顶上的寻找，是自己选择的寻找。这样的寻找为的是什么，真的只有西峰顶上的那只豹子自己才能真正明白。

小说的末尾，海明威又一次提到这个寻找之谜：

于是在前方，极目所见，他看到，像整个世界那样宽广无垠，在阳光中显得那么高耸、宏大，而且白得令人不可置信，那是乞力马扎罗山的方形的山巅。于是他明白，那儿就是他现在要飞去的地方。

那个白得令人不可置信的山顶，远离尘嚣，那是作家（小说的主人公哈里）的灵魂必须抵达的地方。

沉浸在文学状态中的作家，就是那只豹子。

这只豹子的生命之谜，刘再复想了很久。他在散文中写道：

我想了足有十年之久。直到最近，我到处远行，跋涉落基山，穿越大峡谷，一次一次抚摸大西洋的洪波和高天的白云，才想到这只豹子也许和我一样，虽然唱着寻找的悲歌，其实并不寻找什么。光荣、光彩、光辉，高峰、险峰、奇峰，红霞万朵，风光无限，没有一样是我着意寻找的。无论是浪迹天涯，还是放歌海角，我也只是想走一走。走就可以拓展自己的眼界和扩大自己的生命，仅此而已。每次眼界扩大时，就会从心的深处感到由衷的大喜悦。在扩展的瞬间，我感到生命在变，在丰富，在朝着美的境地飞升，并隐约地感到新的美的颗粒在自己的心灵中滴落，仿佛还发出清脆的响声。多积淀一点美，

就离肮脏的泥泞远一点。少受丑的牵制，心内就多些自由。我一再说，幸福就是对自由的体验。（《乞力马扎罗山的豹子》）

这段话似乎是中国的庄禅境界对人的精神飞升的另一种解读。它与海明威的精神飞升一样“白得令人不可置信”，但刘再复的瞬间生命变化却更加愉悦丰富，更加平和宁静。从眼界的扩大到心灵深处的由衷喜悦，美的颗粒在心中积淀，呈现出文学黎明状态澄明而又充盈的勃勃生机。

这段话也是对文学状态的另一种描述。这个孤独的、唱着寻找的悲歌的人，他的寻找不为功利，不为荣耀，不为风光无限，只是为了寻找而寻找，为了扩展眼界和生命到处远行。

复归于朴，回归文学状态，在落基山下，刘再复先生“自构一个象牙之塔，读书写作都有一种‘沉浸状态’”，与野兔、松鼠的关系已大于人际关系，“一切思索都带着这里黎明的清气”。（《永远不要把“无知”当旗帜》）

就像乞力马扎罗山上的豹子酷爱雄奇的山峦与闪着银辉的白雪，刘再复先生说：

我生命中的一切现象都源于爱：我的沉思，我的写作，我的歌哭，我的欢吟，我的告别，我的漂流，全都源于爱，源于我酷爱阳光下美的生命，酷爱洋溢着歌声与故事的土地、山峦、河流和白雪。（《乞力马扎罗山的豹子》）

《文学与状态》这一讲，是回归，也是起点。

结束语

我从来没有经历过这样的写作过程，追随读书时的灵光一现，我把它们记下来，写在纸上、电脑上，再想说说它们为什么是这个样子，却常常一个字都说不出来。究其原因，一是我读书太少，而我面对的是一座高峰，另一方面，或许它们本来就不属于这个被语言、被机器禁锢的世界。有谁能把日光、月光、星光抓在手里呢?

这本跨越中西文化，叩问文学的本义、人生的本义的书，澄澈而又深邃，如同窗外无边无垠的宇宙。我一扇一扇地打开窗户，希望智慧之光照进来，就像新墨西哥州北部的那个洞穴挖掘者把微妙的光线引进洞穴。我渴望找到我自己，我希望我的阅读过程是个从迷到觉的过程。

我会经常打开这本书——《什么是文学》，这是一本文学圣经。

第三空间写作的璀璨星空
——读刘再复先生《我的写作史》

一、是写作史也是内心传奇

从一九九三年开始读刘再复先生的《漂流手记》，到今天读刘再复先生的《我的写作史》，一如既往，我为书中的澄澈与明净震撼。这种感觉来自书的内容，也来自“一格一格只是生命”的文字。

这篇跨度四十多年（刘再复先生的中文著述达一百二十四种）的写作史，携带近半个世纪的风雨。狂热、真诚、超越、纷争，在作者的写作自述中，始终呈现一种难以企及的大明净，风声雨声也因此渗入读者的心灵，成为“灵魂净化的先声”（帕乌斯托夫斯基《金蔷薇》）。

《我的写作史》不可能不说到“我”，又让人觉得处处说我，处处无我。这种无我之境不在文字的表面，而在文字的深层，是作者的生命语境。我想到禅宗的自性，自性是真心，是清净心。

“学术自述”常见，“我的写作史”不常见。读这篇“写作史”，我总是想到“内心传奇”，想到“最深邃、最久远的传奇全部蕴藏在内心之中，无所不在的美也在其中”（刘再复《面壁沉思录》）。这“无所不在的美”，是我从文中看到的作者拒绝的勇气，质疑、创新、自省、超越的胆识，还有作者“在黑暗的森林中又走出的一条小路”（刘再复《我所理解的俄罗斯灵魂》），在这条“小路”上，他与莎士比亚相逢，与“托尔斯泰们”相逢，与慧能、王阳明、曹雪芹相逢，与本真自我相逢，并因此“再一次看到无遮蔽的碧蓝的星际”，那正是他要追寻的“心灵宇宙”。

二、选择成为自己

这条“林中路”是文学朝圣之旅，尽管这条路的开始被作者称为“幼稚开端”。这个“开端”——无论是“我注鲁迅”（与人合著《鲁迅与自然科学》《鲁迅传》），还是“鲁迅注我”（写作《鲁迅美学思想论稿》），都是作者自己的选择。他说：

> 我想通过对一个真正的人的学习与研究，在动荡与手足无措的岁月中，排除莫名的寂寞与彷徨。（《鲁迅美学思想论稿·跋》）
>
> 所以我读鲁迅，从一开始就不是被迫的，而是主动的。（《我的写作史》）

读哲学著作，我常常陷入语言迷宫。我理解“选择成为自己”，得益于刘再复先生的“以形象回应抽象”的阐释。这是“文学艺术家的思想形式——化入文学艺术中的思想”，“充分审美”，又“充分哲学”。他说：“存在论的诸多问题归结为一，便成了这么一个问题，即自己如何成为自己的问题。这个问题也可以更简洁地表述为‘自己如何可能’六个字。”（《〈红楼梦〉的存在论阅读》）

“自己如何可能”？“自我确立、自我实现如何可能”？

从《我的写作史》中不难找到答案，《我的写作史》本身就是一个完整的答案。从“我注鲁迅”到“鲁迅注我”，从“人性真实的呼唤”到“无目的写作”，哲思无处不在，选择无处不在。

刘再复先生说：“萨特的‘存在先于本质’命题，说的正是人首先选择成为自己，然后才能确立自己。用中国的哲学语言表述，便是首先‘知命’，然后才能‘立命’。”（《〈红楼梦〉的存在论阅读》）

我想到，“选择成为自己”这个念头，从儿童时代起就藏在我们的心里（那时候我们还不知道存在论）。小时候特别盼望长大，认为长大了就可以做自己想做的事（选择成为自己），而小孩子则必须听话，受制于人（长大后才知道，成人世界更无自由）。“盼望长大”似乎忽略了对时光流逝的伤感与珍惜。

刘再复好像从小就懂得“时间性珍惜”。在《我的写作史》中他写道：“由于我从小形成‘黎明即起’、从不恋床的习惯，所以至今还是一早就进入读书写作的状态。长此以往，这种习惯便产生很大的力量并且产生很多‘成果’。时至今日，我的中文著作已出版一百二十四种。”

“珍惜时间”已经成为“习惯”，这其中一半是天性，一半是后天的“选择”使然。到二十世纪八十年代，“拼命读，拼命写”在刘再复已经是常态。《我的写作史》中常有这类描述：“我们觉得，通过这本书的写作，还是抓住了一些时间，文革十年，全是荒诞又荒疏的岁月，能保住一点生命时间，又免于多唱革命高调，这是值得欣慰的。”

“一九八七年我实在太忙，顾此失彼，所以要求林岗多执笔，而我尽可能出些思想，最后，我只执笔总论和附论。商定了之后，两个人就拼命读，拼命写。”

“在‘废寝忘食’的状态下，《性格组合论》终于在一九八五年的夏天完成。”

这是生命的原动力，在文字的背后有一双顽强地推动创造之手。寻找这种强大的力量来源，我记起刘再复先生的《论生中之死》，那是他与女儿的对话：

我们的生命中隐藏着千万次的“死亡”，这是每个人都在经历着的生命事实却是少人能意识到的生命真理。我很感激莎士比亚提醒我这一真理并且在少年时代就拥有这一真理。它使我除了对“总死亡”有所领悟之外，还能自觉地、不断地领悟生命全过程中的一次又一次的死亡。如果这种死亡可称为日常死亡的话，那么，可以说，我的积极的生活态度，全是来自对日常死亡的领悟。一根白发的出现，是一次死亡；一个美好日子的虚度，是一次死亡；一个和自己灵魂息息相关的师长、亲人与朋友的逝世，我更是具体地感到自己血脉一角的死亡。如果一个夜晚，我认真地读书写作或努力工作，这个夜晚有所悟、有所得，我便觉得这个夜晚的生命是活着的。如果我以无聊的叹息消耗掉这个夜晚，我便会意识到我在这个夜晚的生命已经死亡。它已化为无可把握的黑暗的一部分。

多么令人震撼的“日常死亡”的领悟！我有过这样的经历，却从无这样的领悟。

思索“生中之死”，我久久沉默。孔子讲“未知生，焉知死”，海德格尔讲“未知死，焉知生”，刘再复讲“生中之死”。

刘再复的“生中之死”把“时间性珍惜”推向极致。他的一百二十四种中文著作，便是“不屈不挠与这种死亡抗争”的成果，其中蕴含了他“选择成为自己”的全部精彩之处。

三、中道智慧

刘再复先生写《论文学主体性》这篇文章是在一九八五年，这一年，他的职务，也就是他的“世俗角色”是文学所所长兼党组书记、《文学评论》主编。

他在写这篇文章的时候，或者说，他在思索文学本义的时候，完全忘记了他的世俗角色。

《性格组合论》出版产生的“轰动效应”，让这位社科院的才子“爆得大名”，成为风云人物。他这样描述那个时代如火的热诚：在上海举办的《性格组合论》新书发布会上，“听众高举我的名字（拿着我的书），而我则高举巴金的名字，说他的‘真话集’是与民族共忏悔的黎明号角”。（《岁月三叹》）

这个高举“真话集”的人，似乎天生不被“功名”（世俗角色）左右，完全可以把“世俗角色”与“本真角色”分开。

“世俗”与“本真”是人生的一对悖论。《红楼梦》甲戌本序诗开篇即问：“浮生着甚苦奔忙？”人生苦短，又身不由己。为功名，为金银，为妻儿，陷入无尽的烦难中去，难以解脱，这不就是人的世俗角色？对“苦奔忙”的质疑，正是对“世俗角色”的超越，向“本真角色”的回归，这才有了“假作真时真亦假，无为有处有还无”的《红楼梦》。

借助《红楼梦》和禅宗来理解刘再复的文学理念，实在是因为他的文学理念与《红楼梦》和禅宗有相通之处。

讲述创作主体的超越性，刘再复是温和的。他说：“构思完成后，我自己觉得逻辑很‘严密’，既不反对现实世界的‘党性原则’，又可提示作家进入文学创作时应当守持个性原则。”（刘再复《论文学主体性》）

我看到，这种温和与严密，不是儒家的“中庸”，而是佛家的“中道”。很明显，“世俗角色”与“本真角色”，一为世间法，一为出世间法；一为俗谛，一为真谛。刘再复说的“逻辑很严密”，即真俗二谛的互补结构。他分开“世俗角色”与“本真角色”，又说“既不反对”，“又可提示”，用超越的眼睛看两端，世俗与本真，真谛与俗谛，两边都有道理。他讲述创作主体的超越性，文学艺术的个性、自性、人性，正是点明了作家在创作时要有佛的眼睛、菩萨心肠。这就是中道智慧。

讲述创作主体的超越视角，刘再复有时称为“天眼”“佛眼”，有时称为“宇宙极境的眼睛”“大观的眼睛”。无论怎样命名，这双“观止”的眼睛，是中道智慧的眼睛。

中道智慧来自大乘佛教，是中国大乘八宗一致尊奉的祖师龙树在他的《中论》中提出来的。到了禅宗六祖慧能，即以不二法门为其禅法的中心，讲述佛法是不二之法：定慧不二，动静不二，菩提与烦恼不二，众生与佛不二，世间与出世间不二。刘再复先生说《红楼梦》是一部无是无非无善无恶无好无坏无因无果的艺术大自在，是一种超越的存在，也是不二法门，与慧能相通。

刘再复先生讲述“人物性格二重组合原理”，“文学的天性”（真实与超越），“两种真理的兼容”（“实在性真理”与“启迪性真理”），“开辟第三空间”，“红楼真俗的二谛互补结构”等，均与中道有关。

刘再复文中的“中道”，不是刻意安排出来的（不是用现成的概念去“丈量”一切），而是从文学的本义出发，有一个“明心见性”的过程。也就是说，这个中道，一是他自性中本来就有，二是阅历而悟，才能够“道贯一切经法”。刘再复对功名利禄的放下，对人生本义的叩问，为“文学回归文学本义”所做的努力，都与“中道智慧”相合相契。

四、去也文学，来也文学

《红楼梦》第八十七回，蓼风轩观棋，妙玉问宝玉：“你从哪里来？”宝玉疑是妙玉的“机锋”，一时答不出来。惜春笑道：“二哥哥，这什么难答的，你没的听见人家常说的‘从来处来’么。”

读《我的写作史》，若是向作者提这么一个“从何处来，到何处去”的问题，作者的回答已经很明确了，便是：“观也文学，止也文学；去也文学，来也文学。”

这个“四句诀”中有一种自由状态，这是作者的生命状态也是文学状态。

说说“来也文学”。

“你从何处来？”是人生哲学的叩问，到刘再复先生笔下，以文学的真谛作答。是虚，是实？是庄周梦蝶，是蝶梦庄周？无论有没有答案，人与文学在这个“四句诀”中，已经合为一体。

最近看到了刘再复先生的一篇散文《我所理解的俄罗斯的灵魂》，其中有一段话，或许可以为“来也文学”作注：

我理解的俄罗斯灵魂，不是东正教的经典和教堂，而是普希金、莱蒙托夫、屠格涅夫、托尔斯泰、契诃夫、陀思妥耶夫斯基等人的名字。他们每一个人的名字都和我的祖国的最伟大的诗人屈原、杜甫、李白、苏东坡、曹雪芹一起，总是悬挂在我生命的上空。

我的性情除了生身母亲赋予之外，还有一部分是他们的作品与人格铸造的。当我走进彼得堡，真正踏上俄罗斯的土地时，首先不是对政权的更替和历史的沧桑感慨，而是对这片土地上的伟大心灵，充满感激之情。那一瞬间，从少年时代积淀下来的情思和眼前的槲树林一起在血液中翻卷着。一个中国南方的乡村孩子来了，一个在黄河岸边的风沙中还偷偷地读着《战争与和平》的书痴来了，来到他的精神星座上，来到你们的身边！你们能感知到吗，长眠着托尔斯泰与陀思妥耶夫斯基的俄罗斯大街与大旷野?

文学天才与文学痴人应该是同义语（太精明的人与文学无缘）。刘再复天性的本真浑沌，是母亲赋予的；后天的善良与“五毒不侵”，除了来自天性，还有一部分是文学（也是自己）帮助他守持的。他给予母亲，给予文学的回报是投入“身心全部”去书写的无尽的爱，是“我必须活在托尔斯泰们‘我是人’的答案中”而且“应当如此活着的整个人格与整个心灵”。（《我所理解的俄罗斯的灵魂》）

《红楼梦》中林黛玉的“质本洁来还洁去”，说的是“来处和去处”；刘再复“去也文学，来也文学”说的也是“来处和去处”——写文章时是“我注文学”，放下笔墨，是“文学注我”。“无论是着笔（书写文章）还是不着笔（接受采访的讲述），都不离文学。所有的文学表述，又都离不开心灵，离不开人性。”（《我的写作史》）

写至此，我忽然领悟，何须细究“去来”！人是文学，文学是人。“观也文学，止也文学；去也文学，来也文学”，原是一体，来处是去处，去处是来处，观处是止处，止处是观处。刘再复于日常“着笔”与“不着笔”之间“观止去来”，“一切即一，一即一切”，无论是“观止”还是“去来”，均出自作者的清净本心，用慧能的话来理解，便是“般若无形相，智慧心即是”。

五、从唯物到唯心（禅宗）

在《我的写作史》“最后的觉悟”中，作者感慨：“回顾写作史，方才明白，自己的写作有个关键性的变化，就是从‘有目的’到‘无目的’的变化。所谓无目的，便是超现实功利，超现实动机，扬弃任何外在目的。这一变化是个渐变的过程，但也可以找到质变点。这个点就是一九八九年的生命裂变，从第一人生裂变为第二人生。”

这个从“有”到“无”的质变点，我觉得也可称作丢“玉”得“心”的转折点，玉，是物。

“是心为本体，还是物为本体，是心为第一性，还是物为第一性，是心至贵，还是玉至贵？”（《红楼哲学笔记》）这是《红楼梦》的哲学问题，也是刘再复的哲学叩问。

刘再复是从走进大学的哲学课堂开始，就开始背诵“存在第一性、思维第二性、存在决定意识、对立统一”的一代人。他说：“我的整个青年时代泡浸在彻底的唯物主义的文化之中，与‘唯心论’的禅文化、佛文化离得最远。”（《走向人生深处》）对于“两度人生”中的“心灵的变化和涅槃”，他有一个彻底的表述，就是“从唯物论到唯心论（禅宗）”。刘再复这样概括他两度人生的学术思考走向：“第一人生，我主要是在阐释马克思主义文化并力求有所突破，第二人生，我则自觉地意识到要打通中西文化的血脉。例如，思维和审美不固化于“两极”，而寻求中间地带，这一点中西就可相通。”（刘再复、古大勇《中西“大观”视野下的文学批评和文化批判》）

如果把“打通中西文化血脉”理解为《坛经》所说的“百川众流，却入大海合为一体”，而这个大海，是人自身本性的般若智慧；把“思维和审美不固化于‘两极’，而寻求中间地带”理解为中道。我想这段话是对“从唯物论到唯心论”的明确阐释。

他的“第二人生的自救性写作”，则是另一种阐释。

一九八九年秋天，刘再复来到芝加哥大学。他说：“我本来就是一个恋土情结很重的人，一旦离开故乡故国就屈指回程的日子。这回被抛到大洋的另一岸，连根拔了，面临着的是无边的时间的深渊。我

怎么也没想到，一年前还在研究所里指手画脚，身心紧紧地拥抱着大时代，今年却被抛到异乡异国，无依无着。”（《我的写作史》）

“无依无着”是一种“孤绝”状态。当时，刘再复“不仅有一种刻骨的孤独感，而且还有一种透不过气的窒息感，天天都觉得自己落入海里，快被淹死了”（《我的写作史》）。重新寻求灵魂的支撑点，他意识到，唯一的出路是自救。

自救的路，不是向外求，而是向内求；不是求他人，而是求自己。“无依无着”的状态，反倒是作家的正常状态。在极度的苦闷中，刘再复的“漂流手记”一篇又一篇，一本又一本。每一页纸、每一篇文章都是一只小船，把他从“快被淹死”的噩梦中救起来。自看，自审，自明，自度，自救，最后终于获得“身心的大解放”。

什么是家国境界？什么是天地境界？刘再复的十卷《漂流手记》告诉我，没有人生的“依”和“着”，没有“妄念”，没有被他人他物确定，不寻求写作的目的，不寻求发表，甚至连回应都不寻求的写作，才有可能超越家国境界，进入天地境界。

刘再复对“物”与“心”的讲述是多重的。例如，刘再复先生所说的“拥抱知识，穿透知识，提升知识”这个理念，如果用“向外求”与“从自性中求”来分辨“物”与“心”，就可以发现这十二个字中有一个从知识到智慧、从“物”到“心”的提升过程。穿透，是读通，也是放下。读通了，放下了，不向外求，反观内心，才能超越提升。再如他第二人生的心灵走向，刘再复借用希腊史诗的意象来描述他的“反向努力”。他说：“《伊利亚特》象征着出击、出征；《奥德赛》象征着回归、复归。人们通常认为出征难，回归易，其实不然。回归其实是最难的，回归的路上充满艰难险阻、妖魔鬼怪。”（《第二人生的心灵走向》）刘再复的第一人生，从“无知”走向“有知”；第二人生，从“有知”走向“无知”。穿越千山万水、千经万典，放下“物”的“繁华”，回到人之初的那一片天真天籁，这就是心灵的奥德赛之旅。

《我的写作史》有一层“知其不可为而为之”的精神底蕴，充溢着《山海经》中那个“草树蓁蓁密密”的原始神话世界里的天地元气。质疑、告别错误的文学理念，冲破一切教条的束缚，就像逐日的夸父、填海的精卫、补天的女娲，“跋涉一个个白天与黑夜，口衔一块块细小的木石，手捏一团团的泥土，不分朝夕，不舍昼夜，奋不顾身地作力量悬殊的较量”（刘再复《〈山海经〉的领悟》）。“一次真实人性的呼唤”，“二次真实人性的呼唤”，刘再复呼唤的是“心灵”这个文学理论之核。从唯物论到唯心论（刘再复以禅宗的“心性本体论”为哲学基石的文学理论体系），刘再复的文学理论迈出了至关重要的一步。李泽厚先生有一本书，名为《该中国哲学登场了？》，何其直截了当！借李先生这句话一用，也可以说，该中国文学理论登场了？把中国禅变为具有普世价值的世界禅（全人类的共同精神财富），刘再复的文学理论做出了无法估量的重大贡献。

六、完整的类（近似）宗教的心学体系

读《我的写作史》，我看到了一个完整的、类宗教的心学体系。

想描述它并不容易。虽为“心学体系”，作者提供的是“双重文本”——行为语言文本和书写语言文本。他的两度人生的行为语言，

阐释了他对“文学自性”的追寻；他的“只写心中所想”的书写语言，又阐释了他的行为语言，他的真心本性。

在《六祖坛经》中，“心性论”是慧能禅宗思想的核心，“一切万法不离自性”，“识自本心，见自本性”。到明代王阳明，他的“心学四诀”：“无善无恶心之体，有善有恶意之动。知善知恶是良知，为善去恶是格物。”，就是以慧能的“心性论”去构筑他的“至良知”学说。曹雪芹在《红楼梦》中塑造了两个“玉”人，贾宝玉和林黛玉。曹雪芹喻黛玉为“灵窍”，就是心灵。贾宝玉离家出走之前说：“我已经有了心，要那玉何用！”更是“心”的彻悟。宝玉、黛玉这两个文学形象都是心灵的载体。

刘再复先生认为，“中国的大心学应是三家，即慧能、王阳明、曹雪芹，不仅阳明一家。”他称“唐代慧能（《六祖坛经》）以宗教形式出现的自性心学”，“明代王阳明（《传习录》）以哲学方式呈现的良知心学”，“清代曹雪芹以文学形式展示的诗意心学”为中国大文化史上三次“心学”高潮。（《贾宝玉论》）

刘再复先生以他的124种书与两度人生建构的完整的类宗教的心学体系，是中国大文化史上又一座心学高峰。他呼唤文学的自性，作家的自性，认定“文学是心灵的事业”。在他的五个向度（文学研究、经典阐释、人文探索、思想讲述、散文写作）的写作中，哲学思考、文学理论、生命体验、立身态度、诗意情感密不可分，均不离人性，不离心灵。

六祖慧能的禅宗把宗教变为审美，刘再复在生命中打通了文学的自性、作家的自性与禅的本质联系。

把向外求变为向内求，“菩提只向心觅”，慧能在《坛经》

里说“皈依觉”“皈依正”“皈依净”，不说“皈依佛”“皈依法”“皈依僧”。与慧能相通，刘再复把他在《鲁迅美学思想论稿》中提出的“艺术批评的真善美标准”内转为“文学的心灵、想象力、审美形式三要素”，彻底回归文学的自性、文学的本义。这是文学的“自性三宝”。

他说：“什么是真？什么是假？什么善？什么是恶？文学要向真向善，又不可设置道德法庭，怎么办？这才是真问题。文学只可设置审美法庭，不可设置政治、道德法庭，作家批评家不可当‘包公’，他们既悲悯秦香莲，也悲悯陈世美。他们不说‘麦克白’等是‘坏人’，只说是‘悲剧人物’。讲这些，才可抓住文学之核。所以关于真善美，还大可讲得丰富一些。”

刘再复先生在这段话中提到的“文学之核”，就是作家、批评家大悲悯的心灵。

这个大悲悯的心灵，是《六祖坛经》所说的“非常非无常”“非善非不善”的不二佛性，是慧能“心性论”起点，也是刘再复“心灵为文学的第一要素”的立足点。

刘再复的心学体系由三部分组成：一是文学理论、文学批评、文化批判，二是散文诗和十卷《漂流手记》，三是从唯物论到唯心论的两度人生。在这三部分内容中，禅宗的“佛性不二”贯穿始终。

我想说说与慧能的禅法（“一切万法，不离自性”，禅法是无法之法）思想相通的几点感悟：

（1）说说佛性

刘再复先生是个有佛性的人。二十世纪八十年代，虞愚老先生为他“讲道”，“道核”他一直铭记于心，除了“三个放下”，还有特别要记住的六个字就是“不将迎，不内外”。刘再复对这六个字的解释是：“将”是过去，“迎”是未来，不将不迎便是不执著于过去也不执著于未来，努力活在当下；“不内外”，则是不分内外，不分等级，仅存一颗“无分别”之心。无分别，深信人格平等与心灵平等的真谛，才有大慈悲。佛的慈无量心，悲无量心，均来自‘不内外’的无分别心。（《放下，放下，放下》）

“不内外”的无分别心是佛性。

刘再复把“自审”列为“佛性的第一特征”。他说：“佛有喜相，也有忧相，但没有我之执相，人之妄相，众生之俗相，寿者之老相，凡遇矛盾冲突，不把责任推向对方总是在自己身上找原因。自审正是佛性的第一特征。”（《〈红楼梦〉阅读悟语》）

刘再复与林岗在《罪与文学》中提出的“共犯结构”“忏悔意识”，正是源于“自审”这个佛性的第一特征。他认为“要真正从‘思想深度’上提升我国当代文学的水平，必须从‘审判自己’开始。作家也只有首先‘审判自己’才有资格‘审判时代’。”（《我的写作史》）

能够反观自己，不仅观世界，而且观自在，是佛性。

刘再复认为：“每个人的心性中，都有佛性的基因。我们要去开掘这自性，我们的使命不是到山林中、寺庙中去找菩萨，而是打开自身的庙门，开掘、发现和培育这些佛性种子。”（《〈红楼梦〉的精神天空》）

这句话有两层意思：一是佛性无差别，人人皆有佛性；二是开掘自性，不是“神拜”，而是“心觉”。

在《共悟红楼》中他说：“妙玉的清高不是禅的清高。真的禅，应有平常之心，不会刻意端架子，不会那么巴结贾母，又那么瞧不起刘姥姥。她把刘姥姥用过的杯子视为脏物，这就暴露出她的差别心太大，离不二法门太远。近乎势利。

平常心是佛性。

“兼容并包”“无算计思维”这些真性情，刘再复也称之为佛性。

说到底，佛性就是一颗大慈悲的心灵。

（2）说说心与物

心与物的关系，是“心学”的核心问题。

《坛经》中慧能说：“不是风动，不是幡动，仁者心动。”《传习录》中王阳明说：“尔未看此花时，此花与尔心同归于寂。尔来看此花时，则此花颜色，一时明白起来。便知此花，不在尔心外。”

初读，只觉得神秘。真正明白慧能说的是心动决定物动，王阳明说的是心外无物，来自刘再复先生对“心学”的定义：

明代思想家王阳明创造了“心学”，把“心”强调到绝对的程度，所谓“心学”，也就是“心本体”之学，它说明的是心为万物之源，万物之本，不仅“心外无物”，而且“心外无天”。心不仅包容一切，而且决定一切。在王阳明之前，中国的禅宗，宣扬的其实也是心性本体论，慧能“不是风动幡动而是心动”的著名判断，就是“心

外无物”的判断，心动决定物动的判断。（《文学常识二十二讲》）

刘再复的《〈红楼梦〉阅读悟语》，更是直指人心：

玉是至贵之物，但毕竟是物。《红楼梦》的大哲学问题之一是心与物的关系。是心为本体，还是物为本体，是心为第一性，还是物为第一性，是心至贵，还是玉至贵?关于这个问题，宝玉最后作了回答：“有了心了，要那玉何用？”一点也不含糊。佳人们以为他在说疯话，其实，这是最清醒的人所表达的最清明的意识：天地万有，具有最高价值的是人不是物，是身内之心不是身外之玉。贾宝玉经历了一回人生，体验了悲欢离合，一悟再悟，最后终于赢得心觉：有了心了。到地球上来一回，有了心，算是明白人，便不虚此行。

贾宝玉一悟再悟的心觉，也是刘再复一悟再悟的心觉。他进一步解释道：

王阳明讲“心”。心是什么？就是心灵状态决定一切，佛就在我心中，世界就在我心中，心外无物，心外无天，把自己的心修好了，就什么都好了。（刘再复、古大勇《中西“大观”视野下的文学批评和文化批判》）

“把自己的心修好了，就什么都好了”，是“心”与“物”的大彻大悟。

（3）说说觉与迷

《六祖坛经》里有个九江驿渡口：

祖相送直至九江驿。祖令上船，五祖把橹自摇。慧能言："请和尚坐，弟子合摇橹。"祖云："合是吾度汝。"慧能曰："迷时师度，悟了自度。度名虽一，用处不同。"

"迷时师度，悟了自度。"迷时需要被唤醒，醒了之后，就要自明、自觉、自度。

刘再复的"阅读悟语"是"心觉"，来源于禅宗的悟。在"觉与迷的分野"这则悟语中，他提到《红楼梦》结尾处有一个与五祖送六祖的"九江驿"类似的渡口——"急流津觉迷渡口"：

《红楼梦》整体（一百二十回）最后结束于一个哲学地点，叫作"急流津觉迷渡口"。这一渡口名称不可忽略，尤其是"觉"与"迷"二字。佛教乃是无神论，它以觉代替神，所以慧能认定，悟（觉）则佛，迷则众。小说结局，其人物或觉或迷，或佛或众，就在"觉迷渡口"上分野。贾宝玉始于痴，止于觉，终于"走求名利无双地，打出樊笼第一关"（第一百一十九回），大彻大悟而解脱了。而另一个本来也有颖悟之性的贾雨村却觉不过来。第一次是甄士隐来开导他，但"雨村心中恍恍惚惚，就在这急流津觉迷渡门草庵中睡着了"。第二次是空空道人将抄录的《石头记》给他看，"复又使劲拉他"，他才慢慢地开眼坐起，接过来草草一看，做了交代，"说毕，仍旧睡下了"（第一百二十回）。一个醒悟了，一个睡着了。《红楼梦》这一终结，是禅的启示性终结，极为成功的总句号。小说的续书，有妙笔、有败笔，而最后这一笔则可称为神来之笔。

“一个醒悟了，一个睡着了”。刘再复在这则悟语中点明：“或觉或迷，或佛或众”，别人是帮不上忙的，全仰仗自己的觉悟，“悟了自度”。

（4）说说放下概念

“放下概念”是刘再复对慧能“不立文字”的解释，他说：“禅宗有一种说法就是不立文字，明心见性。有人说不用文字怎么可以呢，你总要写字的啊，其实是说，不要有概念的障碍，我们在面对真理的时候，首先不要想到概念。”（《李泽厚哲学体系的门外描述》）

慧能的“不立文字”，是不执著于文字，强调“心悟”。他对法达和尚说的偈语“心迷法华转，心悟转法华”，说的就是诵经应该是心转经文，而不是被经文所转，不要执著于文字相。放下执著，才能直契心性。

刘再复追求学问与生命的联结，这一人生走向与慧能的理念有惊人的相似之处。是“心迷法华转”，还是“心悟转法华”？我找出两条刘再复先生的读书、写作感悟，似乎可以解经：

一为学与悟。“学不一定就能悟。学常常会愈学愈迷，如鱼被困在筌中，迷在笼中。知识可能有益于悟，也可能产生障碍。有概念障、知识障，就堵塞了通道，让你落入迷津。所以学之后还得穿越‘学’，从‘筌’中跳出。我们下功夫学了之后，关键就在于学

之后是走向迷，还是走向悟了。”（刘再复、刘剑梅《共悟红楼》）

二为穿透提升。“我读每一本书，大约都是三步曲：一，拥抱书本；二，穿透书本；三，提升书本。对待知识也如此：拥抱知识，穿透知识，提升知识。经典就不能提升吗？也可以，就是对经典的局部提出问题和审美再创造。”（《走向人生深处》）

这两条，说的正是慧能不执著于文字，“心悟转法华”的要旨。

（5）说说戒律与修炼课目

《我的写作史》“无目的写作”一节中，刘再复先生列出了他的写作戒律与修炼课目，我节录如下：

出国之后，我给自己的散文写作设立了许多戒律，其中最为重要也念念不忘的是十个‘不写’：一、不写颂歌；二、不写浮词；三、不写媚语；四、不写谎言；五、不写妄论。

不写溢美溢恶文章（六），不写应酬应景文章（七），不写诲淫诲盗文章（八），不写空头空喊文章（九），不写不痛不痒文章（十）。

为了守持评论的非功利性即无目的性，我给自己规定了文学评论者的修炼课目。这十课包括心性与能力。1. 心力，2. 眼力，3. 感觉力，4. 判断力，5. 论说力。这五项基本上属于评论能力。但有能力不一定能当好评论家。优秀的评论家还需要公正、公平、公道，这种看不见的态度，更需要修炼，所以还得修炼无私心、无偏心、无畏心、无执心和无求心。

我提醒自己力戒十项，1.力戒世故，2.力戒诡辩，3.力戒媚俗，4. 力戒媚上，5. 力戒空谈，6. 力戒我执，7. 力戒法执，8. 力戒偏见，9.力戒跟风，10.力戒落套。

这十个不写，十项戒律，十个修炼课目，是刘再复先生为自己设立的戒律和修炼课目，与慧能“一切万法从自性起用”，从心地、自性讲起的戒定慧相通，是自性戒、自性定、自性慧。离一切相，破一切执，强调“无私心、无偏心、无畏心、无执心和无求心”（这就是慧能所说的直心，无谄曲、无分别、无妄想、无执著的清净心）的修炼，每一条、每一项都在提醒自己（也提醒人们）：文学是超功利的事业，文学必须从一切他性中解脱出来，才有自由。

（6）说说“只禅不宗，只禅不佛”

刘再复先生说他出国后“皈依”禅宗，而且“只禅不宗，只禅不佛”。我认为“只禅不宗，只禅不佛”，说的是与慧能的“本来无一物”相通的文学的自性，也是刘再复先生的生命状态。

在这里，“宗”为宗派；“佛”为“相”，为偶像崇拜。这个解释，来自刘再复先生的一段论述：

相是色的外壳，又是色所外化的角色。去掉相的执著和色的迷恋，才呈现出“空”，才有精神的充盈。《金刚经》中所讲的我相、人相、众生相、寿者相等，都是对身体的迷恋和对物质（欲望）的执著。中国的禅宗，其彻底性在于他不仅放下我相、人相、众生相、寿者相，而且连佛相也放下，认定佛就在心中，真正的信仰不是偶像崇拜，而是内心对心灵原则的无限崇仰。（《〈红楼梦〉哲学论纲》）

理解“只禅不宗，只禅不佛”，我注意到禅给予刘再复的四点启迪：1.人生的要义在于自救；2. 觉悟之后不以佛自居，仍以平常人自处以及和他人相处；3. 破一切执，解一切“役”；4.明白心灵状态决定一切。（《走向人生深处》）

这是禅法理念，也是文学理念。

文学状态不是“物”的状态而是心灵状态。刘再复先生说：“在一般的历史场合中，作家的主体状态反而是‘寂寞’‘孤独’的状态才是常态。”不到外部世界去寻找救主，只从自己的内在心性中去寻找力量，自审、自明、自度、自救。“觉悟到自由，才有自由。觉悟到文学状态，才有文学状态。”（《文学常识二十二讲》）

文学状态是“于相离相”的般若心（“心灵状态决定一切”）。放下“相”的执著、“色”的迷恋，“破一切执，解一切‘役’”，觉悟之后，成“佛”之后，连“佛”相都放下，不做被供奉、被膜拜的偶像，同时打破用权力、财富、功名构筑的自我的偶像，仍然是一个平常人，保持一颗平常心。

人很难在得到权力、财富、功名之后，仍然做平常人，保持平常心。“我执”难除，“心中贼”（王阳明“破心中贼难”）难破。鉴于此，刘再复先生说：“打破‘我执’不是一次性的完成，而是一辈子的觉悟过程。”这个觉悟过程是不断放下的过程。“只禅不宗，只禅不佛”，是对生命本真本然的承诺和守持。

刘再复先生“信仰文学”。这个信仰，是“内心对心灵原则的无限崇仰”。慧能的“一念悟时，众生是佛”，拉近了“神性与人性”的距离，把印度禅变为中国禅。刘再复“只禅不宗，只禅不佛”，拉近了禅与文学的自性、作家的自性的距离，把中国禅变为“全人类的思想”。这是中国文学理论的一次根本变革。

七、第三空间写作的璀璨星空

什么是第三空间？老子的《道德经》讲“道生一，一生二，二生三，三生万物”，这个“三”，就是第三空间。它奥妙无穷，是万物得以生存繁衍的空间。接下来的一句，“万物负阴而抱阳，冲气以为和”，是对前一句的补充。意思是天地万物，均包涵阴阳二气，冲气为三，是一种调和的力量，生生不息的关键所在。

《红楼梦》第二回，也有关于因正邪二气激荡而生的第三种人的论述。贾雨村论及天地生人，除大仁大恶之外，还有一种人，“置之于万万人中，其聪俊灵秀之气，则在万万人之上，其云邪谬不近人情之态，又在万万人之下”。历朝历代，如许由、陶潜、阮籍、嵇康、刘伶、王谢二族、顾虎头、陈后主、唐明皇、宋徽宗、刘庭芝、温飞卿、米南宫、石曼卿、柳耆卿、秦少游、倪云林、唐伯虎、祝枝山、李龟年、黄幡绰、敬新磨、卓文君、红拂、薛涛、崔莺、朝云等人，都是秉正邪二气所生的第三种人。

因第三种人而生的第三空间（或因第三空间而生的第三种人），在陶渊明为回归园田、桃花源，在《红楼梦》中有大观园，是诗情画意得以生存发展的空间。刘再复所说的第三空间，“是在‘敌’和‘我’之间，‘革命’与‘反动’之间，‘正’与‘邪’之间，‘红’与‘黑’之间，‘极左’与‘极右’之间。这个‘之间’乃是非常广阔的地带”（《我的写作史》）。

回归第三空间，在文学理论中，刘再复“扬弃了好人与坏人、善人与恶人之分的政治判断与道德判断，只承认审美判断。”在行为实践中，他“复归于朴，复归于婴儿”，做“潮流外人”“槛外人”，在美国的落基山下，他“重构象牙之塔”，立身于文学创作的第三空间。

在“象牙之塔”中“面壁沉思”是孤独的，有陶渊明、慧能、王阳明、曹雪芹作伴，有莎士比亚、歌德、托尔斯泰、陀思妥耶夫斯基作伴，有贾宝玉、林黛玉、晴雯、鸳鸯作伴，第三空间写作并不孤单。

读《我的写作史》，我以慧能的《坛经》去理解刘再复，又以刘再复的文章去理解慧能，是为“双解”。若有感悟，欢欣不已。最终的领悟还是对“物拜”与“心觉”的领悟，对刘再复用赤子之心去行中道的领悟，对刘再复的“转化性创造”——以禅宗的“自性本体论”和“不二方法论”为哲学基石建构的文学理论体系与心学体系的领悟。虽然我无法把我感受到的这个“心性本体直通宇宙，直通“第一义”的宏大心学体系的全部奥妙描述出来。

我分明看到了第三空间写作的璀璨星空。

心如明镜，无物不照

——刘再复先生《人生十伦》阅读笔记

一、良知的呼唤

读刘再复先生的《人生十伦》，我首先想到的是“良知”这个词。

从“序言”中看到《人生十伦》的写作原因：一是“人文价值观”课堂讲述的需要；二是作者在完成了《李泽厚美学概论》的写作之后，一直有再写一本《李泽厚伦理学概论》的冲动，在这个基础上，《人生十伦》的写作便十分顺畅；三是作者对国家、社会、家庭、他人、自己，本来就有必须坚守的一些道德准则，“做人不失严肃诚信，追求知行合一”，因而“借此机会，加以理性化、系统化”。

我觉得除了上述三条，如果要再加一条，那就是良知的呼唤。作者“一直有再写一本《李泽厚伦理学概论》的冲动”，这个“冲动”，就可以解作“良知的呼唤”。

在曲曲折折的历史长河里，不论在什么时代，无论在多么黑暗的岁月，总有一种来自心灵深处的声音。这就是对善的呼唤。（刘再复《忏悔、良知与深层人性》）

《人生十伦》正是这一心灵深处的声音呼唤的结果。虽说伦理学是有别于文学的“另一精神领域”，这并不妨碍“杰出的作品用善的光辉照亮了心灵的黑暗，它们为人类的良知存在作证”（《忏悔、良知与深层人性》）。

或许，这就是我写下“心如明镜，无物不照”这个题目的理由。

二、历史的针对性

孔子“仁”的讲述，针对他所生活的“礼崩乐坏”的时代，“把外在制度内化为仁（内化为道德），从而实现了从理到仁的转变”（《贾宝玉论》）。

王阳明的“致良知”学说，“批评的是朱熹的理学，进而把格物的理学内转为致知（正心）的心学，完成了内外不二、知行不二的解说”（《惟精惟一于心》）。

刘再复先生的《人生十伦》，针对当下世界范围内普遍的“价值迷失”，提出“教育应以培养全面优秀人性即提高‘生命质量’为第一目的，以培训‘生存技能’即职业技能（文化知识）为第二目的”，以完成“‘人’是价值主体、价值尺度和一切价值的出发点与归宿点”的讲述。

他的讲述有很鲜明的“历史针对性和历史具体性”。

“针对”，是面对。不离当下（二十一世纪初期）的历史语境，避免“空洞的说教和八股的腔调”（《人生十伦》），这种方法类似王阳明的“在事上磨”。王阳明在《传习录》中说：“吾儒养心，未尝离却事物，只顺其天则自然，就是功夫。”“若离了事物为学，却是著空。”

“针对”，是“对法”。因有彼，才有此，“来去相因”。六祖慧能说：“三十六对法，若解用，即道贯一切经法，出入即离两边。”

三、对法

还想说说对法。

把自己的人生认知和感悟放在两个相对的观念和事物上呈现，是“对法”。“对法”既非一亦非二，既非此亦非彼，但“一”必定与“二”同在，在相对中觉悟“中道实相”。六祖慧能说“两边不立，中道不存”，说的就是这个道理。“对法”是不二法门。

《红楼梦》中相对应的观念、事物、人物很多：大观园对太虚幻境，水做的骨肉对泥做的骨肉，甄府对贾府，丫头对婆子，甄士隐对贾雨村，甄宝玉对贾宝玉，宝钗对黛玉，晴雯对袭人。真真假假，虚虚实实，呈现了一个只能用生命感悟才能抵达的本真心灵境界，一个“无始无终、无真无假、无善无恶、无因无果的艺术大自在”（刘再复《红楼梦悟》）。

读《坛经》的三十六对法，觉得我所见到的后世诠释都是以法释法，难以尽兴。唯有《红楼梦》，好与了、真与假、有与无、阴与阳，“假作真来真亦假，无为有处有还无”，这些“对法”，或称无法之法，给我们留下了一部说不尽的文学经典。刘再复先生说：“天上星辰，地上《红楼梦》。”就是说，《红楼梦》的真正价值正是在无法用语言描述出来的地方。什么是明心见性？什么是心灵本体？读读《红楼梦》就知道了。

《人生十伦》也用“对法”：西方价值观与中国传统价值观，精神与物质、资本与人本、工具理性与价值理性、心世界与物世界、情世界与器世界、利己与利他。在章节安排上有“个人与社会”、“个人与他者”、“个人与国家”、“个人与家庭”、“个人与自我”等十大关系，无不是既有两边又相辅相成。作者把自己的人生认知放在两个相对的观念和事物上来表述，是“对法”，也是中道讲述。

后世禅师说法，多用机巧（着相），离开了禅的根本。慧能说：“吾所说法，不离自性；离体说法，名为相说。自性常迷。须知一切万法，皆从自性起用。”《红楼梦》与《人生十伦》中的“对法”，与慧能“一切万法，皆从自性起用”相通，是无法之法，即不是为起用而起用，是解悟，是清净自性本身。

四、价值中立

刘再复先生在《人生十伦》中强调“价值中立”。他说：

我们将在课堂中扬弃两种东西：一是抛弃“情绪”，把“情绪”逐出价值王国，守持价值理性。二是扬弃“极端”，即认定极端乃是黑暗的深渊，把“深渊”逐出价值王国，守持价值中立。

我以为刘再复先生在此处所说的“守持价值中立”，对应的是心之本体，既抛弃“情绪”，又扬弃“极端”，此时的“中”，是“未发之中”。

《传习录》记载，陆澄向王阳明请教“中”字之义，王阳明回答：“此须自心体认出来，非言语所能喻，中只是天理。”又问：“天理何以谓之中？”王阳明回答：“无所偏倚。”陆澄再问：“无所偏倚是何等气象？”王阳明回答：“如明镜然，全体莹彻，略无纤尘染着。”

心如明镜，无所偏倚，即是“价值中立”，即是刘再复先生所说“心明性明则万理灿然”。

五、度的艺术

我们的课堂，将我们的讲述，可称为新文化（西方价值观）和旧文化（中国传统价值观）之间的中道思维与中道讲述。（《人生十伦》）

“中道讲述”，是“度的艺术”。

什么是“度”？

在生活中我们常常提到“度”，如“张弛有度”“挥霍无度”。“恰当好处”，“增之一分则太长，减之一分则太短”是度；“过犹不及”，“从心所欲不逾矩”也是“度”。

“度是中国的辩证法”。“‘度’具有人赖以生存生活的本体性”，“它不是逻辑思维、推理认识所能传达、说明，而只能通过操作、实践才可得到。所谓‘运用之妙，存乎一心’。”（李泽厚《说巫史传统》）

度是主观对客观的把握，这不是理念，而是实践。人只有在自己的实践中，即在自己的经验中逐步掌握中道艺术，增长中道智慧。在争取个人自由时不对社会造成破坏与损害，而社会在对个人实行行为规范时，又不对个人的创造力造成扼杀。（《人生十伦》）

我看到，非逻辑推理非语言所能传达的“度”，有“运用之妙，存乎一心”的特点；

对“度”的把握，是人在实践中逐步学习、积累经验、增长智慧的过程；

（这一“过程”，似乎可以用来理解刘再复“对于世界，只能认识再认识，永远没有认识的完成，永远不可能有个终极的结论”的论述。）

“度”是中道；

“度”是良知；

“度”导向至善。

六、教育的目的

教育的目的是什么？“教育应以培养全面优秀人性即提高‘生命

质量’为第一目的，以培训‘生存技能’即职业技能（文化知识）为第二目的。”（《人生十伦》）

我想说的是，刘再复先生对“教育目的”的阐释，充满佛性。

（1）人生的根本

教育的目的与人生的根本紧密相连。“是把金钱视为人生根本，还是把心灵视为人生根本？是把功名视为人生最后实在，还是把卓越人格视为最后实在？这确实需要去做选择。”（《人生十伦》）

读这段话，我想到了“影子”——柏拉图的洞穴比喻。刘再复先生在《精神囚徒的逃亡》中问：“人生活在洞穴里作为精神的囚徒而不自知，人被墙上的影子所欺骗也不自知。这些影子是什么？这些遮蔽个体生命的障碍是什么？”

把影子当作实在，是本真自我的迷失。人们想紧紧抓住的名誉、地位、金钱，不是人生的根本，是影子。“被墙上的影子欺骗也不自知”，正是佛家所说的“无明”。

“培养全面优秀人性”首先是对人生根本的觉悟：知道什么是你自己，知道安身立命的根本是心不是物，知道世人追逐的权力、功名、财富不是本，是末。

（2）正心

《人生十伦》无艰涩的语言，有精深的佛理。

“以追求‘卓越人格’，塑造‘优秀人性’为第一目标，而把传授知识放在第二目标的位置上”是对当今社会“价值迷失”“重物不重人”的匡正。价值的迷失，是本心的迷失。对本心迷失的匡正，是去遮蔽，是“正心”。

“正心”，是佛法也是教育法的根本。

《坛经》中五祖对六祖说：“不识本心，学法无益。”以这句话来理解刘再复先生的“教育目的”，那就是：“不识本心”，学的是生存技能；“提高生命质量”，得的是人生智慧。

（3）学做人与学做事

中国传统教育讲学做人，学做事。孔子的《论语》说的是学做人，后来的儿童识字课本《三字经》，开篇就是“人之初，性本善。性相近，习相远。苟不教，性乃迁”，说的也是教育的根本，对人性善的守护。刘再复先生的教育理念回归“教育的原始目的”（与佛法教育很接近），他所说的“提高生命质量”可归为学做人，“培训生存技能”可归为学做事。

《三字经》说本性习性，本性不能随习性迁移；刘再复的教育理念说心性物性，人心不能为物所役，人类不能被物化、异化。

又觉得刘再复先生提出的教育的第一目的有两个层面：“培养全面优秀人性”，是道德境界（讲人际道德伦理）；“提高生命质量”，是天地境界（“无待”境界）。

（4）本真角色与世俗角色

强调教育以“塑造优秀人性”为根本，也把传授生存技能、文化知识作为教育的第二目的，这与刘再复先生在《论文学的主体性》中提出的作家的“本真角色”与“世俗角色”思路相通：一为真谛，一为俗谛；一为出世间法，一为世间法。两边都有道理。教育讲知识讲技能本来没错，错在重世俗不重本真，“重物质不重精神”，“重资本不重人本”，“重工具理性不重价值理性”（《人生十论》）。

七、转识成智

佛教讲“转识成智”，其要旨是去除虚妄、分别，回归真心、清净心，回归本来面目。

刘再复先生把“转识成智”这一命题延伸为“只有把知识转化为智慧才是精神的飞跃”（《红楼哲学笔记》）。

“延伸”，是“扩展、衍生”。这种讲述方法类似佛教的“方便说”，直契心性，又不落言筌。

说读书，他说：

读书最要紧的不是读多，而是读通。所谓读通，就是要穿透书本。我读每一本书，大约都是三步曲：一，拥抱书本；二，穿透书本；三，提升书本。对待知识也如此：拥抱知识，穿透知识，提升知识。经典就不能提升吗？也可以，就是对经典的局部提出问题和审美再创造。（《走向人生深处》）

说教育的目标，他说：“人文课程应以追求‘卓越人格’，塑造‘优秀人性’为第一目标，而把传授知识放在第二目标的位置上。例如，我们即将讲解的“个人与自我”的课程，首先涉及到“自我”的心理学知识，也就是弗洛伊特关于‘本我、自我、超我’的划分。本我指本能之我，自我指理智之我，超我指理想之我（即具有道德境界与天地境界的自我）。讲解自我结构内涵属于‘知识’范畴，而讲解如何限定本我，如何提升自我和如何确立有抱负、有理想的人生又不可自我膨胀、自我兜售，则属于‘塑造卓越人格’的范畴。前者可以增加知识，后者则可以提高生命质量和人性质量。”（《人生十伦》）

“转识成智”，是人生的最高境界也是教育的最高境界，“塑造卓越人格”很明显属于“转识成智”的范畴。“识”与“智”，也可以理解为“物”与“心”。从这个角度看，刘再复先生的“读书三步曲”与“人生三阶段”惊人地一致，读经典与读人生（学问与生命）合一。他说：“整整七十年，我的角色经历了三个阶段的变迁——第一角色是中国的学生与学人；第二角色是中国的流亡者；第三角色即现在的角色是世界公民，或者说，是全人间的游览游思者。”（《第二人生的心灵走向》）

把刘再复先生的“读书三步曲”与“人生三阶段”合起来说就是：人在青少年时期需要“拥抱知识”，其角色是“学生和学人”；中年以后则需要“穿透知识”，其角色是穿越万水千山的“漂泊者”；年龄大了又需要“提升知识”，其角色是“世界公民”，即“天地境界”的游览游思者。而这整个过程，如果用四个字来表述，就是“转识成智”。

八、学问与生命的联结

选择以西方价值观的个体存在为本位，又继承中国传统价值观的关系架构（拒绝承认个体为绝对的、先验的、与他者绝缘的“原子个

人”），从而形成我们自己的融合中西的价值理念，这就是‘人生十伦’”。（《人生十伦》）

这里所说的“融合中西”，首先是“学问与生命的联结”。《人生十伦》是一部讲述伦理学的书，同时，又不只是一部书：书中有价值观有伦理学，有主体性有主体间性，有佛法有教育法，有人生本义有文学本义。作者在自己身上打通了中西文化血脉，打通了文史哲，这才有了融合中西价值理念的《人生十伦》。

《红楼梦》中的林黛玉，刘再复称之为“泪人”，他说：“这位泪人的生命不像常人、众人那样以年龄（多少岁了）计量，即不是以年少、年轻、年老计量，而是以眼泪多少计量。”（《泪人解读》）刘再复自己的写作状态是：“对着稿纸，我于朦胧中觉得自己书写的并非文字，一格一格只是生命。”（《童心百说》）林黛玉用眼泪的多寡计量生命，刘再复用一格一格的文字计量生命。“文章满纸书生累（泪）”，学问与生命的联结同样“字字看来都是血”，“转识成智”并不容易。

九、个体价值的内在源泉

人格塑造属于本课程的重心。但人格又有“集体人格”与“个体人格”之分。鲁迅先生所讲的“国民性”属于集体人格；《歌德谈话录》里所讲的诗人人格，属于个体人格。我们讲授的重心是“个体人格”。个体人格包括私德心，也包括公德心，而公德心实际上也涵盖集体人格的内涵。我所以不把集体人格的塑造作为重心，是为了避免把人格抽象化。更坦率地说，我们不再认为鲁迅“改造国民性”的命题带有现实的可能，所以不再重复这一宏大目标。我认为，个人的“修身”“修养”“修炼”更为具体也更为实际，个体生命质量提高了，个人的人格水平提高了，整个民族生命质量和灵魂质量也才能提高。鲁迅的思路是从整体到个体，目标是集体人格的改善；我的思路是从个体到整体，目标是个体人格的改善。不管是着眼于集体，还是着眼于个体，都是为了提高人的生命质量和生命意义。（《人生十伦》）

“避免把人格抽象化”，就是“不再走向概念”（刘再复《从工具理性到价值理性》）。这是一个非常重要的文眼。鲁迅的思路是“从整体到个体，目标是集体人格的改善”。刘再复的思路是“从个体到整体，目标是个体人格的改善”；这一转变，有“个体是目的”（康德）的意思在，实际上是从“救世”到“自救”的转变。人类如何从自己制造的“物世界、器世界”中逃离解脱、不为物役？如何在“强大的物质主义潮流”中不忘“社会的深度与人生的根本”（《人生十伦》）？唯有“放下”，唯有“自救”。

刘再复先生所说的“优秀人格的塑造”，讲的是“个人的‘修身’‘修养’‘修炼’”，“个体人格包括私德心，也包括公德心，而公德心实际上也涵盖集体人格的内涵”，这与大乘佛法“自利利他”的精神走向一致。“个人的人格水平提高了，整个民族生命质量和灵魂质量也才能提高”。（《人生十伦》）

六祖慧能在九江驿渡口对五祖说：“迷时师度，悟了自度。”慧能说的“自度”，用现代语言来解释，就是点明了“个体价值的内在源泉”。“优秀人格的塑造，是实现自我价值的根本途径”（《人生十伦》），因而自明、自立、自度是“一辈子的觉悟过程”（刘再复、刘剑梅《教育论语》）。刘再复先生在《人生十伦》中讲述“人生的根本”，讲述“生命个体的基本价值如何实现”，其实他也是在说：“迷时师度，悟了自度。”

十、由伦理而心性

教育的目的之一，就是要告诉孩子接受伦理秩序、伦理规范，然后把这些外在的规范转化为内在心理形式——绝对的道德律令，康德称之为“内心的绝对命令”。（《人生十伦》）

我注意到文中提到的“由外而内”的转化路径。刘再复先生在一篇与女儿（刘剑梅教授）的教育对谈中清楚地说明了这个转化路径：

道德原则要转化为内心的需求，需要情感中介。只有当你把“地上的道德律”看得像“天上星辰”那么美那么崇高而产生无限敬畏之情时，这“道德”才是你灵魂的一部分，你才会把道德律令化为内心的绝对命令。康德的庞大哲学体系，道破认识如何可能，自由如何可能，道德如何可能，并说出“天上星辰，地上道德律”的石破天惊之语，这一语，既包含着“德”的内容，也包含着“美”内容。（刘再复、刘剑梅《教育论语》）

我认为，“这‘道德’才是你灵魂的一部分”，“把道德律令化为内心的绝对命令”，已经不仅仅是“由伦理而道德”，而是由“伦理”而“心性”。这一由外而内的转化，一是与六祖慧能的“无相戒”相通，把向外的追求（伦理道德的守持），落到自心自性上（灵魂的一部分），转为向内的自性觉悟；二是与王阳明的“正心”“致良知”相通，是“立心”，也是“明心见性”；三是点明“心灵即宇宙”，“内心的绝对命令”（良知）即“天上星辰”。

“内心的绝对命令”强调无条件利他，要求从内心到行为的道德自律，这已经是“由内而外”的转化，与禅法相通。

“心也，性也，天也，一也”（王阳明《传习录》），刘再复对“天上星辰，地上的道德律”的诠释，说的不也是这个道理？“王阳明以‘致良知’为天地立心”，刘再复以“回归本心本性”为孩子们立心。“不能为孩子们立心，怎能为天地立心？”（刘再复、李泽厚《教育的双重殖民化倾向》）

十一、外儒内禅

刘再复先生把自己做人的原则定为“外儒内禅”。他说：“我对孔孟一脉也敬重，并觉得儒家学说有益于我们‘做人’，但未必适合‘治国’。用于‘做人’也要小心，因为它对人要求太多太严，不易做到，于是就装，这也会导致‘虚假’‘虚伪’，所以我做人的原则还是自定为‘外儒内禅’。把‘圣贤’‘大丈夫’‘正人君子’等大概念也‘空’掉。”（《儒学能指导做人，但未必适合治国》）

刘再复先生的“外儒内禅”，于“外”，空掉了儒家的“圣贤”“大丈夫”“正人君子”等大概念；于“内”，守持“一种对世俗世界抽离的、超越的、审美的、冷静观照的态度”。（《答〈经济观察报〉记者问》）因此，刘再复先生所说的“外儒内禅”，实际上是“于相离相”的“世间觉悟”。

禅宗把儒家性善论提高到一个很高境界，要求人从内心到行为的道德自律。《人生十伦》讲述“个体价值与社会、国家、世界、传统等价值源的十种关系”，这是作者对“外儒内禅”这一立身态度的彻底表述。立足于真心本性，“用至真至善的心灵对待他者，对待世界、国家、社会、家庭、同事、朋友、强者、弱者、亲人、不亲人、一切人。也以理性的态度对待自我、死亡、传统、自然等”（刘再复《人生就是在各种困境中自我实现》）。这就是“佛法在世间，不离世间觉”；这就是“直心是道场，直心是净土”；（慧能《六祖坛经》）这就是“外儒内禅”。

在《红楼梦》评说中，刘再复先生也不乏“外儒内禅”的表述。例如在《贾宝玉论》中，他说：

贾宝玉和任何人都可以相处，戏子、妓女（云儿等）、游侠（柳湘莲）、流氓（薛蟠等）也可以成为朋友，因为他五毒不伤（即所谓“入水不濡，入火不热”）。而能五毒不伤，又因为他与他者的关系是一种自然的“空境”或“逸境”，既不逆反，也不执著，自然相处而已。

刘再复先生说的“空境”“逸境”“莲境”“五毒不伤”“处

污泥而不染”等，是“庄禅”，也是“外儒内禅”。只不过这里的“儒”，是“空”掉了“圣贤”等大概念的“儒”，“无相无姿”，更少约束（遮蔽），更接近至真至善的天性。

思索儒与禅的关系，我想到：外儒内禅，儒为外，禅为内。人出生便落入关系之中，儒是禅的栖身之所（分辨一下中国禅与日本禅的不同就明白了）；人又天生渴望（或是后天觉悟）游离于关系之外，心是物的主宰。由此，又想到王阳明所说外与内，心与物的关系：

> 我的灵明，便是天地万物的主宰。天没有我的灵明，谁去仰他高？地没有我的灵明，谁去俯他深？鬼神没有我的灵明，谁去辨他凶吉灾祥？天地鬼神万物离却我的灵明，便没有天地鬼神万物了。我的灵明离却天地鬼神万物，亦没有我的灵明。如此，便是一气流通的，如何与他间隔得！（王阳明《传习录》）

刘再复的“外儒内禅”所阐释的外与内、儒与禅的关系，何尝不是如此。他说：“心外无物，心外也无天。天地只在自由的心灵中。这就是王阳明和曹雪芹的心学。”

毋庸置疑，这也是刘再复的心学。

关于“儒”与“禅”，针对不同的情境，刘再复先生的讲述又有不同。我觉得除了“外儒内禅”，还可归纳出“先儒后禅”“亦儒亦禅”。

十二、先儒后禅

刘再复先生解说“阅历而悟”时提到“阅历而悟”与“凭虚而悟”不同，他说：“你需要有阅历，也需要有修炼。”（《中国贵族精神的命运》）阅历、修炼是感悟的前提。《人生十伦》也提到了这样的问题：

人的自然化必须在“自然的人化”之后进行，或者说，“自然人化”是“人的自然化”的前提。例如，我们总不能对着孩子、对着少年儿童讲“复归婴儿”。所以我认为，老、庄哲学属于老年哲学，至少是成年人哲学。人处于儿童时代和青少年时代，首先必须接受“自然的人化”这一“克己复礼”的过程，即克服本能，克服动物性，自然性的过程。西方哲学老讲自由意志。所谓自由意志，就是这种“克服本能”“克服自然”的能力。个体存在在生命初级阶段要实现自我价值，就必须具备这种克服能力。儒家学说就告诉我们如何实现这个过程。孔子是伟大的教育家，他明白必须通过教育使个体生命理性化、规范化，要懂得遵守社会所规定的基本行为规范，要把这些规范化为自身的自觉要求（即道德要求）。但是，如果个体生命只知服从规范不知自我创造，不知个性飞扬，那也没出息。

在这段话中，刘再复先生明确地说人在儿童时代和青少年时代要“实现自我价值”，首先必须接受“自然的人化”这一“克己复礼”的过程，“人的自然化必须在‘自然的人化’之后进行”。我想到，这一先后之分，除了回归教育的原始目的，把儒家学说的“学做人，学为人”视为“教育的根本”之外，如果更进一层去理解，那就是：儒的“仁者爱人”“释礼归仁”（李泽厚《由巫到礼释礼归仁》），与老庄的顺应自然（例如，父慈子孝或母慈子孝，是人伦，也是“生命自然”），释的大慈悲心，本来就有相通之处。“孔子代表的儒家伦理准则仍然是当今世界上最好的做人的原则”（《人生十伦》），不过，由于儒家伦理传统限制了“自我创造”“个性飞扬”的空间，所以，在“学”之后，必须要有“穿透”“放下”的过程。这与刘再复先生在《共悟红楼》中论述的“学与悟”是一个道理：“学不一定就能悟。学常常会愈学愈迷，如鱼被困在筌中，迷在笼中。知识可能有益于悟，也可能产生障碍。有概念障、知识障，就堵塞了通道，让你落入迷津。所以学之后还得穿越‘学’，从‘筌’中跳出。”

儒家的“学做人”是否可作为参禅悟道的根基？我认为刘再复先生所说“没有社会关怀，哪能成佛成道？”（《人生十伦》）就是回答。

因此，学之后穿越“学”，“从‘筌’中跳出”，这一过程，是庄更是禅，“先儒后禅”。

十三、亦儒亦禅

“亦儒亦禅”与“外儒内禅”很难截然分开。

说“亦儒亦禅”，我想到了“诚”字。“诚”，既是儒，也是禅。以诚待人，“强调人际关系”，是儒；“心灵至上”，追寻“至真至善”（六祖慧能所说的“直心”），是禅。

讲述“个人与他者”的关系，刘再复先生说的是“诚”，他说：

西方文化重在“信”，并由“信”派生出上帝、基督、天使、忏悔等价值单位；中国文化强调“诚”，并由“诚”派生出仁义礼智等价值单位。每一个单位都是价值源。“信”更重理性，“诚”更重情感。（《人生十伦》）

《红楼梦》中贾宝玉的性格，就是把“诚”推向极致的性格。“至诚”，是他的真心本性。刘再复先生说贾宝玉“是个真人，以真情对待一切人”，“他的个体价值不是在压倒他人中实现，而是在信赖他人中实现”（《人生十伦》）。这种对他人的绝对信赖，就是“至诚”。

由“至诚”派生出贾宝玉“个人与他者”的几个关系原则：“无敌”“无争”“无待”。

说“无敌”，刘再复先生说“情不情”“善不善”“真不真”“佛不佛”：

贾宝玉能对不情人不情物也报以感情，这便是佛性。佛的心中没有坏人，所以他不把加害自己的赵姨娘、贾环视为坏人。他从不说赵姨娘一句坏话。赵姨娘不善，他却以善对待不善，因此，贾宝玉除了情不情之外，还善不善。贾宝玉不仅宽恕一切人，而且还相信一切人，别人说的假话、玩笑话，他全当真，刘姥姥瞎编一个雪地姑娘死而成精的故事哄他，他信以为真。（《人生十伦》）

这其实就是慧能所说的“一行三昧”，“于一切处，行、住、坐、卧，常行一直心是也。”（慧能《六祖坛经》）

“直心”是“至诚心”“菩提心”，贾宝玉对待父亲的态度就是明证：

宝玉只知道我如何对待他者，而不计较他者如何对待我。更简约地说，重要的不是他者对我如何，而是我如何对待他者，在这种心灵原则的领引下，他展示的是大情大义、大慈大悲。父亲把他打得伤筋动骨，他却不说一句怨言。因为父亲打他，这是父亲的问题；而孝顺父亲，则是我的本份，我的品格。（《人生十伦》）

关于贾宝玉的心灵原则，刘再复先生又引申道：

贾宝玉启迪我们：祖国如何对待我们，其实并不重要，重要的是我们如何对待祖国。贾宝玉不会作“我爱祖国而祖国不爱我”的悲叹，因为对于他，祖国爱不爱我，那是祖国的事；而我必须爱祖国，这才是我的品质，我的责任。（《人生十伦》）

这一“贾宝玉启迪”，说的是无条件的爱（菩提心），内心的绝对道德律令。

由“菩提心”，又派生出“利他心”：

在困局中，我认为对待他者有一个我们应当确认的文明原则，这就是“利他”原则。更具体地说，是自我与他者发生关系的时候，正确的选择，不应选择“利己”原则，而应当选择“利他”原则。不管是老师对待学生，还是学生对待老师，也不管父对子或子对父，兄对弟，弟对兄，都应着眼于“利他”而不是“利己”。这也许可作为普世性的“个人与他者”的基本关系准则。（《人生十伦》）

无论是“利他”原则，还是“无敌”“无争”“无待”原则，都源自真诚到极处的心。

十四、孝道

在《人生十伦》中，刘再复先生写了一个施光南为父亲施存统澄清误解，上“陈情表”的故事。他说：“施光南不仅是个大才子，而且是个大孝子，他知道父亲写过‘非孝’的文章，可他却不接受父亲的理念，仍然非常孝敬父亲。”

刘再复同样是个孝子。有一件小事，令我感慨不已。记得他的小女儿刘莲说过：“我爸爸不吃虾，他吃虾过敏。”后来，我读刘再复先生《母亲的驳难》，其中有一段，母亲把刚煮熟的虾端到就要远走他乡的儿子面前：

那一天早晨在北京分别时，她刚从故乡回来还不到十个小时。听说我马上就要远走，她连忙把从家乡带来的一袋虾煮熟，颤巍巍地端到我的面前。

我记起了刘莲的话（这个至真至善至美的小姑娘，我相信她说的每一个字），她的父亲正是看到自己的母亲在儿子离家之际“呆呆地把一只发红的大虾提在手上，不知所措”（《母亲的驳难》），并把这一瞬间永远定格在心灵深处，才会从此“吃虾过敏”。虽说这只是我的猜测。

孝顺父母，尊敬师长，是中国传统教育对孩子的基本要求。过去中国人把“天地国亲师位”的条幅供在堂屋正中（直到一九六六年），我小时候在安徽乡下还见过。“中国传统所认定的最重要的‘他者’是‘天地君亲师’，君主制推翻后，又改为‘天地国亲师’。”（《人生十伦》）我觉得，对“最重要的‘他者’”的“敬”（供在中堂上），就是“礼”。这个伦理规范涵盖人生的方方面面：人与天地自然的关系，人与国家、社会的关系，人与父母、师长的关系。过去，说一个人“仁义”，敬天地，孝父母，尊师长，便是标准。

《人生十伦》讲述的正是现代社会中个人与“最重要的他者”的关系。

从刘再复先生一九八五年写的《慈母颂》中，我找到了“用至真至善的心灵对待他者”的最初“版本”：

为了我和我的兄弟姐妹，妈妈，你把头发熬白了。翻开你年青时的照片，你是那么秀丽而端庄。你微笑着，多么像蒙娜丽莎；你沉思着，多么像米开朗基罗笔下的圣母。可是，你老了，为了我和我的兄弟姐妹，你付出了诗一样的青春，画一样的美貌，只留得满头雪一样的华发……

从文章中能够追寻到爱的源头，做人的根本。从对母亲的爱与敬中自然派生出：

（1）对生命创造者的爱："你微笑着，多么像蒙娜丽莎；你沉思着，多么像米开朗基罗笔下的圣母"，"你抚摸着我的头发，指尖的阳光一直射进我灵魂的深渊"——对母亲的爱与审美合一，东方的母亲与西方的圣母合一，婴儿与母亲合一。

（2）对天地万物的爱："小花小草是故乡的微笑，不要踩死这微笑"，"我的眼泪落在小草的脸上，化成她一颗伤心的露珠"——万物有灵，人与天地万物一体。

（3）对他人的爱："唯有把爱推广到人间，才有灿烂的人生。为他人，将比他人更加荣幸"——利他原则。

（4）无条件的爱："唯有不求报偿的爱，唯有连自己也意识不到的、从高贵的天性中自然涌流出来的爱，才是真实的"——菩提心。

（5）无差别的爱："爱是不会有边界的，就像太阳的光辉，超越一切界限地把温暖和光明，投射到四海之内的每一个兄弟姐妹"——平等心。

这些母亲赋予的美德（真心本性）与其说是后天教育的结果，不如说是与生俱来的品格。它与母亲的无边慈悲一起，构筑了作者人生的第一个天堂——圣洁的母亲是引领儿子走向绚丽未来的女神。

母亲是儿女第一位导师的说法常见，母亲是儿女终身导师的说法不常见。这就不仅是"身体发肤，受之父母"，于"世俗"层面报答养育之恩的传统孝道，而是儿子在"学有所成"之后，于精神层面的回归：

然而，作为儿子，我却天然地把母亲当作自己的心灵导师。在混沌初开的少年时期，她是把我引向绚丽的未来的女神。天每天，她都用汗水与泪水浇灌着我的刚刚萌芽的良心与同情心。而在我学有所成、用知识报效社会的时候，她仍然是我的精神导师，我把她的人生视为一部巨著，在不断的阅览中，我学习到忠诚，学习到刚毅，学习到爱的韧性与信念的韧性。（刘再复《最后的道德痴人》）

在这里，儿子对母亲的爱与敬，与西方“由远而近”的圣爱，儒家“推己及人”的仁爱，中国民间“天地国亲师”的敬爱合一，既传统又现代，既东方又西方，既心性又伦理。作者笔下的“慈母”，是天下母亲共同的名字。

在《人生十伦》中，关于“孝道”，刘再复先生说：

毫无疑问新家庭仍然应当维持孝道，这不仅是维护家庭和谐的必要原则，也是实现个人生理情感的自我需求。我们赞成鲁迅对二十四孝图即病态孝道的批判，但仍然要尊重父亲母亲，仍然要尽孝道尽家庭义务。在尽孝道中，我们感到愉快，感到心安理得，这正是价值。

“天地与我并生，而万物与我为一”（《庄子·齐物论》），更何况父母，怎能不孝不敬？“在尽孝道中，我们感到愉快，感到心安理得”，这其实就是“修心”，修“利他的心”。“‘心觉’，是一种根本性的价值实现。”（《人生十伦》）

十五、敬畏

《红楼梦》中贾宝玉对父亲是孝敬的。在心里，对父亲的责罚，他从无怨恨；在行为上，虽是“老爷不在家，书房天天锁着的”，宝玉骑马路过，仍然说：“虽锁着，也要下来的。”（第五十二回）这是“礼”。对林黛玉却是内心“深敬”，因为“独有林黛玉自幼不曾劝他去立身扬名等语，所以深敬黛玉”。（第三十六回）对神佛的敬，更是不拘形式，只落在“诚心”上。在第五十八回他对芳官说：“一心虔诚，就可感格了。”“随便有清茶便供一钟茶，有新水就供一盏水，或有鲜花，或有鲜果，甚至荤羹腥菜，只要心诚意洁，便是佛也都可来享，所以说，只在敬不在虚名。”

“心诚意洁”，是真心自性。这“一钟茶”“一盏水”，看起来供的是神灵，实际上供的是真心自性（不是给神灵看的，是给自己看的）。这里用“供”字，“敬畏”的情感自然包含其中。曹雪芹在这里把“神拜”内转为“一心虔诚”，这与刘再复所说“把神当作一种情感与心灵，一种形而上的假设”（《人生十伦》）同理：

> 佛教传入中国，特别是到了中国的禅宗第六代宗师慧能，全部教义已简化为一个“心”字。不是风动，不是幡动，而是心动。一切都由心生。佛就是心，心就是佛。佛不在寺庙里，而在人的心灵里，讲的是彻底的心性本体论。慧能的《六祖坛经》，其实就讲“悟则佛，迷即众”，所谓悟，就是心灵在瞬间抵达“真理”的某一境界。在心中与佛相逢并与佛同一合一。（《人生十伦》）

佛即心，心即佛，“在心中与佛相逢并与佛同一合一”，“敬畏”是情感中介：

“敬畏”，就是承认人之外有一种比人更高、更神圣的存在，这是比人更伟大的另一种秩序、另一种尺度、另一种眼睛（哈维尔语）。用人的眼睛常常无法真正认识人，用比人更高的眼睛才能认识人。所以佛教才讲“天眼”“佛眼”，道教才讲“道眼”，爱因斯坦才讲“宇宙极眼”。在天眼、佛眼看来，人不过是“恒河沙数”、“沙数恒河”岸边的一粒沙子。在宇宙极眼里，人不过是一粒尘埃。

“敬畏”不仅承认人身外有比自己更伟大的存在，而且，认定这一存在无须实证，因为它看不见，既无法证明，也无法证伪，但它又可以感受得到，只要你把它放在心中，它就与你同在。（刘再复《人生十伦》）

“心灵在瞬间抵达‘真理’的某一境界”，感于此而达于彼。由“敬畏”这个情感中介，刘再复认定了宗教的本质是心灵：

宗教的本质乃是心灵。这个结论的尖锐性就在于不确认宗教的本质是“神灵”，而是“心灵”。但又承认心灵的虔诚可以与神灵相通，即中国所说的“诚能通神”。（《人生十伦》）

认定了“宗教的本质是心灵”，“一切都由心生”，“人的心灵可以与苍天上帝、基督、释迦牟尼等达到神圣的同一与合一。于是，我们的行为，我们的道德便是一种道德绝对律令，我们称这种道德为宗教性道德”（《人生十伦》）。

在这里，刘再复先生已经把“对苍天上帝的敬畏”、“宗教性道德”（良知责任，良知命令）明确地解释为“心觉”，从而“为天地立心，也为我们立心”。

十六、平等心

说到平等，或许我首先会想到财富的平均。因为从小受的是均贫富教育，孔子的“不患寡而患不均”（《论语·季氏》），陈胜的“王侯将相宁有种乎”（《史记·陈涉世家》），经常会脱口而出。同时也会想到“三百六十行，行行出状元”的民间俚语。前者“均贫富”“等贵贱”，其结局总是以新的不均不等取代旧的不均不等（矛盾永远存在）；后者是百姓生活日常，“行行出状元”也是一种平等思想。要说“世法平等”（贾宝玉在栊翠庵品茶时说“世法平等”），指的应该是心性平等，是后者不是前者。

《红楼梦》中贾宝玉所说的“世法平等”，刘再复先生的解读最为真切：

贾宝玉看他人能看到他们本来的样子，其原因是他自己首先成为自己，自己守持本真的自己。如果他已非自己而成为功利中人、概念中人，他就一定会带上势利的眼睛看他人，把人分为三六九等。但贾宝玉从天上（三生石畔）下来，却一直保留着一双“天眼”也可称“佛眼”。所谓天眼，包括两重意思：一是大观的宇宙眼睛，一是天真之眼。他的天真的眼睛没有杂质，没有遮蔽，所以能排除世俗的多种偏见，真实地看人，真诚地待人，平实地做人。他贵为公子，身为宠儿，但始终保持一颗平常心，其所以有这种平常心，就因为他有一颗无分别之心。禅宗讲“不二法门”，意义极为丰富，它包括慧定不二、天人不二、物我不二、内外不二等，但从心地上说，则是尊卑不二的平等。而这一法门，贾宝玉体现得最为彻底。（《贾宝玉论》）

首先成为自己，看到自己本来的样子，看到别人本来的样子，还我“本来面目”。而“把人分为三六九等”，即佛教所说的“分别执著”，归根到底，是心不平等。刘再复先生所说“尊卑不二的平等”，“不二”之心，“纯一”之心，既是“不二”禅法，也是他的心性学说的起点。因此，他进一步解说平等的内涵不是财富的平均，而是人格心灵的平等：

这里需要解说的是，平等的内涵并不是财产财富的平均。经济上的平等可能是永远的乌托邦。所谓平等，是指人格上的平等，心灵上的平等，机会面前竞争的平等。中国禅宗一再强调的“不二法门”，也是指人格的平等，心灵的平等。社会只有用此原则对待个人，才是开明的社会，文明的社会，进步的社会。专制等级社会所以让人厌恶，就因为它不知道这项原则，所以穷人没有发言权，弱者没有发言权。（《人生十伦》）

刘再复肯定，要求平等的愿望永远是美好的，然而“人的欲望、需求、能力差别太大”（为“不等”），于不等处修平等，则需明心见性：

在人格与心灵层面上，高举“平等”大旗，永远是正确的。然而，“平等”理念一旦用于“经济”层面和社会生活层面则不可能实现。也就是说，要求“收入”平等，生活水准平等，相应地要求“分配平等”，则是永远的乌托邦。人的欲望、需求、能力差别太大，社会要实现绝对性的“按需分配”，完全是一种幻想，甚至完全是一种妄念。（《我的写作史》）

“前念迷即凡夫，后念悟即佛”（慧能《六祖坛经》）。刘再复先生强调的“从心地上说，则是尊卑不二的平等”，是“平等觉”（《金刚经》云：“是法平等，无有高下。”平等觉是无上正等正觉），无尊卑高下之分。心觉悟了，平等了，才能超越“世俗的多种偏见”，看到宇宙人生的真相。

十七、创造力的空间

在“个人与社会”一章里，刘再复先生说：

所谓佛的智慧，就是确认俗谛与真谛都有理由，都是真理的一面，思想的立足点应站立于中轴、中道上，不偏不倚，不走极端。《红楼梦》中父与子的冲突，不是贾府一时的冲突，而是人类永恒的冲突。贾政代表俗谛，这是求生存、求秩序、求延续的价值取向；贾宝玉代表真谛，这是求自由、求快乐、求真情的价值取向。两者总会发生矛盾。

解决这种矛盾，确实需要掌握“度”的艺术。度是主观对客观的把握，这不是理念，而是实践。人只有在自己的实践中，即在自己的经验中逐步掌握中道艺术，增长中道智慧。在争取个人自由时，不对社会造成破坏与损害，而社会在对个人实行行为规范时，又不对个人的创造力构成扼杀。

在“争取个人自由”与“社会对个人实行行为规范”之间要把握的“度”（既“不对社会造成破坏与损害”，又“不对个人的创造力构成扼杀”），“不偏不倚，不走极端”，这个给创造力留出的空间，正是“中道”，刘再复又称之为“第三空间”。

老子在《道德经》中说“道生一、一生二、二生三、三生万物”，六祖慧能在《坛经》中说“何期自性，能生万法”，他们的思想非常接近，都提到了一个奥妙无穷、宇宙万物得以生存繁衍的空间。刘再复先生认为：“老子所说的‘二’，就是双向思维，进而派生出‘三’，这就是‘第三空间’。”（《双向思维与大时代基调》）。而慧能禅法的中心——心性论与不二法门，正是刘再复心学的立足点。

关于第三空间，刘再复先生强调：“我离中国很远，离美国也很远，偌大的美国对于我而言只是一张平静的书桌”。“极大的孤独带来一个好处，就是造出了一个象牙之塔，我可以处于面壁状态，沉浸状态。读书恰恰在面壁和沉浸时最有心得，很孤独很寂寞，但开始能和伟大的灵魂相逢对话了。”（《在逆境中升华的一代知识分子》）

这个“很孤独很寂寞”的“象牙之塔”，“离中国很远，离美国也很远”，既不是此方，也不是彼方。在“象牙之塔”中面壁，读书和写作都处于“沉浸状态”。由此我领悟到：

（1）这个“象牙之塔”，就是刘再复“向内心追寻”的灵山，那个需经磨历劫才能看到的“灵山塔”（“能生万法”的自性）；

（2）创造力的空间，是保持“灵魂活力”的空间，宇宙万物得以生生不息的关键所在。

十八、内宇宙、外宇宙、婴儿宇宙

讲述“个人与自然”，刘再复先生讲自然的双重内涵“外自然（即天地、海洋、山川、森林、树木、鸟禽等自然）与内自然（个人身内的人性即生命自然）”。他说：“个人内部自然是一个极为复杂的世界，它与外宇宙一样，也广阔无边，也极端神秘。所以内自然也可称作内宇宙。”（《人生十伦》）

早在二十世纪八十年代，刘再复先生就提出“内宇宙”与“外宇宙”的概念：

人的精神世界作为主体，是一个独立的，无比丰富的神秘世界，它是另一个自然，另一个宇宙。我们可称之为内自然，内宇宙，或者称为第二自然，第二宇宙。因此，可以说，历史就是这两个宇宙互相结合、互相作用、互相补充的交叉运动过程。精神主体的内宇宙运动，与外宇宙一样，也有自己的导向，自己的形式，自己的矢量（不仅是标量），自己的历史。（《论文学的主体性》）

“知者行之始，行者知之成。”（王阳明《传习录》）刘再复先生“追求知行合一”（《人生十伦》）。他的著名散文《读沧海》《又读沧海》《三读沧海》，就是“内宇宙”与“外宇宙”双重内涵文本。

在《读沧海》中，面对大海敞开胸襟的“我”，从来就不在自然之外：

我打开海蓝色的封面，我进入了书中的境界。隐约地，我听到了太阳清脆的铃声，海底朦胧的音乐。我看到了安徒生童话里天鹅洁白的舞姿，我看到罗马大将安东尼和埃及女王克莉奥帕特拉在海战中爱与恨交融的戏剧，看到灵魂复苏的精卫鸟化作大群的飞鸥在寻找当年投入海中的树枝，看到徐悲鸿的马群在这蓝色的大草原上仰天长啸，看到舒伯特的琴键像星星在浪尖上频频跳动……

此刻的“我”，已经进入了“我”的“内自然”，看到了自己心灵深处的生命。这正是“本来面目”契入之处：

就在此时此刻，我感到一种神秘的变动在我身上发生：一种曾经背叛过自己、但是非常美好的东西复归了，而另一种我曾想摆脱而无法摆脱的东西消失了。我感到身上好像减少了什么，又增加了什么，感到我自己的世界在扩大，胸脯在奇异地伸延，一直伸延到无穷的远方，伸延到海天的相接处。我觉得自己的心，同天、同海、同躲藏的星月连成了一片。（《读沧海》）

转入内心，“借用外宇宙来谈内宇宙”（刘剑梅《读沧海——刘再复散文序》），把读沧海转变为读人自身。此时此刻，作者的问题是：我是谁？

刘再复先生说：“我讲主体性强调内在、内心、内宇宙，文学是心灵的东西，内宇宙跟外宇宙同样广阔。”（《那是富有活力的年代》）

如果说《读沧海》是读文学，《又读沧海》就是读历史。作者写道：

> 大自然的史诗，千姿万态。透明与混浊的交替，墨黑与柔蓝的转换，放歌与低诉的和谐，全部聚汇在你巨大的生命之上。
>
> 是谁赋予你这史诗般的生命呢？大海。

前一篇探索我是谁，这一篇叩问你是谁。虽有你我在，你又酷似我。作者借用内宇宙来写外宇宙：

> 唯有你，变幻无穷的海，可以和人类身内的宇宙相比，唯有你，酷似我心中的世界：一部没有逻辑的诗，一部充满偶然、充满荒谬、充满圣洁的小说，一部在狂暴与温顺、喧哗与缄默、放浪与严肃中不断摆动的戏剧，一部让岸边聪颖的思索与狡黠的思索永远思索不尽、烦恼不尽的故事。

这里，“你”与“我”之间的“障碍”仍然存在：“我见到了你，但你未必见到我。我不倦地阅读你的浪涛，但你未必发现我的

烟波”。“因为我的海，曾是冻僵的海，曾是干涸的海，曾是垂死的海”。（《又读沧海》）

“烦恼即菩提”。正于此时（充满主客一体的渴望），曾经“迷失”的“我”重生：

大海，你感受到我的复活了吗？你感受到我那丢失的海魂已艰难地回归到我的蓝土地和蓝家园了吗？你感受到我身内的书籍已务去陈腐的语言与陈腐的逻辑了吗？你感受岸边新月似的眼睛和投射到你身上的新曙般的光芒了吗？

自然变成了人的一部分，你变成了我的一部分，而我，是否变成了你的一部分？一篇“海问”，至真至诚，问得沧海也点头。（《莲社高贤传》中有：“竺道生入虎丘山，聚石为徒，讲《涅槃经》，群石皆点头。”）

《三读沧海》，读到的是“海的哲学，海的思辨，海的逻辑”。当海融入我的生命之内，我又同化于大海之中，我是谁？历经三十年的思索、猜想与前行（我更愿意解释为“身行”与“心行”），作者答道：

我是谁？我是海的儿子。曾在泉州湾角书写，曾在清源山上吟哦，曾在波罗的海水畔歌哭，曾在太平洋与大西洋里游思。此时痴痴地看着伟大的父亲，这个苦恋蓝天的谜一样的伟大存在。当年鲁迅先生把儿子命名为海婴，我是海的儿子，也如此自我命名，算是字号。海婴与时间一样孤独，与父亲一样心性浩荡。

《三读沧海》，人与自然，神与人，我与你，内宇宙与外宇宙，已经浑然一体。

这是禅的“不二”境界。沧海三读，捧（悟）出了一个婴儿宇宙（海婴儿就是一颗心）。

关于婴儿宇宙，刘再复先生说：

我把宝玉的心灵称作婴儿宇宙，婴儿宇宙是从英国物理学家霍金的那里拿过来的。他有个猜测，说我们这个无边的宇宙里面可能派生出一个婴儿宇宙。我这个婴儿宇宙概念跟他没什么关系，我只是借用他的概念，（吴忠超先生把霍金的一部文集译为《黑洞与婴儿宇宙》）贾宝玉的心灵可以说是个婴儿宇宙。王阳明说“吾心即宇宙，宇宙即吾心”。我一直认为有个外宇宙，就是我们看到的大自然外宇宙，还有一个内宇宙，即我们的心灵宇宙，那也是无边的存在。《红楼梦》塑造的心灵就是婴儿宇宙。它有好几个特征。第一个是这心灵绝对没有遮蔽，绝对没有面具，绝对真。（刘再复《〈红楼梦〉的哲学要点》）

王阳明龙场悟道，其过程只可以想见。刘再复香港悟道，却可以从他的文章中真切地见到：

二〇〇〇年我在香港城市大学中国文化中心备课，第一次感悟到贾宝玉心灵时，禁不住内心的激动，真的“拍案而起”了。之所以如此激动，一是为读懂“贾宝玉心灵”本身的精彩内涵，二是为曹雪芹能够塑造出如此光芒万丈的心灵，三是为自己能够有幸地感受到这颗心灵的不同凡响。这有点像王阳明在龙场大彻大悟时的高度亢奋与高度喜悦。王阳明在那一个夜晚终于明白，万物万有中，最重要的是人的心灵。吾心即宇宙，宇宙即吾心，心灵价值无量，心灵决定一切。（《天上星辰，地上〈红楼梦〉》）

大乘佛教讲自性，常用海做比喻，“百川众流，却入大海，合为一体”（慧能《六祖坛经》）。刘再复香港悟道，悟到贾宝玉“绝对没有遮蔽，绝对没有面具，绝对真”的心灵。这个婴儿宇宙，无始无终，无边无际，无限包容，恰似佛教常说的“性海”，恰似刘再复在散文中描述的“满海光明”。

似乎说得有点远，但终究没有离题。刘再复“香港悟道”，以文学的自性代替他在二十世纪八十年代提出的文学的主体性，这是文学；“用至真至善的心灵对待他者，对待世界、国家、社会、家庭、同事、朋友、强者、弱者、亲人、不亲人、一切人”（《人生就是在各种困境中自我实现》），这是伦理学。它们正是“再复心学”的双翼。

十九、生中之死

读刘再复先生的书，看到他的文章中常常出现如《红楼梦》开篇所言“又不知过了几世几劫”才能有的生死领悟，始而震撼，继而久久沉默。

“人必有一死”。明白了人生的“一次性”“短暂性”“必然性”等特征，人应该怎样活？在《人生十伦》中，刘再复先生讲了三点，我摘录如下：

（1）明确人生必有一死，人生乃是“一次性”“瞬间性”，那就得相应地明确我们到地球来一回到底“要什么”？是要权力、财富、功名，还是要心灵、品学、人格、尊严？前一项重物资，后一项重精神。如果两项都要，那么，哪一项是优先选择，哪一项是更高价值？

（2）既然生命短暂，那么，在有限的时间中，就要“珍惜”。死了其实什么也不知道，人生的价值只能在活着的时候实现，所以要珍惜活着的时候。

（3）既然“每一个人”都得“死”，那么，死亡只是早与晚的问题，因此，应当看透死亡，看透“砍头”“杀头”等各种威胁，守持高贵的人格。

“浮生着甚苦奔忙？盛席华宴终散场。”《红楼梦》对“浮生”的思考，以“终散场”为切入点，以“落了片白茫茫大地真干净”为结局。“好便是了，了便是好。若不了，便不好，若要好，须是了。”既然人生终有一散、一死、一了，“浮生着甚苦奔忙？”曹雪芹用整部书来回答这个问题；既然人生具有“瞬间性”“一次性”“必然性”（必然会死）等特征，“我们到地球来一回到底要什么？”刘再复用他的一百多种著述来回答这个问题。

在《独语天涯》中刘再复写道：

我早就发现死亡，包括发现自身偶而死亡的时刻。

……

人类内心深处也许有一种超越死亡的东西潜伏着。我一直在挖掘这种东西。我的文字都是在挖掘时带出来的泥土，其中可能夹杂着永恒的碎片。一切都让时间选择，我只管不断挖掘。

人在少年时代发现“死亡”并不难，但“发现自身偶尔死亡的时刻”却几乎没人能够做到。这需要一双不仅观世界，而且“观自在”的眼睛。这正是刘再复在《贾宝玉论》中描述的“自看自明”的眼睛：

贾宝玉之心的纯粹与纯正，不仅呈现于对待他人，而且呈现于对待自己。他生有一双通灵的眼睛，这双眼睛不仅观世界，而且“观自在”（《心经》语），所以他能“自看自明”。所谓自明，乃是自知之明。

曹雪芹投射在《红楼梦》中的死亡观念类似海德格尔的“未知死，焉知生”，又不尽如此。如第五十八回贾宝玉因庇护藕官烧纸一事，托芳官告诉藕官：“以后断不可烧纸钱。这纸钱原是后人异端，不是孔子的遗训。以后逢时按节，只备一个炉，到日随便焚香，一心诚虔，就可感格了。”他并未否定孔子的“未知生，焉知死”。《红楼梦》第二十三回，林黛玉听梨香院的十二个女孩子演习戏文，当她听到“则为你如花美眷，似水流年”两句，“心动神摇”，“便一蹲身坐在一块山子石上，细嚼‘如花美眷，似水流年’八个字的滋味”。接下来第二十七回她在《葬花吟》中感叹：“一年三百六十日，风刀霜剑严相逼。”有人问，谁逼她了？可见这“风刀霜剑”并不全是外力，更有来自内心深处的逼迫。正因为她看到了“明媚鲜妍能几时，一朝漂泊难寻觅”的“生命短暂”与“死亡真实”（《〈红楼梦〉阅读笔记》），才会有“花落人亡两不知”的凄楚感慨。林黛玉是热爱生活的，她内心深处的逼迫、感伤，与孔子的“逝者如斯夫，不舍昼夜”相通，正是李泽厚先生所说的“时间性珍惜”。（她的“天尽头，何处有香丘？”直面死亡，“千红一窟（哭）”“万艳同杯（悲）”，又非温和顺应的“深情感慨”可以涵括。）

理解“时间性珍惜”，我从读刘再复先生的《〈红楼梦〉的存在论阅读》开始：

> 阅读《红楼梦》，我们会发现曹雪芹的思路与海德格尔相通。在阅读小说文本时，我们会发现主人公贾宝玉从周岁时抓住脂粉钗环开始，一生都在选择成为自己的可能性。他不甘心像多数人那样，只做一个他者所规定的模式化客体，而选择做一个自己可以掌握自己的主体，在其人生中，他一直有一种“时间性的珍惜”，喜聚不喜散，潜意识里分明知道“没有不散的宴席”。

《论生中之死》是刘再复写给他的女儿刘剑梅的信，在信中他对女儿说：

> “我们的生命中隐藏着千万次的死亡”，这是每个人都在经历着的生命事实却是极少人能意识到的生命真理。我很感激莎士比亚提醒我这一真理并且在少年时代就拥有这一真理。它使我除了对“总死

亡”有所领悟之外，还能自觉地、不断地领悟生命全过程中的一次又一次的死亡。如果这种死亡可称为日常死亡的话，那么，可以说，我的积极的生活态度，全是来自对日常死亡的领悟。自从第一根白发在自己的头上升起，我便意识到生命的一部分已开始凋落。一根白发的出现，是一次死亡；一个积极前行的念头的自我扑灭，是一次死亡；一个美好日子的虚度，是一次死亡；一个和自己灵魂息息相关的师长、亲人与朋友的逝世，我更是具体地感到自己血脉一角的死亡。如果一个夜晚，我认真地读书写作或努力工作，这个夜晚有所悟、有所得，我便觉得这个夜晚的生命是活着的。如果我以无聊的叹息消耗掉这个夜晚，我便会意识到我在这个夜晚的生命已经死亡。它已化为无可把握的黑暗的一部分。

有什么文字比上面的这段“论生中之死”更能够呈现人内心深处潜伏的“一种超越死亡的东西”，一种巨大的力量，一种“‘时间性’的永恒或不朽”（李泽厚《实践美学短记》）的实质所在呢？

这里有一双“自看自明”的眼睛。不仅看世界，而且观自在；不仅认为“他人是自我的地狱”，而且认为“自我是自我的地狱”（与佛法的破“我执”相通）。“对死的领悟是为了今天，不是为了明天。不是为了明天的天堂，而是为了今天更积极地拆除各种地狱，包括外在地狱（社会）与内在地狱（自我）。”明知是“知其不可为而为之”，还是“要向地狱挑战，尤其是‘自我’这个最后的地狱”（《论生中之死》）。生的意义岂不就是这挑战自身？

这里有菩萨心肠，人间至爱。对死的领悟是为了爱，对真理的爱，对生命自然的爱，对生活的爱，对师长、朋友的爱，对“强者、弱者、亲人、不亲人、一切人”的爱。

这里有“珍惜”。“既然生命短暂，那么，在有限的时间中，就要‘珍惜’。”“即便在少年时代、青年时代，也得珍惜时间，珍惜每一个早晨，每一个白天，每一个夜晚。”（《人生十伦》）因为，“一根白发的出现，是一次死亡；一个积极前行的念头的自我扑灭，是一次死亡；一个美好日子的虚度，是一次死亡；一个和自己灵魂息息相关的师长、亲人与朋友的逝世，我更是具体地感到自己血脉一角的死亡”。“我的荣幸，是我很快就意识到这种死亡，而且不屈不挠地与这种死亡抗争。”（《论生中之死》）将“日常死亡”（或可称为“本真”意义上的死亡）从总死亡（也可称为“世俗”意义上的死亡）中探寻出来，将死的意识变为生的动力，刘再复的“生中之死”把“时间性珍惜”推向极致。

这里有选择成为自己。“日常死亡”，表层谈死，深层谈生。在短暂的一次性的人生中，要什么？做什么？是“只做一个他者所规定的模式化客体”，还是“选择做一个自己可以掌握自己的主体”？（《〈红楼梦〉的存在论阅读》）刘再复的一百多种著述和他从繁华中出走的行为语言就是最精彩的答案。

二十、心灵状态决定一切

人生下来就落入关系之中。刘再复先生说：“人既是个体的存在，又是关系的存在。人不可能是绝缘体，不可能是原子式的个人，他的价值源不可能全在自身。一切自我实现，都离不开正确地对待他人、对待社会、对待国家、对待家庭、对待世界,等等。”（《人生就是在各种困境中自我实现》）人必须学会在与他者、社会、国家、世界等重大关系中实现人生价值。

《红楼梦》第五回，贾宝玉因去宁府花园赏梅，欲睡中觉，随秦氏来至上房内间，抬头见一幅《燃藜图》，便有些不快。又见一副对联，写的是：“世事洞明皆学问，人情练达即文章。”忙说：“快出去！快出去！”贾宝玉“断断不肯”沉浸其中的正是这种“世事洞明”“人情练达”的“术”与“技能”。

显然，心机和权术不是人际关系中所需要的。正好相反，由心机和权术引领的虚伪，是对人性“最强最烈的腐蚀剂”（《我的写作史》）。“宝玉的心灵能闻到这种人生哲学的臭味，说明他完全不能容忍教人‘世故’、教人‘圆滑’的市侩教条，能从‘世故’‘圆滑’的说教中‘逃亡’，才能得救。”（《人生悟语》）

因此，“我们的教育目标之一，应是培养那种与‘三国中人’与‘水浒中人’有区别、有距离的人才”（《我的写作史》）。“就是要告诉孩子们接受伦理秩序、伦理规范，然后把这些外在的规范转化为内在的心理形式——绝对的道德律令”（《人生十伦》），它们像天上的星辰，在你心灵的天空闪烁，成为你内在心性的一部分。例如，“看到一个人掉到河里，你会从内心发出一道命令，赶紧去救他。救他不一定是因为爱他，不是道德情感的要求（不是人性情感），也就是作为一个人，你有不忍之心，有怜悯之心，有孟子所说的“四端”，有这种人性能力，你就会毫不犹豫去行动。这种道德行为是绝对的，没有任何功利计较”（《人生十伦》）。

我引证、叙述这些，只是想明白从各种人生困境（包括心机权术，人为物役）中自救（自我实现）的根本路径。

“中国儒家伦理学的第一个字应该是‘学’（learn），学做人。”（李泽厚《伦理学补注》）刘再复的《人生十伦》说的是如何做人，学了以后怎么做？尊重、接受社会秩序、伦理规范，这只是第一步，“由伦理而道德”是第二步。刘再复强调的“心觉”，“绝对的道德律令”，“人的心灵可以与苍天上帝、基督、释迦牟尼等达到神圣的同一与合一”，这已经与《六祖坛经》“识自本心，见自本性”的禅法理念相通，应该是第三步（天地境界）。“众生各须自性自度”（《六祖坛经》）是在人生困境中自我实现的有效途径。“‘心觉’，是一种根本性的价值实现”（《人生十伦》）。

读《人生十伦》，寻找个体价值如何实现的途径，是一个寻找人的真心本性的过程，也是一个心灵觉悟的过程。《人生十伦》佛光普照。例如，作者在“自我实现的基本途径”一节中提出这样一个问题：“人在得道之后，也就是在自我实现之后，应采取什么态度？”

一个是西方尼采的回答。他的哲学体系回答说，一旦得道，人就变成“超人”，即可以超人自任。这一答案影响了二十世纪无数的人生，许多政客想当超人而变成狂人，如希特勒。也有许多艺术家也想当超人，于是便横扫传统的一切，宣称一切从零开始，以自我代替上帝。这种自我当然是浪漫的自我，膨胀的自我。二十世纪出现很多小尼采，从膨胀的自我变成疯狂的自我，也是疯子。我把“超人”理念视为自我的地狱。“超人”——“重估价值”“重整乾坤”“改造世界”误导人们走火入魔，于是，它就变成黑暗的地狱。

二是东方慧能的回答。作为禅宗六祖的慧能（也包括他之后的许多禅宗大师），他的回答则是：得道成道之后还当“平常人”，回到“平常心”。这种平常人平常心，不是弗洛伊德的本我，慧能不是回到本能，而是把弗洛伊德的“超我”化作“忘我”与“无我”。也就是把理想之我具体化为天地同在、与万物不二的大慈悲之我，这完全不同于“我相”“人相”，更是不同于“超人相”“英雄相”“圣者相”“领袖相”。平常人，才是真实的人，有血有肉的人，有长处也有缺点的人，世界其实是平常人所支撑的。（《人生十伦》）

一直不明白为什么说“苦难是通向天堂的阶梯”，读上面的这段话我明白了。正因为我从二十世纪后半叶走过，才能够理解为什么作者把“超人”理念视为“自我的地狱”，而把“平常心”“平常人”视为照亮“黑暗的地狱”的明灯。“世界其实是由平常人所支撑的”，一句再平常不过的话，却是真理。它让人放下种种“妄念”，既能清醒地观自在（放下“我执”），又能清醒地观世界。

关于平常心平常人，刘再复先生还写了偈颂：

平常人守持“平常心”，就意味着：
既不自辱，也不自大；
既不自卑，也不自恋；
既不自悲，也不自负；
既不自闭，也不自售；

既不自贬，也不自夸。

这个偈子采用了慧能的“对法”。此五对，“入不二”，“离两边”，“行中道”。平常人，“是真实的人，有血有肉的人，有长处也有缺点的人”；平常心，是一切“只道是寻常”之心。当然也可以有第二种解释：视“平”为平等，视“常”为守持。守持什么？守持“无相戒”：无“超人相”、无“英雄相”、无“圣者相”、无“领袖相”。学成之后，成功之后，得道之后，仍然是个平常人，保持一颗平常心。这颗平常心，就是佛心，就是“与天地同在，与万物不二的大慈悲之我”（《人生十伦》）。

《人生十伦》我读了七个月，反复读。读到最后，我放下了心中对所有哲学伦理学概念的“纠结”，我读到了一句话：“如果把宗教的本质不是视为‘神灵’而是视为心灵，那么，面对宗教，最重要的就不是‘神拜’，而是‘心觉’；不是偶像崇拜，而是心灵自觉；不是神灵决定一切，而是心灵状态决定一切。”

“这颗心灵，对待世界、对待社会、对待人生、对待他者的态度都是最合情理、最合天地的态度。”（《天上星辰，地上〈红楼梦〉》）

此心光明。

刘再复先生的印章

刘再复先生的印章，我见过的有四枚。

两方姓名章，均为白文、方形。一方刻有“刘再复”三字，布局疏密有致，浑然天成；一方则是“刘再复印”四字，苍莽古朴，刘再复先生用毛笔题字多用此印。两方印章钤出来都非常好看，我偏爱小一点的三字印，可能是先入为主的缘故，刘再复先生二〇一三年送我的字钤的就是这方印章。

两枚闲章，均为朱文。一枚是长方形，上刻“君子”二字；一枚是椭圆形，所刻文字为“得大自在”。我觉得，这枚印章的好处首先在于以印章之形，写文字之意，不假他求，自我圆满，正合了“得大自在”的意思。禅的“得大自在”是心灵状态，刘再复先生“我手写我心”，早已参透如何得大自由、大自在的真理。

刘再复先生的印章均为名家所刻，最可纪念的还是那方“君子”印。

我不用印章，更是疏于鉴赏。说印章，还是说说如何见到这方印章。

去年秋天我途经香港，去拜望刘再复先生和陈菲亚大姐。在他们香港科技大学靠海边的家中（他们的女儿，刘剑梅教授就住在楼下），刘再复先生铺纸挥毫，赠我三条幅：一为“南天赤子”（送给我和静河），一为“幽兰自清”，一为“慈慧双修”。作为记名弟子，我深知先生题词的高远意境，虽不能至，心向往之。我更知道，先生的无分别心，是佛心。

刘再复先生的字飘逸空灵，与印章一动一静，意蕴无穷。

书桌很宽大，铺着毡子，摆着笔墨纸砚。

再复先生说：“这些笔墨都是我弟弟送来的，总是挑最好的送给我。”

他说的是他在香港的弟弟。

钤印章的时候他又说：“在美国钤章的事都是刘莲做。”

我初次见到刘莲，她还是个中学生，和我儿子知微在同一所学校读书，我儿子在小学部，她在初中部，那是在瑞典。也是在那一年（一九九三年），我初次接过刘再复先生赠我的书，一本是《人论二十五种》，三月份送给我们的；一本是《漂流手记》，五月份送给我们的。

刘再复先生在书的扉页上的签名，力透纸背。

瑞典的天是蓝的，海风轻柔。我的心仍然是忧郁的，时常有透不过气来的感觉。读完《漂流手记》，我对着波罗的海说：“这本书不知会拯救多少人的灵魂。”

此后的二十多年，漂泊无定，我们的行李箱中一直装着这两本书。

在汉密尔顿的家中，书架上，刘再复先生送给我们的书已经有二十多本。

其中有一本，《岁月几缕丝》，书的前面是刘再复先生的题词签名，日期是二〇一二年十一月二十日，奥克兰；书的背后是陈菲亚大姐用英文写下的姓名、地址、电话号码。

感谢上帝，让我从地球的最北边到地球的最南边都遇到了你们。

我看着再复先生钤印。

先生说："这是齐白石的印章，齐白石送给周总理，贾平凹又送给了我。"

印章落处，钤下的是"君子"二字。

这方印章表达的是君子之谊。

仔细揣摩，齐白石九十岁所画《清风君子》立轴与这方印章大约是同一时期的作品。此为朱文印，纵横平直，不加修饰，方正而不刻板。似有吴昌硕的金石风，却自然率性，朴拙天真，是齐白石印章中的精品。白石老人论印："予之技止此，予之愿亦止此。"已经到了"从心所欲不逾矩"的境界了。

读这两方闲章，我才想到，以往读刘再复先生的书，只注意到他"拼命读，拼命写"的一面，没有注意到他"闲散"的一面。他对艺术作品的欣赏，可归为闲散；他与友人的交往，可归为君子之谊，也可归为闲散。不过，无论是"拼命读，拼命写"还是"闲散"，都有"珍惜"的因素在里面。

刘再复先生的艺术审美品味是精致的（与平常心、平常人并不矛盾）。他在讲述《中国贵族精神的命运》时说：

我到卢浮宫大概去了五次，六次了，就是看不完，所以说“读不完的莎士比亚”，应该说“看不完的卢浮宫”，两万多件的艺术品，它最重要特点就是精致，每一部作品，每一个作品都不一样，非常精致。贵族的审美取向，一定是追求精致，追求高雅的，我们过去的问题是，把追求高雅看成是一种负面的东西，其实不对的。

他认为，象牙之塔跟闲散、逍遥有关，是一种象征性的东西：

那个象牙之塔就是一个作家，一个思想家精神创造的私人空间，必须要有一种象牙之塔的。有一个象牙之塔，有一个精神的空间，这跟关怀社会并不矛盾，我们一方面可以关怀社会，但是我们一方面还要很认真地从事精神价值创造，那精神价值创造的时候，必须要有一个沉浸状态，一个面壁状态，这样我们的艺术品，我们的作品，才可能精致，才可能有深度，所以这个东西本来并不矛盾的。后来我们把它对立起来了，把它对立起来的结果就是整个的象牙之塔现在就没有了。鲁迅先生当时还可以“躲进小楼成一统”。到了文化大革命的时候就不可能了。所以连放任山水的这些自由都没有了。（《中国贵族精神的命运》）

这两枚闲章——“君子”与“得大自在”阐释的“外儒内禅”，正是刘再复先生在落基山下象牙之塔中的立身态度。这是一种“虽然对社会也有所关怀，但内心却有一种禅的态度，一种对世俗世界抽离的、超越的、审美的、冷静观照的态度”。（《答〈经济观察报〉记者问》）

只有“在内心放下物质幻象而守持生命本真本然”的人，才能赢得“最深刻意义上的心闲，即内心赢得大自由、大自在”（刘再复《富贵闲人解读》）。

当初没有想到我会记这几枚印章，所以并没有把印章拿在手中细究：材质如何？是怎样的边款？现在还在后悔。又没有印章方面的专门的知识，只能记下这些零星印象。

后　记

“霍比特人的小屋”对我是有吸引力的。我住的地方离《霍比特人》电影拍摄外景地很近，因此，我选择远离尘嚣的生活方式就不足为怪。不同的是“外景”强调的是“外”，我的“霍比特人的小屋”强调的是内，身居其中就容易做梦，做寻找真心自性的梦。

书的名字定下来了，我和静河就想请刘再复先生写一篇序。静河写了求序的信，再复先生立即回复。后因我还想加一些内容，拖了一段时间。等全书完成，我再次给刘再复先生写信，先生正在病中。这本书的《序言》，是刘再复先生在病中写的，每一个字我都非常珍惜并心存感激。

我不仅从刘再复先生的著述中受到教益，也从他的书信中受到教益，这要感谢叶鸿基先生为我转达文章和书信。如何读《坛经》，如何读《传习录》，如何读《红楼梦》，这些“内功心法”，均来自经叶鸿基先生转达的刘再复先生的手写书信。我感谢陈菲亚大姐，刘再复先生“何静恒记名弟子”的题词，就是她和再复先生一起在香港送给我的（二〇一三年十月）。我感谢剑梅、刘莲，剑梅“什么时候开始写作都不晚”的真诚鼓励坚定了我写下去的信心。

其实在写作的路上每走一小步，靠自己也离不开他人的帮助。

二〇一八年十月十二日

图书在版编目（CIP）数据

霍比特人的小屋 ： 何静恒散文二集 / 何静恒著.
--北京 ： 北京时代华文书局，2019.1

ISBN 978-7-5699-2869-3

Ⅰ. ①霍… Ⅱ. ①何… Ⅲ. ①散文集－中国－当代 Ⅳ. ①I267

中国版本图书馆CIP数据核字（2018）第280411号

霍比特人的小屋：何静恒散文二集
HUOBITEREN DE XIAOWU：HEJINGHENG SANWEN ER JI

著　　者 | 何静恒

出 版 人 | 王训海
策划编辑 | 胡俊生
责任编辑 | 周　磊　刘　磊
装帧设计 | 孙丽莉
责任印制 | 刘　银

出版发行 | 北京时代华文书局 http://www.bjsdsj.com.cn
北京市东城区安定门外大街138号皇城国际大厦A座8楼
邮编：100011 电话：010-64267955 64267677
印　　刷 | 北京富诚彩色印刷有限公司　　电话：010－60904806
（如发现印装质量问题，请与印刷厂联系调换）
开　　本 | 880mm×1230mm　1/32　印 张 | 9.5　字 数 | 210千字
版　　次 | 2019年3月第1版　印 次 | 2019年3月第1次印刷
书　　号 | ISBN 978-7-5699-2869-3
定　　价 | 45.00 元